オオカミを森へ

キャサリン・ランデル
原田勝 訳

小峰書店

THE WOLF WILDER

by Katherine Rundell

装画・挿絵／ジェルレヴ・オンビーコ
装幀／城所潤・大谷浩介（JUN KIDOKORO DESIGN）

オオカミを森へ

ならぶ者のないひらめきと勇気の持ち主だった、
祖母、ポーリーン・ブランシャード＝シムズに捧《ささ》ぐ

「オオカミ預かり人」について

オオカミ預かり人は、ひと目見ただけでは正体がわかりません。

ライオン使いやサーカスの団長のような格好はしていないからです。そういう人たちの衣装《いしょう》についているキラキラ光るスパンコールなど、目にすることなく一生を終える者もいます。どちらかというと、見た目はふつうの人と変わりません。手がかりはあります。預かり人の二人に一人は、指先がなかったり、耳たぶが欠けていたり、足の指が一本、二本なかったりします。ふつうの人が靴下《くつした》をはくように包帯を巻きかえます。そして、かすかに生肉のにおいがします。

ロシア西部の森林地帯には、生まれたばかりのオオカミの子を捕《つか》まえるのを商売にしている者たちがいます。まだ体の毛も乾《かわ》かず、目もあいていないオオカミの子をさらって箱に入れ、サンクトペテルブルクまで運んでいって、分厚い絨毯《じゅうたん》をしいた豪邸《ごうてい》に暮らす人たちに売りつけるのです。オオカミの子は、一匹《ぴき》千ルーブルという高値で、そして純白の毛をしていれば、その倍の値段で売れることもあります。オオカミのいる家には幸運がやってくると言われているからです。オオカミはその家に富と名声をもたらし、生まれてくる男の子は鼻水をたらさず、女の子にはニキビができないと信じられています。ピョートル大帝《たいてい》が飼っていた七頭のオオカミは、みな、月のように白かったそうです。

とらえられたオオカミは金の鎖《くさり》でつながれ、まわりで人が笑い声をたてたり、酒を飲んだり、葉巻の煙《けむり》を顔に吹《ふ》きかけられたりしてもじっとすわっているように教えこまれます。キャビアを食べさせられるのですが、当然のことながら、オオカミにとっては迷惑《めいわく》です。中には太りすぎて腹の毛が床《ゆか》につき、絨毯《じゅうたん》の毛やタバコの灰を集めながら、よたよたと階段をのぼりおりするオオカミもいます。

けれど、オオカミは、犬のようにすっかり飼いならすことができませんし、家の中にとじこめておくこともできません。オオカミは人間の子どもと同じで、おだやかな暮らしを送るようには生まれついていないのです。オオカミはいずれ監禁《かんきん》生活に耐《た》えられなくなり、そのうち、かまれることなど予想もしていなかった人の体の一部を食いちぎり、食べてしまいます。そして、このオオカミをどうしようか、という大きな問題がもちあがるのです。

ロシアの貴族たちは、オオカミを殺せば、妙《みょう》な悪運を招くと信じています。列車が暴走するとか、ひと財産なくすとか、そういう派手な悪運ではなく、気が重くなるような陰鬱《いんうつ》なことが起きる、と。オオカミを殺すと、人生が狂《くる》いはじめると言われています。たとえば、子どもが成人を迎《むか》える朝に戦争《せんそう》が始まります。巻《ま》き爪《づめ》になり、前歯が突《つ》きでて、夜中に歯茎《はぐき》から出血し、枕《まくら》を赤く染めるようになります。だから、オオカミを撃《う》ち殺《ころ》したり、飢《う》え死《じ》にさせることなどできません。代わりに、不安げな執事《しつじ》たちがオオカミを荷物のように箱につめ、オオカミ預かり人のところへ送ってしまうのです。

預かり人は、そうしたオオカミたちに大胆《だいたん》さをとりもどさせ、狩《か》りや戦いのしかた、人を信用しないことを教えます。遠ぼえのやり方も教えます。なぜなら遠ぼえのできないオオカミは、笑うことのできない人間のようなものだからです。そして、オオカミたちは、本来の彼《かれ》ら同様、厳しくも生命力にあふれた森へ帰されるのです。

1

昔、今から百年ほど前のロシアに、髪《かみ》も瞳《ひとみ》も黒い、嵐《あらし》のような少女がいた。

髪《かみ》と瞳《ひとみ》と指の爪《つめ》はいつも黒かったが、少女が嵐《あらし》のような気性《きしょう》を表に出すのは、どうしてもそうしなければならないと思った時だけだった。もっとも、そう思う時はかなり多かったのだけれど。

少女の名はフェオドーラ。フェオと呼ばれていた。

フェオは、周囲の森から切りだした木で建てた家に住んでいた。ロシアの冬の寒さをよせつけないように、部屋の壁《かべ》には羊の毛が張られ、窓は二重になっていた。家の中を照らすのは灯油ランプ。フェオはガラスでできたランプの火屋《ほや》に、絵の具箱に入っている絵の具をすべて使って色を塗《ぬ》ったので、窓からもれて森を照らす光は、赤や緑や黄色に染まっていた。母親が自分で製材して紙やすりをかけた玄関《げんかん》ドアは、厚みが二十センチもあった。フェオはそのドアを、積もった雪のような淡《あわ》い青に塗《ぬ》った。時がたつうちにドアの外側についたオオカミたちの爪《つめ》あとが、歓迎《かんげい》できない客を追いはらうのに役だつようになった。

そしてすべては——この物語のすべては、その淡《あわ》い青色のドアに響《ひび》くノックの音で始まった。

もっとも、あれは「ノック」なんてものじゃない、とフェオは思った。まるでだれかがこぶしでドア板に穴をあけようとしているみたいな音だったからだ。だが、どんな音であれ、ノックそのものがめずらしい。だれもノックなどしたためしがない。ここには、フェオと、フェオの母親と、オオカミたちしかいないからだ。オオカミはノックなどしない。中に入りたければ、あいていようがいまいが窓から飛びこんでくる。

自分の部屋でスキー板に油を塗《ぬ》っていたフェオは、手を止めて耳をすました。まだ朝も早いうちで、フェオは寝間《ねま》着姿《き》だった。ガウンなどもっていないので、母親が編んでくれた、裾《すそ》が膝小僧《ひざこぞう》の傷あとまで届くセーターを頭からかぶり、廊下《ろうか》へ出て、玄関《げんかん》まで走っていった。

クマの毛皮でできた部屋着をまとい、居間の暖炉《だんろ》で火をおこしていた母親も、ぱっと顔を上げた。

「わたしが出るわ！」フェオはそう言うと、両手でドアをぐいと引いた。蝶番《ちょうつがい》が凍《こお》りつき、ドアは固くなっていた。

「待ちなさい、フェオ！」母親は大きな声で言った。

だが、フェオはすでに玄関《げんかん》ドアを引きあけていた。すると、ドアは飛びさがる間もなく勢いよく内側にひらき、フェオの頭の横を打った。

「痛っ！」フェオはよろけて倒《たお》れ、床《ゆか》の上に横ずわりになった。フェオが悪態をつくと、その言葉に、押《お》しいってきた見知らぬ男は眉《まゆ》を吊《つ》りあげ、唇《くちびる》をゆがめた。

男の顔はどこにも丸みがなかった。鼻先は鋭《するど》くとがり、深くきざまれたしわは怒《いか》りに満ちていて、薄暗《うすくら》がりの中でも黒々とした陰《かげ》になっている。

「マリーナ・ペトローヴナはいるか？」男はフェオの横を通り、床《ゆか》に点々と雪のあとを残して廊下《ろうか》を歩いていった。

フェオは膝《ひざ》をついて立ちあがろうとしたが、また、よろめいて尻《しり》もちをついた。灰色の外套《がいとう》を着て黒い長靴《ながぐつ》をはいた二人の男がずかずかと入ってきて、あやうく指をふまれるところだったのだ。

「じゃまだ、どけ！」

男たちは若いヘラジカの脚《あし》をもち、二人のあいだにぶらさげて運んでいた。死んだヘラジカからは血がしたたっている。

「待って！」フェオは叫《さけ》んだ。男たちは二人とも、ロシア帝国《ていこく》陸軍の記章のついた大きな毛皮の帽子《ぼうし》をかぶり、仰々《ぎょうぎょう》しいしかめ面《つら》をしていた。

フェオは、いつでも肘打《ひじう》ちや膝蹴《ひざげ》りを食らわせる覚悟《かくご》で、男たちのあとを追った。

兵士たちは居間に入り、絨毯《じゅうたん》の上にどさりとヘラジカを落とした。居間はせまく、二人の若者は大柄《おおがら》で、口ひげをたくわえていた。フェオは、その口ひげで部屋がいっぱいになった気がした。

近づいてみると、二人とも、年はせいぜい十六くらいにしか見えない。だが、こぶしでドアをたたいた男は高齢《こうれい》で、中でも、その目は重ねてきた歳月《さいげつ》をよく表わしていた。フェオは、胃が喉《のど》もとまでせりあがってくる気がした。

男は、フェオの頭ごしに母親にむかって言った。「マリーナ・ペトローヴナか？　ラーコフ将軍だ」

「なんの用？」フェオの母親は壁《かべ》を背にして答えた。

「わしは、サンクトペテルブルクの南側六百キロを管轄《かんかつ》している帝国《ていこく》陸軍の指揮官だ。今日、ここへ来たのは、おまえのオオカミたちが、こんなことをしでかしたからだ」ラーコフがそう言って、ヘラジカを蹴飛《けと》ばすと、はずみで、ぴかぴかにみがいてあった長靴《ながぐつ》に血が飛びちった。

「わたしのオオカミ？」フェオの母親は顔色を変えなかったが、その目は曇《くも》り、落ちつきをなくしていた。「わたしはオオカミなんて飼ってません」

「おまえがオオカミたちをここへつれてきている」ラーコフは、生きている者の目とはとうてい思えない冷たい目をして言った。「だから、おまえに責任がある」将軍の舌は、タバコのヤニで黄ばんでいた。

「いいえ。それもちがうわ」フェオの母親は言った。「オオカミにあきた人たちがここへつれてくるだけよ。金持ちの貴族たちがね。わたしたちは、そういうオオカミを森へ帰してやっているだけ。そもそも、オオカミは人の言いなりにならないわ」

「うそをつくとためにならんぞ」

「うそなんか――」

「三頭のオオカミが、おまえの娘《むすめ》と一緒《いっしょ》にいるのを見た。あれはおまえのオオカミではないのか？」

「ちがうに決まってるじゃない！」フェオが口をひらいた。「あの子たちは――」だが、母親は首をきっぱりと横にふり、フェオに口をつぐめと合図した。フェオは髪《かみ》の毛《け》を口に入れてかみ、腕組《うでぐ》みをして脇《わき》にはさんだ左右のこぶしをにぎりしめ、いつでも殴《なぐ》りかかれる準備をした。

母親は言った。「たしかに、あのオオカミたちはこの子のものよ。でもそれは、わたしがこの子のもので、この子がわたしのものだと言うのと同じ。あのオオカミたちは、フェオの仲間ではあっても、ペットじゃない。それに、そのヘラジカについているかみあとは、クロのものでも、シロやハイイロのものでもないわね」

「そうよ」と、フェオも言った。「あごの大きさからして、もっとずっと小さなオオカミだわ」

「わしがそんな言いわけを聞くと思っているのなら大まちがいだぞ！」ラーコフはかっとなり、とげとげしい声でどなった。

フェオは乱れた息を静めようとした。ふと見ると、二人の若い兵士の目はフェオの母親に釘《くぎ》づけだった。一人はあんぐりと口をあけている。マリーナは肩幅《かたはば》があって背中も広く、腰《こし》が張り、筋肉のつき方は男のようだった。いや、むしろ、オオカミの体つきだ、とフェオは思っていた。ところがその顔だちは、昔、訪ねてきたある人の言葉を借りれば、神様がユキヒョウや聖者に授《さず》けるような高貴な顔だちなのだ。その人はこう言った。「あなたのお顔は、女神《めがみ》様の顔を少しいじっただけだ」と。その時フェオはだまっていたが、内心、鼻高々だった。

ラーコフは、マリーナの美貌《びぼう》をどうとも思っていないらしい。「わしは、皇帝《こうてい》陛下に代わって弁償金《べんしょうきん》をとりたてにやってきた。だからその職務をただちに遂行《すいこう》する。かけひきは無用。おまえは皇帝《こうてい》陛下に百ルーブル支払《しはら》う義務がある」

「百ルーブルなんてうちにはありません」

ラーコフは、こぶしで壁《かべ》をドンと突《つ》いた。年をとってしわだらけだというのに驚《おどろ》くほど力が強く、丸太を積んだ壁《かべ》がふるえた。「だまれ！　口答えも言いわけも聞きたくない。わしは神にも見捨てられたこの地に、服従と秩序《ちつじょ》をもたらすためにやってきた」ラーコフはそう言うと、点々と血のついた長靴《ながぐつ》にちらりと目を落とした。「陛下は、わしが任務を果たせば報《むく》いてくださる」ラーコフが、いきなりヘラジカを蹴《け》りつけたので、脚《あし》が大きく動き、フェオは恐《おそ》ろしさのあまり思わず悲鳴をもらした。

「おい、おまえ！」将軍はつかつかとフェオに歩みよると、背をかがめ、血管が浮《う》いて紙のようにかさついた顔をフェオの顔に近づけた。「もしわしに、おまえのように生意気な目で人をにらむ娘《むすめ》がいたら、ひっぱたいているところだぞ。わしの目につかんよう、そっちにすわっていろ」ラーコフがフェオを押《お》しやった時、首にかけている十字架《じゅうじか》がフェオの髪《かみ》にからまってしまった。ラーコフは十字架《じゅうじか》を乱暴に引きはがし、戸口をぬけて廊《ろう》下《か》へ出ていった。兵士たちもついていく。マリーナはフェオにむかって、いつもオオカミたちにするのと同じ仕草で、そこにいろ、と合図すると、急いで兵士たちのあとを追った。

フェオは戸口にしゃがみこみ、耳の奥《おく》に残る騒《さわ》ぎの余韻《よいん》が静まるのを待った。すると悲鳴が聞こえ、なにかが割れる音がしたので、靴下《くつした》をすべらせながら廊《ろう》下《か》を走っていった。

廊《ろう》下《か》に母親の姿はなかったが、ラーコフと兵士たちがフェオの寝室《しんしつ》に入りこんでいた。部屋中が兵士たちのいやなにおいでいっぱいになっていて、フェオは思わず顔をそむけた。これはたぶん、タバコと一年分の汗《あせ》と洗っていないひげのにおいだろう。兵士の一人は歯ならびが悪く、しかもその歯はヤニで黒く汚《よご》れていた。

「金目のものはないようです」もう一人の兵士が言った。その視線は、トナカイの毛皮のベッドカバーから灯油ランプへと移り、暖炉《だんろ》に立てかけてあったスキーの上で止まった。フェオは部屋に駆《か》けこみ、スキーの前をふさぐように立った。

「これはわたしのものよ！　皇帝《こうてい》とはなんの関係もないわ。わたしが作ったんだもの」毎晩少しずつ木をけずり、獣脂《じゅうし》を塗《ぬ》りこんで、一枚仕上げるのに丸ひと月かかったのだ。

フェオはスキー板の一枚を両手でにぎり、槍《やり》のようにかまえた。そして、目ににじんだ涙《なみだ》に気づかれませんようにと思った。「あっちへ行って」

ラーコフは意地の悪い笑《え》みを浮《う》かべると、フェオのランプを手にとり、朝の光にかざした。フェオは手を伸《の》ばしてとりかえそうとした。

「やめなさい！」マリーナの声がした。戸口に立つマリーナの頰《ほお》には、さっきまでなかったあざができている。「わからないの？　ここは娘《むすめ》の部屋よ！」

若い兵士たちは笑ったが、ラーコフが笑わずに二人をにらみつけたので、すぐに顔を赤らめてだまりこんだ。ラーコフはフェオの母親に歩みより、頰《ほお》のあざをじろりと見た。そして背をかがめ、鼻先が頰《ほお》につきそうになるほど顔を近づけると、フンと鼻を鳴らした。

マリーナは身じろぎもせず、唇《くちびる》をかんだまま立っていた。するとラーコフは低い声でうなり、ランプを天井《てんじょう》めがけて投げあげた。

「チョールト！」フェオは叫《さけ》び、首をすくめた。割れたガラスが雨のように肩《かた》にふってくる。フェオはスキー板をめちゃくちゃにふりまわしながら、将軍に突進《とっしん》していった。「出ていけ！　出ていけ！」

ラーコフは笑いながらスキーをつかみ、フェオの手からもぎとった。「おとなしくすわっていろ。わしが怒《おこ》りださないうちにな」

「出ていけ！」フェオはどなった。

「すわれと言ったんだ！　おまえもあのヘラジカのようになりたいか」

マリーナは息を吹《ふ》きかえしたように、びくんとした。「なんてことを！　わたしの娘《むすめ》をおどすなんて、どうかしてるわ！」

「親子そろって癇《かん》にさわる連中だ」ラーコフは首をふった。「あんな獣《けもの》どもと暮らすのは忌《い》まわしい行為《こうい》だ。オオカミは牙《きば》のある害獣《がいじゅう》だぞ」

「それは……」マリーナは、ありったけの汚《きたな》い言葉を思いうかべているような顔をしたが、口にしたのは「……まちがっているわ」のひと言だった。

「そんなオオカミと一緒《いっしょ》にいるんだから、娘《むすめ》も害獣《がいじゅう》だ。おまえたち親子のことはいろいろ耳にしている。おまえは母親失格だな」

マリーナがもらした声は、聞いているフェオがつらくなるような、あえぎとも悲鳴ともつかないものだった。

ラーコフは続けた。「ウラジオストクにいい学校がある。そこへ通えば、その娘《むすめ》も、母なるロシアのよき母親がどうあるべきかを学べるだろう。なんなら、わしが口をきいてやってもいい」

「フェオ、台所へ行ってなさい。さあ、ぐずぐずしないで」フェオは急いで廊下《ろうか》へ出たが、ドアを回ったところで立ち止まり、おずおずと、ドアと壁《かべ》のすきまから部屋の中をのぞいた。ラーコフにむきなおった母親の顔には、怒《いか》りと、なにかもっと複雑な思いがみなぎっていた。

「わたしはフェオの母親よ。それがどういうことかわからないの?」マリーナは、信じられないというように首を横にふった。「あの子はわたしにとって、あなたのような人が束になってもかなわないくらい大切なものよ。あの子を思うわたしの気持ちを見くびってもらっちゃ困るわ。よっぽど死にたいのなら別だけど。子を愛する親の気持ちは、火のように熱いのだから」

「それはさぞ面倒《めんどう》なことだろうて！」ラーコフはそう言って、あごをさすった。「で、なにが言いたい？」将軍は、長靴《ながぐつ》についた血をベッドになすりつけた。「早く言え。まわりくどいぞ」

「娘《むすめ》には手を出すなと言っているの。さもないと、あなたのその手は、いつまでも今のように腕《うで》の先についているとはかぎらないわ」

ラーコフは鼻を鳴らした。「それはまた、女らしくない物言いだな」

「とんでもない。わたしはおおいに女らしいと思ってるわ」

ラーコフは、まずマリーナの手を見て、指先が二本欠けていることを認め、次に顔をにらみつけた。ラーコフの形相は恐《おそ》ろしく、抑《おさ》えきれない怒《いか》りがにじんでいた。マリーナもにらみかえす。先にまばたきしたのはラーコフだった。

ラーコフは低い声でうなり、大またで部屋を出ていった。フェオは身をひねっていったん道をあけ、それから、ラーコフのあとをついて台所へ入っていった。

「いいか、おまえたちは自分でことをややこしくしているんだぞ」ラーコフは顔色ひとつ変えずにテーブルの縁《ふち》をつかみ、ひっくりかえした。フェオのお気に入りのマグカップが床《ゆか》に落ち、音をたてて割れた。

「ママ！」フェオは駆《か》けこんできたマリーナの上着の裾《すそ》をつかみ、すがりついた。

ラーコフはフェオのほうをちらりとも見ずに言った。「絵をもっていけ」絵は三枚あった。どれも大胆《だいたん》な色の四角形が、男や女を思わせる形に配置されている。マリーナが大好きな絵だった。だから、フェオもいい絵だと思っていた。

「待って！　もっていかないで！　それはママの大好きなマレーヴィチの絵なんだから！　プレゼントにもらったのよ！　ほら。代わりにこれをあげるから！」フェオは首にかけていた金の鎖《くさり》を引っぱりだしてはずすと、若い兵士の一人にむかってさしだした。「金よ。ママのお母さんがもってたんだから、古いものだわ。金は古いほうが価値があるんですからね」兵士は鎖《くさり》を軽くかみ、においをかいでうなずくと、ラーコフにわたした。

フェオは走っていって玄関《げんかん》ドアをあけ、その横に立った。雪が吹《ふ》きこみ、靴下《くつした》が雪まみれになっていく。全身がふるえていた。「さあ、もう帰って」

マリーナは一度目をとじてから、すぐにまたひらき、フェオにむかって笑いかけた。二人の兵士は、もううんざりだ、というように床《ゆか》につばを吐《は》き、雪の中へ出ていった。

「いいか。二度と言わんぞ」ラーコフが言った。ひらいたドアから雪が吹《ふ》きこむのもおかまいなしだ。「皇帝《こうてい》陛下の命令だ。陛下は、おまえがしこんだオオカミたちに猟場《りょうば》を荒《あ》らされることをお望みではない。これからは、町の連中がオオカミをつれてきたら、銃《じゅう》で撃《う》ち殺《ころ》せ」

「いやよ！」フェオは言った。「そんなことできない！　それに、銃《じゅう》がないもの！　ママ、言ってよ！」

ラーコフはかまわず続けた。「常識はずれのペットを送りこんでくる迷信深《めいしんぶか》い愚《おろ》か者《もの》たちには、オオカミは森へ帰したと言っておいて、実際には撃《う》ち殺《ころ》してしまえばいい」

「お断わりよ」マリーナの顔からすっかり血の気が引いていた。それを見て、フェオは胃がきりきりと痛んだ。そして、目の前に立っている男にむける銃《じゅう》があればいいのにと思った。

肩《かた》をすくめたラーコフのコートにしわがよった。「皇帝《こうてい》陛下の命令にさからうと、どんな罰《ばつ》が下されるか、わかっているだろうな？　サンクトペテルブルクで暴動を起こした連中がどんな目にあったか思いだせ。これが最後の警告だ」ラーコフは玄関《げんかん》から外に出る時、手袋《てぶくろ》に包まれた人差し指をフェオの胸に突《つ》きつけた。そして、「おまえもだぞ」と言いながら、フェオの鎖骨《さこつ》のあたりをぐいと突《つ》いた。フェオは思わず飛びさがった。

「もしもこの先、この娘《むすめ》がオオカミといるところを見つけたら、オオカミを射殺し、娘《むすめ》は捕《つか》まえるからな」

ラーコフはそう言って、バタンとドアをしめた。

🐾🐾

しばらくたって、フェオと母親は居間の暖炉《だんろ》の前にすわっていた。台所の床《ゆか》にちらばっていたマグカップや皿の破片《はへん》はきれいに片づけられ、ヘラジカは氷づめにして薪小屋《まきごや》にしまわれていた。フェオはヘラジカをちゃんと埋葬《まいそう》し、十字架《じゅうじか》を立ててお葬式《そうしき》もあげてやりたかったのだが、マリーナがそうはさせなかった。冬の寒さが長引けば、食料として必要になるかもしれないからだ。フェオは母親の肩《かた》に頭をもたせかけた。

「これからどうするの、ママ?」フェオはたずねた。「あの人たちは、オオカミは殺さなきゃならないって言ってたけど、そんなこと、しないわよね? わたしがさせない」

「もちろんよ、ラープシュカ」マリーナの傷あとだらけのたくましい腕《うで》がフェオを抱《だ》きよせた。

「するわけないでしょ。でも、もう少し目立たないように、そして、もう少し用心しま

でしょう？」

「オオカミたちのように……。わたしたちにだってできる。そうでしょう？」

マリーナは、暖炉《だんろ》の火格子《ひごうし》の上においた金網《かなあみ》をゆすり、焼《や》き栗《ぐり》をひとつ、フェオの手にひょいとのせた。

できるに決まってるじゃない。その日の夕方、フェオは足にスキーをつけながら思った。フェオは人間相手だと好ききらいがはっきりしている。心から愛している人は一人だけ。フェオはその人のためなら労をおしまず、牢屋《ろうや》に入ることもいとわず、歴史の教科書にのるようなことをやりかねないほど、その人を自慢《じまん》に思っていた。ママは、なんだってできる、と。

フェオが、廃墟《はいきょ》になった石造りの礼拝堂まで行くのに、スキーで十分かかった。入口の広間にはくずれかけた聖人の石像が三体ある。どれも首から上がなく、二体には緑色の苔《こけ》がうろこのようについていた。顔がないのに、聖人たちは今の礼拝堂の有様にあまり感心していないように見えた。四方の壁《かべ》のうち二面と半分が残っているだけで、屋根はとっくの昔に、モザイクをほどこした床《ゆか》の上にくずれおちていた。中には、半ば虫に食われて朽《く》ちかけた信徒席の長椅子《ながいす》と、大理石の小さなマリア像がある。フェオはふだんからそのマリア像を、歯でかんでやわらかくした小枝の端《はし》できれいにしていた。光がちょうど礼拝堂の中に射《さ》している時なら、近づいてよく見ると、壁《かべ》に金色の人物像が描《えが》かれていたことがわかる。フェオは、ここはこの世で一番美しいところだと思っていた。

その礼拝堂の中に、三頭のオオカミが暮らしていた。

一頭は白いオオカミ、もう一頭は黒、三頭目は灰色で耳が黒く、政治家のような顔をしていた。三頭は飼いならされているとは言えず、呼んでも近づいてこないが、すっかり野生にもどっているわけでもなかった。そして、近くに住む人たちは、フェオ自身も半分野生動物のようだと言い、オオカミのにおいがついたフェオの赤いマントを、恐《おそ》ろしいものを見るような目で見た。

フェオがスキーをすべらせて礼拝堂の中へ入っていくと、オオカミたちは二羽のカラスの死骸《しがい》をしゃぶっていた。マリア像には血が点々とついている。フェオは近づかなかった。いくら仲がよくても、オオカミたちがなにか食べている時はじゃましないのが一番だ。フェオは、信徒席の長椅子《ながいす》に膝《ひざ》をかかえてすわり、オオカミたちが食べおえるのを待った。オオカミたちは急がず、鼻先や前足をなめおえてから、そろってフェオにむかって突進《とっしん》し、長椅子《ながいす》から突《つ》きおとして、あごや手を唾液《だえき》だらけにした。フェオと黒いオオカミは、信徒席のあいだで追いかけっこをし、フェオは首のない聖人の石像に手をかけては、ぐるりと回って向きを変えた。そうこうするうちに、朝の出来事で沈《しず》んでいた心がいくらか軽くなった。

フェオは物心つくころにはもう、オオカミたちを知り、大好きになっていた。均整のとれた体つきに美しい毛なみ、不屈《ふくつ》の闘志《とうし》……。好きにならずにいられるだろうか。フェオは、オオカミたちの毛にからまったカラマツの落葉や歯にはさまった肉をとってやりながら大きくなった。母親からはよく、おまえは言葉をおぼえる前に遠ぼえができるようになっていたんだよ、と言われたものだ。フェオは、オオカミたちの行動が理解できるし、オオカミた

ちのためなら死んでもいいと思っていた。もっとも、だれもフェオに、オオカミのために死んでくれとたのんだりはしないだろう。結局、世間の人たちは、オオカミにとっての得は、人間にとっての損と思っているのだから。

2

ラーコフ将軍の警告から二週間後にもちこまれたオオカミは、尾《お》のきれいな若い雌《めす》だったが、オオカミにしてはかなり太っていた。

馬車が森の中にある家に到着《とうちゃく》すると、乗ってきた者はたいてい、きょろきょろしながら、だれか大男が出てきて、つれてきたオオカミの綱《つな》を解くのではないかと思いこんでいる。ところが、家から出てくるのはフェオと母親で、料理のにおいをただよわせていたりする。マリーナは三十三歳《さい》、玄関《げんかん》のドア枠《わく》に頭があたるほど背が高い。娘《むすめ》のフェオには、そのドア枠《わく》にぶらさがって懸垂《けんすい》をしろと教えていた。マリーナの左目のまわりには、四つの爪《つめ》あとが残っている。マリーナと会った男たちはみな、その美しい顔立ちに、一瞬《いっしゅん》、息をするのも忘れてしまうと言われていた。

しかし、この朝、やってきた荷馬車を出むかえたのはフェオ一人だった。フェオはもがくオオカミを両腕《りょううで》でかかえ、手を貸そうとする荷馬車の男を肘《ひじ》で押《お》しやると、オオカミを雪の上におろした。フェオが頭をなでると、雌《めす》オオカミはおとなしくなった。

フェオは、これほど真っ黒な毛なみのオオカミを見たことがなかった。夜だったら闇《やみ》にまぎれて見えないだろう。いや、夜の闇《やみ》より黒いかもしれない。なぜなら、ロシアの夜は、とくに雪が星明かりを反射している時は、決して真《ま》っ暗闇《くらやみ》にはならないからだ。

「はじめまして。よく来たわね」フェオはオオカミにむかって言うと、荷馬車の男には目もくれず、背をかがめて鼻をオオカミの鼻面《はなづら》につけた。オオカミはフェオのあごをなめた。オオカミの息からは、おなじみの唾液《だえき》と銀貨のにおいがしたが、長い舌ははれあがり、血がにじんでいた。

「舌をかんでるわ」フェオは言った。「もっと気をつけて馬車を走らせてくれないと」

フェオはようやくまともに荷馬車の男を見た。大柄《おおがら》で、鼻毛が長く伸《の》び、どこからがひげなのかわからなかった。「途中《とちゅう》で兵士を見かけなかった？」

「兵士？　どうしてました――」

「なら、いいの」フェオは勢いよく首を横にふった。「今の話は忘れて」フェオは両手を常にオオカミから見える位置におきながら、そっと綱《つな》を解いた。見ると伸《の》びすぎた爪《つめ》が肉球にむかって内側に曲がりかけている。フェオはナイフをとりだし、オオカミの足を膝《ひざ》の上にのせて爪《つめ》を切りはじめた。

「なにか、食べさせるものはある？」フェオはたずねた。「お腹《なか》がすいてるのよ」

「ないね」男は眉《まゆ》をひそめた。「こんなに太ってるんだから、いらんだろう」

フェオは自分の胸にオオカミの頭を押《お》しあてたまま、あごをひらき、指で歯茎《はぐき》を順に押《お》していった。

「おい、なにしてる！　気でも狂《くる》ったか！」男はそのあとに、口汚《くちぎたな》い言葉をこれでもかというくらい続けた。見ると、恐《おそ》ろしさのあまり指の先から汗《あせ》をしたたらせている。「かみ殺されたいのか？　いったい、なんのまねだ？」

「歯茎《はぐき》がはれてないか調べてるのよ」どこもはれてはいなかった。フェオはオオカミをはなし、指で前脚《まえあし》のつけ根をかいてやった。オオカミはたちまちごろりと横になり、うれしそうに鼻を鳴らした。

男はまだ、ぞっとしたような、腹をたてているようにも見える顔をした。「あごをしばっといたほうがいいんじゃないか？」男はフェオの顔をじっと見ていた。視線が目から耳たぶへと移る。フェオの耳たぶは、六歳《さい》の時に運悪くオオカミの爪《つめ》があたって二つに裂《さ》けていた。フェオは首を大きく横にふり、乱れた髪《かみ》のあいだから、さげすむような目でにらんだ。少なくとも、そのつもりでにらんだ。本で読んだだけなので、どういう顔をすればいいのか、じつはよくわかっていない。たぶん、鼻の穴をぴくぴく動かさなきゃならないんだろう。

「オオカミは、つないだり、しばったりするものじゃないわ。犬じゃないんだから」オオカミのほうが犬より熱い心をもっているし、気まぐれなのよ、とフェオは思った。でも、人にわかってもらうのはむずかしい。唇《くちびる》をかみ、どう説明すればいいか考えたが、結局、首を横にふった。よその人を相手にするのは大変だ。「もう帰ってもいいわよ。帰りたいと思ってるんでしょ。わたしなら帰るけど……」

マリーナが髪《かみ》を三つ編みにしながら家の外に出てくると、ちょうど引きかえしていく荷馬車が見えなくなるところだった。

「お茶は出さなかったの？」マリーナは言った。

「うん」フェオは答え、母親にむかって、にっと笑った。「だって、あんまり長居したくないみたいだったから」

「でも助かったわ。さあ、急いで。このオオカミを森の奥《おく》へつれていって隠《かく》してやらないと」

「ここは見張られてるってこと？」フェオはあたりを見まわし、積もった雪に目をこらした。

「かもしれないわね、ラープシュカ。あれは、はったりとは思えないもの。はったりなら、あんなに物をこわしたりしないでしょうよ」

雌《めす》オオカミは、もどかしくなるほどゆっくりと森にむかって歩き、寒さになれていないのか、歩きながら情けない声で鳴いた。

マリーナはフェオの髪《かみ》についた雪をはらった。「この先、どんなことが起こるか、二人で考えておかなきゃ」

「うん、そうね」

この時、雌《めす》オオカミが咳《せき》こんだ。フェオはオオカミの喉《のど》に指を二本あて、そっともんでやった。

「ママ、この子、なにをしでかしたのかな？　どうしてここへつれてこられたの？」

「聞いた話じゃ、伯爵《はくしゃく》夫人の衣装《いしょう》部屋に入りこんでドレスにかみつき、みんなだめにしちゃったらしいわ。フェオ、あなた、わたしの話、聞いてる？」

「それだけ？　だれにもかみついてないのに？　ああ、ごめんなさい、聞いてるわよ！」

フェオは、前からいる三頭のことを考えた。ハイイロは、フェオの家に税金をとりたてにやってきた役人の親指をかみきっていた。シロが公爵《こうしゃく》夫人のふとももの肉を深さ二センチもえぐりとったのは、夫人が客のために無理やり踊《おど》らせようとしたからだ。そして、クロはイギリス人貴族の足の指を三本かみきっていた。フェオは、うちにいるオオカミたちは、そろいもそろって、なんて美しい前科者なんだろうと思った。

「ラーコフの部下たちが見張ってるかもしれないから、オオカミたちと一緒《いっしょ》にいるところを見られないようにね」

「わかってる。その話はもう聞いたわよ、ママ！　それに、さっきの馬車の人に、兵士を見なかったかってたずねたら、見てないって言ってたもの」

「なんですって？」マリーナはぎょっとした顔をした。「兵士の話はだれにもしちゃだめよ、フェオ。自分が恐《おそ》れていることを人に教えるのはまずいわ」

「そうか……」フェオは急に、少し胸がしめつけられて熱くなった気がした。「ごめんなさい。気づかなかった」

「わたしが悪かったわ。ちゃんと話しておかなかったから」マリーナは両手をもみあわせるようにして自分の髪《かみ》をすいた。「さっきから、ここを逃《に》げだす時のことを考えてたの。万一ってことがあるでしょ」

オオカミは頭を横にしてフェオの膝《ひざ》の上にのせ、咳《せき》こんだ。「ママ、この子、ドレスをのみこんだりしてないかしら？　歯のあいだにきれがはさまったままで、それが痛いのかも」

「フェオ、もうそれくらいで――」

「見ててね、ママ」フェオは雌《めす》オオカミの口を押《お》しあけた。そろそろと指を入れて口の中をさぐっていると、手が唾液《だえき》だらけになってくる。口の奥《おく》のほう、奥歯《おくば》のあいだに布がはさまっていた。引っぱってとってやると、出てきたのは赤いビロードの切《き》れ端《はし》で、刺繍《ししゅう》された小さな真珠《しんじゅ》がついたままだった。

「とれた！　それに、脚《あし》をしばってあった紐《ひも》が細すぎたのね」フェオはオオカミの脚《あし》をもちあげて、マリーナに見せた。「見て！　血が出てる。この子、脚《あし》が傷つきやすいのよ」

フェオはオオカミの耳にキスをした。「これからは、キズアシ、って呼ぶわね」

「ほら、薬を塗《ぬ》ってあげる」マリーナはかがみこみ、オオカミの前脚《まえあし》に茶色い軟膏《なんこう》を塗《ぬ》りこんだ。マリーナの手の動きはすばやくて、オオカミはおとなしくされるままにしていた。「でも、いいこと、フェオ。荷物を用意しておいてちょうだい。食料や着がえ、ナイフやロープ……そういうものを袋《ふくろ》につめて裏口《うらぐち》のそばにおいておくの。万一に備えておかないと」

それまでキズアシから目をはなさなかったフェオが、顔を上げてききかえした。「でも、ママ、万一ってどういう時？」

「ラーコフがまた来るかもしれない」

「来やしないわ！　来ないでしょう？　だって……あの人、年寄りだし」フェオは、こっちをじっとにらんでいたラーコフの目と黄ばんだ顔を、記憶《きおく》の外に追いだそうとした。

「年寄りはじっとしてるものよ。耳から毛を生やして……。スープも飲まなきゃならないし……」フェオは、老人を数えるほどしか見たことがなかった。「そういうことで忙《いそが》しいんじゃない？」

マリーナは微笑《ほほえ》んだが、口の両端《りょうはし》がどことなく重そうだった。「とにかく油断しちゃだめよ、ラープシュカ。オオカミたちと一緒《いっしょ》にいたければ、礼拝堂の中か家の裏手《うらて》をはなれないように。このオオカミにもできるだけ早く野性をとりもどさせて、西の森にはなしてやりましょう。インゲンマメの形をした湖のそばの……。そうすればラーコフと出くわさずにすむわ」

「でも、あっちの森は獲物《えもの》が少ないのよ！　食べるものに不自由するわ！」

「鳥の捕《つか》まえ方《かた》を教えてやればだいじょうぶ。それに、オオカミたちは自分でなんとかするものよ。動物界の魔女《まじょ》なんだから」

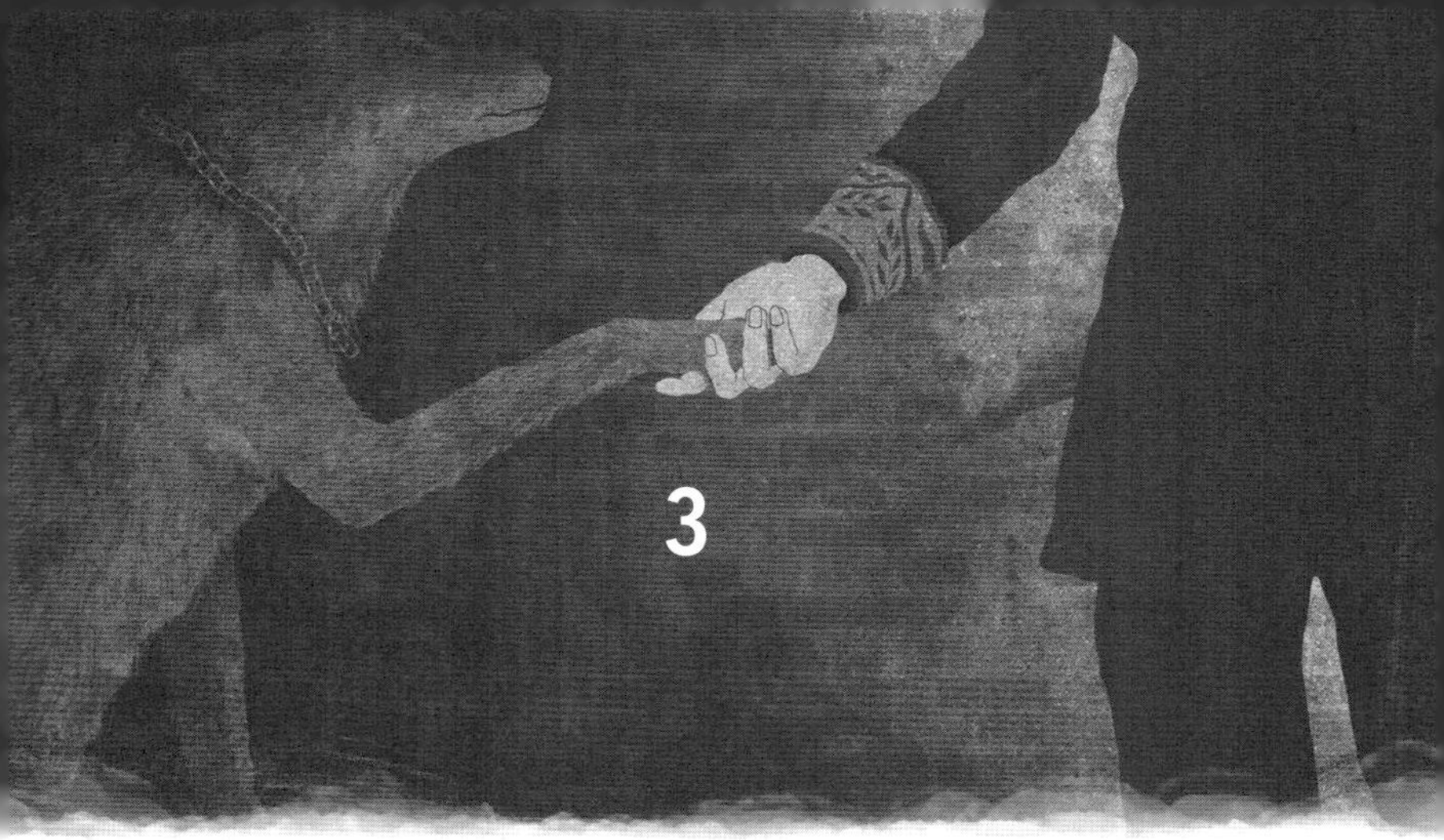

3

フェオは十歳《さい》のころから、オオカミを森へ帰す仕事を一人でしてきたが、この仕事は決して、隠《かく》れてしなければならないものではなかったし、また、一人だからといってうなじの毛が逆立つような恐《おそ》ろしいこともなかった。ただ、一人でするのが一番うまくいくのだ。さらに母親のマリーナは、十五キロほどはなれたところで飼われている病気の犬の往診《おうしん》も、フェオにまかせていた。ロシアのオオカミ預かり人の多くは獣医《じゅうい》でもある。だが、この日フェオがスキーを背負って出かけていく時、マリーナは不安そうな顔をしていた。

「くれぐれも用心してね、フェオ」マリーナは言った。「絶対に油断しちゃだめよ」

今、フェオは雪の中で、キズアシの正面にしゃがみこんでいた。数日来のきびしい寒さで、フェオの吐《は》く息はオオカミの息とひとつになり、顔のまわりに白い雲ができている。

「準備はいい？」フェオは声をかけた。

フェオは、オオカミを森へ帰す手順をよく知っていた。四歳《さい》のころから、ベッドに入る前にその手順を唱えることにしている。フェオはつぶやいた。「ひとつ。そのオオカミがどんな暮らしをしていたのか確かめること」ここへつれてこられるオオカミたちの中には、気がたかぶり、すぐにかみついてくるものもいて、そういうオオカミは野性をとりもどすのにさほど時間はかからなかった。一方で、ビクビクとおびえ、歩くのもやっとというオオカミもいる。

「おすわり」フェオが命じると、キズアシはまるでテーブルの上に食器をならべるように、四本の脚《あし》の位置に気をくばりながら尻《しり》を落とした。

「伏《ふ》せ。ほら、伏《ふ》せなさい」キズアシは雪の上に体を伸《の》ばした。フェオからは目をそらさない。

「お手」

キズアシは体を起こすと、それは上品なしぐさで前足をなめ、突《つ》きだした。フェオはその足をとった。

「ちょうだい、は？」

キズアシはびくっとして、ためらった。目に反抗的《はんこうてき》な色が浮《う》かんでいる。フェオは顔をしかめた。そして、貴族たちのえらそうな声をまねて、もう一度言った。「ちょうだい！」

たちまち、キズアシはあと脚《あし》で立ち、舌をだらりと出した。その顔は、まるでどこかの公爵《こうしゃく》夫人が、ベッドの下に死んだネズミを見つけた時のような情けない顔だった。

フェオは声をたてて笑った。「わかるよ、おまえの気持ちは」

いわゆる「社交界」に出たオオカミたちはみな、ちょうだいも、お手も、伏《ふ》せもできる。時には、あと脚《あし》で立って踊《おど》ることのできるオオカミもいるが、その無表情な顔を見ていると、フェオは泣きたくなった。

「前にね」フェオはキズアシに話しかけた。「薄茶色《うすちゃいろ》の毛をした雄《おす》オオカミがやってきて、そのオオカミは鼻の先でライフルの引き金が引けたんだ。どうしてそんなばかなことを教えたんだろう。まるで、オオカミにも銃《じゅう》がいるみたいじゃない」

いつもなら、遠ぼえができるかどうか試《ため》すのだが、そんなことをしたら、ラーコフに招待状を出すようなものだということはわかっていた。「静かにできる時は、そうしなきゃね」フェオはキズアシを木の根元につれていき、「ここにおすわり」と言った。

そして自分も、くるぶしまで積もった雪の上に腰《こし》をおろした。フェオのマントは油で防水加工してあるので、多少は寒さをはねかえすことができる。古着で引きずるくらい丈《たけ》が長かったが、マリーナがピンで裾《すそ》を上げてくれていたので、走ると広がって足首の高さくらいにはなった。

「オオカミに『ちょうだい』を教えようとするなんて……」フェオは、神様に自分の靴《くつ》をみがけと言っているようなものだわ、と言おうとしてためらった。「そんなことをする人にはかみついてやりたい。ばかみたい」フェオはキズアシの耳の穴をのぞいた。「ばかなお金持ちよね」

うしろで雪が落ちる音がして、フェオは、ぱっとふりかえった。

「だれかいるの？」と、呼びかけてみる。「だれ？　見えてるわよ！　出てきなさい！」

答えは返ってこない。

「見張ってるのなら言っておくけど、こっちにはナイフがあるわ。怒《おこ》ったオオカミもいるし」キズアシは鼻先をフェオの脇《わき》の下に突《つ》っこみ、情けない声をあげた。

「この子は、見かけより獰猛《どうもう》なんだから」フェオはさっき音がしたあたりにむかって呼びかけた。

一本の木からザッと雪がまきちらされ、フェオの頭くらいの大きさのカラスが一羽、枝から飛びたった。フェオは、はっとして息を止めたが、ほかに動くものはない。立ちあがり、足あとがないかあたりを見まわしてみる。積もった雪は風に吹《ふ》かれて乱れていたが、足あとは見つからなかった。フェオはまたしゃがみこんだ。鼓動《こどう》が少し速くなっている。

「ばかみたい」フェオはくりかえした。キズアシの首のうしろの毛が逆立っている。フェオはそれをそっとなでつけた。「だいじょうぶ。しーっ、静かに、ラープシュカ。わたしが守ってあげるから」

フェオは、オオカミを引きあげるようにして立たせた。「おいで。おまえにちょうどいい木を見つけようね。巣穴の作り方を教えてあげる」

フェオはキズアシを、そのあたりでもっとも木がうっそうと生えている場所へつれていくと、雪で小山を作りはじめた。フェオは手を動かしながら、キズアシに、新しい家となるこの森のことを話してきかせた。

フェオが暮らしているロシアのこのあたりは、世間の大半の人たちはあえて近づこうとしない場所だった。連なる丘《おか》の頂上付近は、寒気をまともに受け、積もった雪は周囲百キロ四方のどこよりも深く固くなっている。一番高い丘《おか》の頂上に立って北を望めば、森と丘《おか》と石造りの兵舎が見えた。少し前までは、兵士たちは人里はなれた場所にいる罪のない酔《よ》っぱらいというだけで、じゃまにもならなかった。ところが、ラーコフ将軍がやってきてからというもの、いかにも軍隊らしい命令の声が風に乗って聞こえてくるようになった。時には、夜中に悲鳴が聞こえることもある。灰色の兵舎のむこうには雪におおわれた畑や森が広がり、さらにそのはるか先では、サンクトペテルブルクの街の煙《けむり》が雲と溶《と》けあっていた。

「わかった？」フェオは、真っ黒な毛なみのキズアシに声をかけた。「そして南は雪が積もった森ばかり……。目を細めてよーく見ると……」フェオはオオカミの目の上に片手でひさしを作ってやった。「やっぱり森があるだけ」

フェオはこうした景色が大好きだった。家の周囲の森は命の気配にふるえ、輝《かがや》いている。森を通る人たちは、どこまで行っても変わらない雪景色を嘆《なげ》くが、フェオに言わせれば、そういう人たちは読み書きのできない人たちだった。森の読み方を知らないのだ。積もった雪は吹雪《ふぶき》や鳥たちのことをうわさし、それとなく教えてくれている。朝が来るたびに新しい物語を語っている。フェオはにっこり笑うと、くんくんと鼻を鳴らし、肌《はだ》を刺《さ》す冷たい空気のにおいをかいだ。「森はこんなにおしゃべりなのにね」フェオはキズアシにむかって言った。

もちろん、今の暮らしが完璧《かんぺき》というわけではない。近くにいる子どもたちは農家の子ばかりで、しかもずっと年上で、ひげを生やしはじめた大人と言ってもいいくらいの男の子か、ずっと年下で、フェオがオオカミたちと一緒《いっしょ》に近づいていくと、なにをされたわけでもないのに、いきなり泣いたり、食べたものをもどしたりする幼い子か、どちらかだった。年上の子たちの中には、仲良くなれそうな者もいたが、フェオが仲間に入ろうと近づいていくと、声をたてて笑い、ガキのくせにとか、オオカミくさいとか言われる。

フェオは、よく知らない人の前では自然にふるまうのが苦手で、だまりこんでしまったり、おもしろがらせようと思って乱暴なことをしたりしてしまう。何日も、時には何か月もたってから、自分の言ったことを思いだして恥《は》ずかしくなり、思わず雪に頭を突《つ》っこんで、ほてった頬《ほお》を冷やすこともよくあった。大人は、フェオに会うとたじろぐ人が多い。母親のマリーナは、もしかしたらそれは、おまえが相手のことをじろじろ見るからかもしれない、と言った。でも、オオカミだって相手をじろじろ見るのに、それで叱《しか》られたりはしない。

そして、そのオオカミたちさえいればフェオは満足だった。いや、満足以上だ。マリーナが、娘《むすめ》に友だちがいないことを心配するたびに、フェオは、今いるオオカミたちのうちの二頭は、人間で言えばちょうど自分と同い年くらいの女の子なんだから、と言いかえす。「そりゃあ、あの子たちはロシア語を話せないけど、だからってわかりあえないわけじゃないし」と。

シロは群れ一番の美しい雌《めす》で、フェオが首筋に顔をうずめると、やわらかい毛皮はぬれているかと思うほどだった。まだ若く、雌《めす》としての魅力《みりょく》にあふれていることは、出会った雄《おす》たちはみな認めるところだろう。すらりとした鼻先は、フェオの耳の穴に入りそうなくらい細い。オオカミたちの多くは、生まれた時は青い瞳《ひとみ》をしていても、三か月ほどで瞳《ひとみ》の色は黄色や金色に変わる。だが、シロの瞳《ひとみ》は青いままだった。

そしてハイイロだ。ハイイロは、フェオより数か月だけ早く生まれた雌《めす》だった。オオカミ目あての猟師《りょうし》が、母オオカミの腹を切って子オオカミをとりだしたのを見つけたマリーナが、その猟師《りょうし》と争い、ハイイロを保護したのだ。その時、マリーナは鼻の骨を折り、猟《りょう》師《し》は一週間入院するはめになった。ハイイロは、この世に生を受けた日にそうした大きな緊張《きんちょう》を強《し》いられたせいか、気性《きしょう》が荒《あら》く、あつかいにくいオオカミになった。ぴくりと耳を動かす仕草にも、不屈《ふくつ》の闘志《とうし》が表われている。フェオは、どんな動物も恐《おそ》れる必要などないと信じていたが、もし、恐《おそ》れるべき相手を選べと言われたら、まちがいなくハイイロの名をあげただろう。

フェオは、クロにむかってこう言ったことがある。「たしかに、そのうちハイイロに、体のどこかを食いちぎられる心配はないのか、ときかれたら、絶対にないとは言いきれないわね」

クロはその毛なみの美しさで四千ルーブルの高値で猟師《りょうし》から買いとられた雄《おす》オオカミで、フェオに会うまでは人間に心をゆるしたことがなかった。フェオが暮らす森の丸太小屋につれてこられた時は、尻《しり》が戸口につかえるほど太っていた。だが、今では、思わず息をのむほど均整のとれた体つきになり、しかも、フェオにとって非の打ちどころのない親友になった。体長は、あと脚《あし》で立ちあがるとフェオの身長の二倍近くあり、足の裏《うら》は、くらべなくてもフェオの顔ほどもあることはわかっていた。それでいて、クロは稲妻《いなずま》のように敏捷《びんしょう》だった。

オオカミが走る姿くらい特別なものはない、とフェオは思っている。「だってね」と、フェオはキズアシに語りかけた。「オオカミらしいオオカミは、雷《かみなり》や嵐《あらし》に足があれば、あんなふうに走るんじゃないか、っていうように走るんだもの。おまえも、そんな走りができるようにならないと。わかった？」

フェオは体を起こし、キズアシの耳のうしろをかいてやった。キズアシは、びくっとして、か細い声をもらした。

「ラープシュカ、おまえは歯をむいてうなることも知らないのね」

ここへつれてこられるオオカミの多くは、生まれてすぐにとらえられ、鎖《くさり》につながれてしまうので、客間の幅《はば》より長い距離《きょり》を走ったことがない。

「今から、少し走るよ」フェオは言った。「走る、ってどういうことかわかる？　歩くのに似てるけど、もうちょっと速くね」

キズアシは、くぼみに足をふみいれた拍子《ひょうし》に、一気に腹まで雪に埋《う》まり、あわてて前脚《まえあし》のあいだに頭を入れて体を丸めてしまった。フェオは雪の中に手を突《つ》っこんで腹をさぐりあて、キズアシの体を引きおこした。たぶん、体重はフェオと同じくらいあるだろう。

「オオカミなら、いつも堂々として、勇ましく、そして獰猛《どうもう》でなきゃ」フェオはそう言って、キズアシの耳をかいた。「そんなになれるようにがんばらないと」フェオはスキーをつけて革《かわ》の締《し》め具《ぐ》をしめると、髪《かみ》についた霧《きり》が凍《こお》りつかないうちにぬぐい、その髪《かみ》をシャツの中に押《お》しこんだ。「ほら、ついておいで！」

フェオは雪を分けて進み、丘《おか》の上から急斜面《きゅうしゃめん》を一気にすべりおりた。木々のあいだを風が吹《ふ》きぬける音がして、キズアシがついてきているかどうかわからなかったが、いつもなら、オオカミたちはよろけながらも本能的にあとをついてくる。ふりむくと、キズアシは斜面《しゃめん》の上から、晩餐会《ばんさんかい》にでも出ているような顔つきでこっちを見下ろしていた。

フェオは唇《くちびる》に凍《こお》りついた鼻水をかみ

くだいて吐《は》きだすと、スキーをはいたまま、雪をふみつけて斜面《しゃめん》をジグザグに登っていった。

「たしかに、おまえの毛なみはとってもきれいだよ。でも、根性《こんじょう》まで絨毯《じゅうたん》なみだ。ほら！　さっさとすませよう。でないと、ママが心配するよ」フェオはポケットから骨をとりだし、誘《さそ》うようにオオカミのまわりをぐるりと回った。「おいで、キズアシ！」

フェオは斜面《しゃめん》を見下ろせるところまでもどると、背中をそらせてキズアシのほうをふりかえりながらすべりおりていった。キズアシはついてきた。その身のこなしは、おせじにも「軽々と」とは言えなかったが、それでもどうにか走っていた。ゆっくりと一キロほど進んだところで、キズアシは立ち止まり、一度くるりと回ったかと思うと、そのまま寝《ね》入《い》ってしまった。

フェオはにっこり笑って、片手でキズアシのあごをつかみ、やさしくゆすぶった。「起きて！　ここは寝《ね》るところじゃないよ。でも、初日にしてはよくやったわ。ほら」フェオはそう言って骨をさしだした。かぶりつくキズアシのざらつく舌が、フェオの手のひらまでなめてくる。

骨をかむキズアシの様子を見ていると、ふいにフェオの腕《うで》やうなじの産毛《うぶげ》が逆立った。

が、なぜなのか、すぐにはわからない。フェオはキズアシの首に片手をおき、もう一方の手で腰《こし》につけていたナイフをさぐった。まただ。そうか、においが風に乗ってくるんだ。「ヘラジカよね」フェオは声に出して言った。「この湿《しめ》っぽいにおいはヘラジカよ」口ではそう言ったが、明らかに人間の湿《しめ》った服のにおいだった。ぽっかりあいた森の中の空き地を見まわしてみる。あるのはただ、雪と空と傾《かたむ》いていく夕日の淡《あわ》い光だけだ。

フェオはすっくと立ちあがった。「急いで。今夜はおまえを家の中に入れてやらないと」

森に帰すためにつれてこられたオオカミたちは、いつもは外の木の下で眠《ねむ》る。だが、ラーコフがやってきた今となっては、もう同じようにはできない、そうマリーナから言われていた。

「おいで」フェオはキズアシをつれ、一歩おきにうしろをふりむき、できるだけ木の幹で背中を隠《かく》しながら家にもどっていった。「急いで。今夜だけはストーブのそばで寝《ね》かせてあげるから。でも、ナイフやフォークを食べちゃだめよ。昔、フォークを全部食べちゃったオオカミがいてね。お腹《なか》をこわしちゃったんだから」

4

翌日は発見の日だった。フェオが見つけたものは二つ。キズアシは太ってはいないということ。そして、世界は安全ではないということ。

フェオは片手をキズアシの首筋におき、リスをさがしながら森の中を走っていた。すると、一羽のコクマルガラスがなにか食べるものはないかと雪をつついていた。

「キズアシ、おまえのえさだよ！　ほら、早く！」

いくつかのことが同時に起きた。鳥を見て怖《こわ》くなったキズアシが思わずほえると、横腹が動き、脈打った。そして、木の上から人が飛びおりてきて、拳銃《けんじゅう》をかまえ、フェオの頭にねらいを定めた。「両手を見えるように高く上げろ」

フェオはびくっとして立ち止まった。そして、とてもゆっくりと、男に気づかれないことを願いながら、そろそろと少しずつ位置を変え、オオカミの前をふさぐように立った。

「手を上げろ！」

フェオは両手を上げた。「だれ？」こんなにあわてたことはなく、めまいがしそうだった。フェオはキズアシの大きな体を自分の膝《ひざ》のうしろに押《お》しやり、隠《かく》そうとした。

「帝国《ていこく》陸軍の兵士だ」

フェオは息をのんだ。恐怖《きょうふ》が全身を駆《か》けぬけたが、すぐに片手をおろし、キズアシが拳《けん》銃《じゅう》の近くを走ったりしないように首筋をつかんだ。「動かないで、ラープシュカ」フェオはささやいた。「待て」

「手をおろすな！」

「この子を撃《う》とうとしたら、わたしがあなたを殺すわよ」

「へえ？」兵士は問いかえし、拳銃《けんじゅう》を前に突《つ》きだしたまま一歩近づいた。「そいつはおもしろい」

「ほんとうよ！　下がらないと、かみつくからね！」兵士は動きを止め、目を丸くした。

フェオはひとつ大きく息を吸った。「もう一歩近づいたら、指を引っこぬいてやる」

兵士は思わず、おや、という表情を浮《う》かべた。「そんなこと、できるのかい？」好奇心《こうきしん》から眉《まゆ》をよせたその顔は、フェオが最初に思ったより若そうだった。

「ああ、できるよ」フェオはうそをついた。「たぶんね。あんたがじっとしてればの話だけど」フェオは一歩前に出た。兵士は動かない。フェオは自分の両手がふるえているのに気づき、うしろに隠《かく》した。「とにかく、わたしは本気だから――銃《じゅう》をこっちにむけないで！」兵士はまだ動かなかった。「ママはいつも、銃《じゅう》を人にむけるのは想像力がないからだ、って言ってるよ」フェオは肘《ひじ》の先でキズアシを示した。「それに、こっちにはオオカミがいるんだから」

「知ってるさ。ずっと見張ってたんだ」兵士は軍服についた松の葉をつまみとり、髪《かみ》の雪をはらった。大人というにはあまりに声が高い。少年の声だ。「そのオオカミ、そんなに気が荒《あら》くはないんだろ？」

その言葉に、フェオは自分でも驚《おどろ》くほどむっとした。「昨日よりはずっと野生に近づいてるんだからね！　昨日なら、編み物を始めても不思議じゃなかったけど……。それに」フェオは、さっき気づいたばかりのことをつけくわえた。「お腹《なか》に子どもがいるんだ。妊《にん》娠《しん》してるオオカミを撃《う》ったりできないよね。オオカミでもなんでも、この世で生きてみる前に殺してしまうなんて！」

「やらなきゃならないんだ」少年は腕《うで》をさすった。長身で金髪《きんぱつ》、肌《はだ》が白い。雪をはらうと、とてもやせていて、指の骨が肌《はだ》を突《つ》きやぶって出てきそうだった。声からして町育ちなのだろう。弱々しい声だ、とフェオは思った。あまり兵士らしくない。「悪いけど、しかたないんだ。命令には従わないと」

「そんな必要ないよ」フェオは思いきってもう一歩前に出た。「お願い。殺さないで」

「やらないと、ぼくが罰《ばっ》せられる」

「そんなことしたら――、オオカミみたいにあんたを食べちゃうよ」そうは言ったものの、内心のおびえがほとんどそのまま声に表われていた。片手はキズアシにかけたままだ。

少年は首を横にふった。「こっちには拳銃《けんじゅう》がある。銃《じゅう》一挺《ちょう》でオオカミ一頭は倒《たお》せるぞ」

たしかにそのとおりだったので、フェオは顔をしかめるしかなかった。「でも、だれに罰《ばっ》せられるの？」フェオには心あたりがあった。「ラーコフ将軍？」

「大きな声で言うな！」少年は、まるで将軍が木の陰《かげ》から飛びだしてくるとでもいうように、あたりを見まわした。「ああ、そうだよ」

「ラーコフはなにをするの？」

「自分でなにかするわけじゃない、たいていはね。でも、見てるのが好きなんだ……」少年の声には、どこかぞっとする響《ひび》きがあった。

「へえ……」フェオは、これほどわずかな言葉に、こんなにも大きな恐《おそ》れをこめられることを初めて知った。

「あの人は、将校たちに命じて、ぼくらを自分の部屋につれてこさせる。ぼくは一度、三日間血が止まらなかったことがある」少年は、まるでなにかをふりはらうように、両肩《りょうかた》をびくんと動かした。「だから——ぼくはどうしてもそのオオカミを撃《う》たなきゃならない。ぼくが撃《う》ちたいかどうかは関係ない。きみは知らないだろうけど、見張りは六人でやってる。だから、ぼくがやらなくても、そのうち、だれかがやる」

「なんですって！」フェオは、周囲の木立をきょろきょろと見まわした。しんとして動くものはない。「どこにいるの？」ナイフ一本しかもってこなかった。大失敗だ。

「ここにはいない。お互《たが》いに三十キロ以上はなれてる。ラーコフ将軍からは、オオカミを森に帰そうとするやつは逮捕《たいほ》しろと言われてるんだ。オオカミは撃《う》ち殺《ころ》せ、ってね。これは命令だ」

「森に帰そうとしてたわけじゃないわ。ただ、遊んでただけよ」

「きみは、ただぶらぶらと遊んでるような人には見えない」その時、少しはなれたところで枝がこすれる音がした。少年は思わず、あっと鋭《するど》い声をあげたが、すぐにそれをのみこんだ。フェオの目に、木々のあいだを駆《か》けぬけてくるクロの背中が見えた。

「ああ、もう！」フェオは、昨日、キズアシを運んできた男から聞きおぼえたばかりの、とびきり汚《きたな》い言葉をつぶやいた。

「あれは――」

「クロ、あっちへ行きなさい！」フェオは呼びかけ、礼拝堂の方角を指さしたが、オオカミは止まらなかった。「お願い、クロ、来ないで！　この人は銃《じゅう》をもってるのよ！」

少年は拳銃《けんじゅう》をかまえた。

「やめて！」フェオは叫《さけ》んだ。「撃《う》たないで！」フェオはキズアシのそばをはなれられなかったが、少年にむかってつばを吐《は》いた。少年はあわてて飛びさがったものの、一歩下がっただけではよけきれなかった。「いいこと。もしクロを撃《う》ったら、あんたが寝泊《ねと》まりしてる場所を見つけて、夜中に行くからね」少年は目を大きく見ひらいた。「ほんとうよ。冗談《じょうだん》で言ってるんじゃないわ」

クロがうなり声をあげながら、木立の外へ飛びだしてきた。少年は、あっ、と叫《さけ》んだ。フェオはキズアシの腹を守るように身を投げだし、固く目をとじたが、銃声《じゅうせい》は聞こえてこなかった。目をあけてみると、少年はその場に凍《こお》りついたように立っている。拳銃《けんじゅう》をもつ手がふるえていた。

クロは雪に足をすべらせて止まると、頭をフェオのふとももにあずけた。そして、フェオの緊張《きんちょう》や脚《あし》のふるえを感じとったのだろう、喉《のど》の奥《おく》で、もう一度うなった。

「しょうがない子ね」フェオは言った。

「どうしたんだ？」少年はたずねた。

「あんたがきらいなのよ」

「なぜ？」

「わたしがきらってるから。この子には、それがわかるの」

「じゃあ、やめさせろ！」

「あんたをきらうのを？」

「そうだ！　今すぐやめさせるんだ！」

「もとはといえばそっちのせいよ！　わたしに銃《じゅう》をむけてるんだもの！」

「命令だ。そのオオカミをおとなしくさせろ！」

「無理よ！　いい？　ここが肝心《かんじん》なところ。このオオカミは、わたしの言うとおりにするかもしれないし、しないかもしれない。だって、ペットじゃないんだから」フェオが、ペットという言葉に力をこめると、クロはまたうなった。そのうなり声で、頭上の枝から雪が落ちてきた。

気がつくと、少年は風にゆれる木の葉のようにがたがたふるえていた。

「これ以上近づけるな！」

「じゃあ、銃《じゅう》をおろして！」フェオは一《いち》か八《ばち》か、少年に背をむけ、雪に片膝《かたひざ》

をついた。「しっ！　静かに」そう言うと、クロの顔を手のひらではさみ、鼻面《はなづら》に温かい息を吐《は》きかけた。「だいじょうぶよ、クロ。今日は、だれも食べなくてもいいわ」フェオはそう言うと、ちらりと少年を見た。

　少年は両手のこぶしを固めてはいたが、拳銃《けんじゅう》は雪の中に落としていた。

「食べてほしくなったらそう言うから」フェオはクロにむかって言った。クロは言葉の意味を理解したわけではないのだろうが、やさしいささやき声に安心したらしく、逆立っていた首筋の毛が落ちついた。

　わざとらしい咳《せき》ばらいが聞こえてき

た。「で……、どうすればいい？」少年は言った。

「わたしたちと会ったことをだれにも言わない、って誓《ちか》って」フェオは、できるだけ力強く低い声で言った。「さもないと、気づいたらベッドの下にオオカミがいて、あんたの足の指を食べてるからね」

「いいかい、ぼくはきみを逮捕《たいほ》しなくちゃならないんだ。見かけたけど捕《つか》まえなかったってことがばれたら……」

「どうなるの？　どんな目にあわされるの？」

「いや、それは聞かないほうがいいと思う」

「知りたいわ。ちょっとだけ」

「いや、やめといたほうがいい。ロシア軍はお世辞とミルクで兵士を育てるわけじゃない、ってよく言うんだ。ぼくはきみを逮捕《たいほ》しないわけにはいかない。わかったか？　今すぐ逮捕《たいほ》する。いいか？」少年がそう言って背筋を伸《の》ばすと、フェオより少なくとも三十センチは高かった。

フェオはじっと少年を見かえした。立ち姿、目のまわりや手首の肌《はだ》……。手首の肌《はだ》を見れば、いろいろなことがわかる。「あなた、わたしと同い年でしょ」

「ちがうよ！　ぼくは十三だ。もうすぐ十四になる」

「でも、やっぱり、人を逮捕《たいほ》できる年じゃないわ」

「仲間を呼べと言われてるんだ。いいか、ここにホイッスルが入ってる」少年は上着の内ポケットのあたりを指さした。「今から吹《ふ》くぞ。しかたないんだ」そう言って、上着の金ボタンをはずしにかかった。

と、その時、それまでクロのとなりにうずくまり、荒《あら》い息をしていたキズアシの様子がおかしくなった。ごろりと横になり、喉《のど》の奥《おく》から短いうめき声をもらしはじめたのだ。

「大変！」フェオの心臓が止まりかけたのは、少年や、少年の拳銃《けんじゅう》のせいではなかった。

「キズアシ！」

「どうした？」

「静かに！　この子の気をちらさないで」

「なぜ？」

「だまってて！」フェオは膝《ひざ》をついた。

「試験でも受けてるのかい？」

「子どもが生まれるの！」フェオはオオカミの脈打つ腹に手をあてた。「落ちついて、ラープシュカ。いい子ね。だいじょうぶ、わたしがついてるから」フェオはそう言うと、オオカミの鼻に手をあてて呼吸を確かめた。息が乱れ、全身の筋肉がこわばり、せっぱつまった目をしている。キズアシは大きくあえいだ。

「今ここで？」少年はそう言うと、少し近づいた。「どれくらいかかる？」

「下がってて。息がかかるといやがるから。そうよ、もちろん、今ここでよ」

それまで兵士らしくよそおっていた少年の態度ががらりと変わった。一歩前へ出た少年は、どこにでもいるふつうの男の子だった。「見ててもいいかな？」

「銃《じゅう》をこっちによこせばね」

少年はためらった。「でも、そんなことしたら――」

「あんたを撃《う》ったりはしないから。たぶんね。とにかく、銃《じゅう》をもったまま近づかないでくれる？　だれであれ、銃《じゅう》をもった人は、妊娠《にんしん》したオオカミに近づくことはゆるされていないのよ」フェオは、それが今思いついたことでなく、法律で定められているかのように言ってみせた。

少年はわずかにためらったが、すぐに雪の中から拳銃《けんじゅう》を拾いあげ、銃口《じゅうこう》を前にむけたまま、フェオにむかって下手でひょいと放った。フェオはそれを空中で受けとめ、においをかぐと、木立の中へ投げこんでしまった。

「ここまでなら近づいていいわ。でも、これ以上はだめ」フェオは雪の上に線を引き、背をむけた。少年は待たせておけばいい。もっと大事なことがある。

キズアシが鼻を鳴らして息をしはじめ、吹《ふ》きとばされた雪が小さく舞《ま》った。

少年はじわりと近づき、フェオまでオオカミの体の幅《はば》二つ分くらいのところに膝《ひざ》をついてしゃがんだ。「痛いのかな？　痛がってるように見えるけど」

「痛いに決まってるでしょ！　でも、ママの話じゃ、人間のお産ほどじゃないらしいよ。オオカミの赤ちゃんのほうが頭が小さいから」

「なにか手伝えることはないかい？　ああ、そうだ、ぼくはイリヤ」

「なにもないわ。今のところはね。下がってて」

「きみが名前を名乗る番だろ。なるほど、隊のみんなが、きみときみのお母さんは『社会的栄養失調』だって言うわけだ」

「ちょっと静かにしててくれない？　大事な時なんだから！」

「名前は知ってるけどね。フェオドーラだ」

フェオは答えなかった。「フェオドーラ」と呼ぶ人は相手にしないことにしている。そう決めているのだ。

キズアシが横になったまま、あえぎながら、かん高い声でひと声吠《ほ》えると、ねばねばした毛皮の塊《かたまり》が雪の上に出てきた。フェオは息をのむばかりで、どうすればいいかわからなかった。塊《かたまり》は動いていない。キズアシは身をよじってにおいをかぎ、舌でなめたが、やがて顔をそむけてしまった。そして喉《のど》の奥《おく》から声をあげたが、それはうなり声というより、なげき悲しむ声に思えた。

「どうするんだい？」イリヤが話しかけてきた。

「知るもんですか！　それでいい？」フェオは、ぬれた毛皮でおおわれた小さな塊《かたまり》を拾いあげた。それはあまりに小さく、あまりにじっとしたまま動かなかった。フェオはコートの裾《すそ》につばをつけ、毛でおおわれた体をそっとふいてやった。だが、なにも起きない。指先をあててみたが、心臓は動いていなかった。

「なにか問題でも？」と、イリヤ。

「見ればわかるでしょ！」フェオは、必死で子オオカミの小さな口を小指でこじあけ、息を吹《ふ》きこんだ。やはり動かない。すでに体は冷たくなりはじめていた。

「どうした？」

「ちゃんとしたえさを食べさせてなかったのね」フェオは、爪《つめ》が手のひらに食いこむほど固くこぶしをにぎった。「死んでるわ」

「死んでる？」イリヤはぎょっとした。「もう？　どうにか――」

「手おくれよ。お腹《なか》の中で死んでたの。こんなに小さいんですもの。見ればわかるわ」フェオは頰《ほお》がぬれているのを見られないよう、うつむいて髪《かみ》で顔を隠《かく》した。「オオカミにどんなものを食べさせたらいいか知らないのよ。ばかな人たち」

キズアシがまた体をこわばらせ、それまでフェオが、どのオオカミからも聞いたことのない、鼻にかかった妙《みょう》にかん高い声で鳴いた。

「待って！　もう一匹《ぴき》いるわ！　キズアシがいきんでるあいだはしゃべらないでね！」フェオはキズアシの頭をなでながら、うしろ脚《あし》のほうに目をやった。「その調子よ、ラープシュカ！　落ちついて。だいじょうぶ」

「どうしたんだ？」イリヤが声をひそめて言った。

「しゃべるな、って言ったでしょう！　夜中にオオカミに食べられてもいいの？」フェオは答えた。気がつくと胸が焼けるように苦しかった。さっきから息を止めていたらしい。フェオはあわてて息を吸い、先を続けた。「ごめん。――とにかく、母親のために静かにしてててちょうだい」フェオはキズアシの背中の毛を背骨にそってなでてやりながら、どの聖人でもいいから、子オオカミや鼻を鳴らして息をするかよわい者たちを守ってください、と祈《いの》った。

キズアシがまたいきむと、待ちかまえていたフェオの両手にすべりおちてきた塊《かたまり》は、さっきより大きくて、しきりに身をよじっていた。

「生きてるぞ！」イリヤが言った。「ほら、生きてる！」

フェオはうつむき、雪にむかって微笑《ほほえ》んだ。「そうよ！　でも、安心するのはまだ早いわ！　もう少し様子を見ないと」フェオは子オオカミを、横たわったキズアシの口の近くにおいてやった。

なりたての母オオカミは、子どもをなめてきれいにした。オオカミは喉《のど》を鳴らさない代わりに、うれしい時は体をふるわせる。キズアシは今、ふるえていた。そして子どもをくわえ、フェオの膝《ひざ》の上にのせた。

イリヤはうわずった声をあげた。「ごらんよ！」

子オオカミが動いた。ひとつ小さな咳《せき》をしたが、それは紙がカサコソと鳴るくらいの音だった。指の爪《つめ》ほどしかないだろう心臓の鼓動《こどう》が、スカートの布地ごしにフェオの脚《あし》に伝わってくる。

「まあ！」フェオは顔を近づけ、ささやきかけた。「ようこそ、この世界へ、おチビちゃん」フェオは、王国を丸ごとひとつもらった気分だった。

「今の見たか？」イリヤが言った。「自分から、子どもをきみの膝《ひざ》にのせたぞ！」

「群れの中ではふつうのことよ。子どもはみんなで育てるの」

イリヤが浮《う》かべた表情は、えさが近くにある時のクロの表情にそっくりだったので、フェオはびっくりした。なにかに飢《う》え、それが欲《ほ》しくてたまらないという顔をしている。フェオは雪の中でもぞもぞと動き、イリヤのすわる場所をあけてやった。「ほら。ここへ来て見てごらん」

「こいつ、目が見えないんだ！」イリヤは息をのんだ。「フェオドーラ、助けてやらないと！」

「ずっとこのままってわけじゃないわ。最初はこうなのよ。生まれて十日くらいは目をつむったままなの」

子オオカミは、腰《こし》のあたりが二か所、尖《とが》って突《つ》きでていた。肩《かた》もそうだ。雄《おす》で、体は黒く、足の先が白い。胸に灰色のまだら模様が入っていた。目はとじたままだが、フェオがキズアシの乳首《ちくび》に頭をむけておいてやると、子どもは、どうにかして乳を飲もうと母親の腹を前足でさぐりはじめた。フェオは声をたてて笑った。どうしても、どこかのおじいさんが踊《おど》っているように見えてしまう。

　イリヤは片手を伸《の》ばして子どもにさわろうとしたが、迷った末に引っこめ、その手を尻《しり》の下にしき、ささやいた。

「ほら。乳を飲んでるぞ。こいつ、台所のテーブルなみにやせてるな」イリヤは、フェオにじっと見られて顔を赤らめた。「ああ、ぼくが生まれた時、母さんはそう言ったらしい。そして死んでしまった。父さんは、やせた子はつごうがいい。食いものが少なくてすむ、って言ってたな」イリヤは少しフェオに体をよせた。

　フェオはなんと答えればいいかわからなかった。イリヤはフェオのほうを見ず、子オオカミを見ている。子オオカミは、たまたま口に入った雪を初めて味わっているところだった。そして、くしゃみをした。人形がするような小さなくしゃみを。

「わたしのことは、フェオって呼んで」

「フェオか。じゃあ、こいつにさわってもいいかな、フェオ？」

「それはキズアシしだいね。わたしにきかないで」だがイリヤは、フェオに、うん、と言ってもらいたくてしかたないという顔をしたので、フェオは胸が痛み、肩《かた》をすくめて言った。「キズアシから両手がいつも見えるようにしておけば、かまれずにすむわ。両手が見えないと、オオカミは不安になるから」

イリヤは、靴《くつ》のつま先から帽子《ぼうし》のてっぺんまで、全身をかすかにふるわせながら子オオカミをなでた。フェオは、そんなイリヤを見ていた。イリヤのまつ毛は目に見えないほど薄《うす》い金色で、びっしりと雪がついている。片方のまぶたに傷あとがあった。

「ラーコフ将軍は、これを撃《う》ち殺《ころ》せと言ってるのか？」イリヤは言った。「将軍は、オオカミは気が荒《あら》いって言ってたぞ」

「オオカミが怖《こわ》いのよ」フェオは答えた。「恐《おそ》れは憎《にく》しみと同じくらい危険なことがあるわ。動物たちはそれをよくわかってる」

「でも、こいつの爪《つめ》を見てみろよ！」言われて見てみると、短く細いかぎ爪《づめ》は、フェオが爪《つめ》を切った時のかけらくらいしかなかった。イリヤは小指の先で、子オオカミの前足をさわった。「オオカミの子を撃《う》つなんて、どうしてそんなことができる？」イリヤは言った。「生まれたばかりなんだぞ」

オオカミと子どもたちは、そこでそのまま何時間かすごした。フェオとイリヤはあまり口をきかなかった。ただ、子オオカミがよたよたと母親の乳首《ちくび》から乳首《ちくび》へと移り、脇腹《わきばら》の山を登っては雪の中にすべりおちるのを見ていた。

フェオがオオカミたちに声をかけたのは、あたりが薄暗《うすぐら》くなってきたころだった。キズアシは子どもを口にくわえ、フェオの指示を待った。

「もう行かないと」フェオは言った。「お休み」

「オオカミをどこへつれていくんだい？」

フェオはためらった。「だれにも言わない？」

「もちろんさ！　うそじゃない、誓《ちか》うよ、フェオ」

「家につれてかえるの。わたしの家に。キズアシがそうしたいと思えば、家の中で寝《ね》かせてやるわ。ポーチでもいいし。家まで帰るあいだにだれかに見られちゃうかな？」

「いや、このあたり十キロはぼくの担当だ」イリヤはそう言うと、うつむいて袖《そで》の金ボタンを見た。「また来てもいいかな？」

「なぐられるんじゃない？」

イリヤは肩《かた》をすくめた。

「来てもいいかい？」

「わかったわ。いいわよ。そんなに来たいのなら」

「森に帰すのを手伝わせてくれないか」

「簡単じゃないのよ」フェオは顔がほころびそうになるのをがまんした。兵隊に笑顔《えがお》を見せるのはまだ早い、そう思っていた。「いいわ。でも銃《じゅう》はもってこないで。それから、ここで見たことをだれにも言わないって約束して。破ったら、オオカミにかみ殺されるわよ」

「いいだろう。少なくとも――」イリヤの口調は、会ってすぐの時に聞いた町育ちの人間らしい話し方にもどっていた。「どうせ一度は死ななきゃならないのなら、そういう死に方も悪くない」

5

それからの数週間は、フェオにとって、今まででもっとも幸せな日々と言ってよかった。フェオも母親のマリーナも、家のそばにとどまり、兵士の宿舎にはできるだけ近づかないようにしていた。マリーナはナイフを手に、険しい目つきで家の周囲を見まわったが、灰色の軍服に出くわすことはなかった。

子オオカミは、まだ目があいていないうちから、驚《おどろ》くほどのかしこさを見せた。むろん、それは起きているあいだのことで、まだ眠《ねむ》っていることのほうが多かった。眠《ねむ》る時は、玄関《げんかん》の外でキズアシに体をよせて横になる。日が昇《のぼ》るころ、フェオはよく子オオカミを膝《ひざ》にのせて窓の前に腰《こし》かけ、窓ごしに、キズアシが雪の中を駆《か》けまわってはあちこちでにおいをかぎ、吹《ふ》く風に飛びかかり、家の外壁《そとかべ》をかじるのをながめた。キズアシは、自分がどこまで走れるようになったか確かめるために、一、二時間姿を消すこともあった。

時おり、イリヤが前ぶれもなくやってきた。はじめのうちは偶然《ぐうぜん》このあたりを通りかかったふりをして、フェオが薪《まき》を割ったり、スキー板に油を塗《ぬ》ったりしているのを見て驚《おどろ》いてみせた。

フェオは笑った。「あんまり驚《おどろ》いてるようには見えないよ。おせっかいな親戚《しんせき》のおばさんみたいだ」

クロもシロも、一度だけイリヤのにおいをかぎ、おもしろくもないし、食べるものでもないとわかると、それきり相手にしなかった。ハイイロだけがイリヤを見張るのをやめず、帰《かえ》り際《ぎわ》は森が始まるところまであとをつけていった。ハイイロの表情は敵意むきだしとは言えないが、かといって、クッションをふくらませて熱い飲み物をすすめるような気分でもなさそうだった。子オオカミはイリヤのにおいがわかるようになり、イリヤが近づくと、目が見えないうちから猫《ねこ》のような鳴き声をあげ、よたよたと歩いてよっていくようになった。イリヤは片手で子オオカミを抱《だ》きあげて腰《こし》をおろし、同じ兵舎にいる兵隊たちのことや、神経質な皇帝《こうてい》が抱《いだ》く不安のこと、農村で起きた暴動のことをフェオに話してきかせた。フェオは、住んでいる森の外の世界の話を聞くことはめったにないので、熱心に耳をかたむけた。そして何度も、ラーコフ将軍のことを教えてくれと頼《たの》んだ。

「日曜日、将軍は部下の将校たちに、朝までバルコニーの外側にぶらさがっておけと命じたんだ。しかも、手をはなしたら、地面に落ちる前に銃《じゅう》で撃《う》つとおどしたのさ。頭がおかしいんじゃないかな。いや、だんだんおかしくなってるところなのかもしれない。みんなの話だと、五年前はあんなじゃなかったらしい」

「なぜ、皇帝《こうてい》陛下はラーコフ将軍を止めないの？」

「陛下には、まだ幼い病気の皇太子がいて、この国で起きてるほかのことに気が回らないんだ」

「男の子がいるなんて知らなかった！」

「みんな知ってるぞ。こんなとこに住んでると、ニュースはあまり入ってこないんだな」

フェオは舌を突《つ》きだした。「でも、陛下がそんなふうだと、まずいんじゃない？」

「ああ。だから、ラーコフ将軍はやりたいほうだいなのさ。まあ、それはまだいいとして、残酷《ざんこく》なことをしたがるのが困るんだ。年寄りの物乞《ものご》いを雪に埋《う》めて窒息死《ちっそくし》させたこともある。そういうことを、陛下はなにもご存知《ぞんじ》ない」イリヤの話を聞きながら、フェオは必死に怖《こわ》がっていないふりをしていた。

「ふーん。そう」

イリヤはまた、兵舎には将校用の小さな図書室があって、そこから時々本をこっそりもってくる、とも言った。「あそこにいていいことはそれだけだ。枕《まくら》の下に辞書を隠《かく》して寝《ね》ることもある。世の中には、『おい、こっちへ来い』以外にも言葉はたくさんあるってことを忘れないためにね」

フェオからは、どうやってオオカミを森に帰すのか、そのためにこれまで守ってきたことをイリヤに話した。「人間の名前はつけないことにしてるの。オオカミ自身の名前があるから、わたしたちみたいな名前はいらないわ。だから呼ぶ時は、色や体の特徴《とくちょう》で呼ぶのよ。『キズアシ』もそうでしょ」

「あの子どもはなんて呼ぶつもりだい？」

「まだわからない。毛の色は生まれて二、三年は変わっていくから、それまでは決まった名前で呼ばないの」フェオは、自分の家系がピョートル大帝《たいてい》の時代から、何代にもわたってオオカミを預かり、森に帰してきたのだと説明した。イリヤはほんとうは感心してるのに、してないふりをしているだけのようだった。

キズアシが初めて自分で肉を食いちぎることができた日、イリヤはその場にいあわせた。そして、フェオとオオカミたちが雪の中で誇《ほこ》らしげにころげまわるのを、少しはなれた安全な場所から見ていた。フェオがスキーをはいて前を走り、ロシア語と精一杯《せいいっぱい》のオオカミの言葉でキズアシに、ついておいで、と声をかけている時、イリヤは、キズアシの尻《しり》を押《お》して、どうにか走らせてやろうとした。そして、キズアシが例の凍《こお》らせたヘラジカを見つけ、得意げに骨ごとバリバリとかみくだいて食べた日もイリヤはその場にいた。だがキズアシは、結局、食べたものをイリヤの革靴《かわぐつ》の上に派手に吐《は》いてしまった。

「説明してもわかってくれないかもしれないけど」イリヤは、キズアシがすました顔ではなれていくのを見送りながら言った。「靴《くつ》やボタンが光ってないと、ラーコフ将軍に殴《なぐ》られるんだよ」

「ほら」フェオはイリヤにぼろ布をわたした。「これでふきなよ。雪を磨《みが》き粉《こ》がわりにしてさ」

「においは消えない」

「じゃあ、これはサンクトペテルブルクではやってる香水《こうすい》です、とでも言えばいい。とにかく、動物たちと暮らしてれば、少し泥《どろ》がついたくらいじゃ気にしていられないから」

「なるほど。きみを見れば、みんなそう思うだろうな。でも、ゲロと泥《どろ》のちがいをわかってくれる人も多いと思うけど」

フェオは舌を突《つ》きだした。シロも、えさをもらえると思ったのか、同じように舌を突《つ》きだした。「大人みたいな口をきかないで。いーい、たいていの人は自分が動物好きだと思ってるけど、それは、頭の中で想像してる動物が好きなだけ。ほんものの動物には、ほんものの泥《どろ》がつきものなんだから」

「でも、靴下《くつした》の中にヘラジカの肉の切《き》れ端《はし》が入っちゃったんだぞ！」

「よかったじゃない！　キズアシに信用された証拠《しょうこ》だもの！」

子オオカミの目があいた日、二人はお祝いをした。家の裏手《うらて》の、兵士がやってきても見えない場所に、雪で子オオカミのための玉座を作り、マリーナの寝室《しんしつ》から失敬してきた赤いクッションをおいた。歯はまだ生えていなかったが、子オオカミは最初から最後まで、歯茎《はぐき》でクッションにかみつき、中の羽毛《うもう》を出そうとした。毎年、冬が終わりに近づくころには食事が質素になっていくので、イリヤが背嚢《はいのう》の中からパイをとりだした時には、フェオは舌がひりつくのを感じた。赤いソースをからめたひき肉のパイで、二人の手を伝って流れおちたソースが、雪を血の色に染めた。

「どこで手に入れたの？」フェオはたずねた。トマトと香辛料《こうしんりょう》の味がしっかりついたパイだった。薄《うす》く何層にも重なった生地《きじ》はバターたっぷりで、フェオはこれほどおいしいパイを食べたことがなかった。

「盗《ぬす》んだのさ！　思ったより楽だったよ。いや、ほら、もっといやな気持ちになると思ってたから」

オオガラスが羽音をたてて飛びすぎた。フェオはそれを指さし、キズアシに声をかけた。「捕《つか》まえておいで！」

だが、キズアシは子どもの体をなめつ

づけ、動こうとしなかった。

「見ろよ、あの顔つき」イリヤが言った。「キズアシは愛想笑《あいそわら》いしてるぞ。ああいう顔は、うちの猫《ねこ》ちゃんにかぎ針で夜会服を編んでやろうと思ってるのよ、とか、うちの羊をオレンジ色に塗《ぬ》ろうと思って、なんてせりふを聞かされた人が浮《う》かべる顔さ」

「だまってて。キズアシは日ごとに足が速くなってるんだから。無理なことは言ってないわ」

「きみこそ、だまれ」イリヤは言いかえした。「キズアシのことをラーコフ将軍に知らせるぞ」

フェオは言いかえさなかった。イリヤが、キズアシや子オオカミのことを報告するくらいなら、自分の舌をのみこんだほうがましだと思っているのはわかっている。「ママがいつも言ってる。オオカミを森へ帰すには、そのオオカミ自身に、じつは勇敢《ゆうかん》に生まれついてるんだってことをわからせてやらなきゃならない、って。それはむずかしいことなの。あなたの助けはいらないわ」

これは、あとで、フェオの考えがまちがっているとわかったことのひとつだった。フェオは、イリヤに命を助けられたのだ。

イリヤがフェオの部屋の窓をたたいたのは、その日、夜もふけてからのことだった。フェオはそれまでパイの夢を見ていて、目がさめてしまった時は大損をした気分だった。窓を引きあけ、夜の闇《やみ》に目をこらしてみる。

「どうしたの？」

イリヤは答えなかった。そして、猫《ねこ》が食べたものを吐《は》く時のような、ゲッ、と小さな音をたてた。

「イリヤ！　なにがあったの？」

「スキーで……飛ばして……きた」イリヤはあえぎながら言った。

「なぜ？」

「きみに知らせるためだ。来るぞ。ラーコフ将軍と……兵士が四人」

フェオは、目の前の空気が急ににごったように感じた。「あなたはだいじょうぶなの？さあ、早く中へ！」フェオはイリヤの軍服をつかむと、スキーをはいたままだと気づかず、そのまま窓から中にひっぱりこもうとした。イリヤは手足をばたつかせたが、どうにかころげこんだ。イリヤの頰《ほお》には、なにかでぬれたあとが筋になって残っている。

「なにがあったの？」

イリヤがあんまり早口だったので、一度めは聞きのがしてしまい、もう一度話してもらわなければならなかった。「キズアシが雌牛《めうし》を襲《おそ》って殺したんだ。それに、最近、よく食べ物がなくなるから、パイを盗《ぬす》んだ犯人もキズアシってことになってしまった」

「でも、パイを盗《ぬす》んだのはあなたじゃない！　わたしたちのために！」フェオはイリヤの顔を見つめた。そして、叫《さけ》んだ。「マ、マ、マ！　マ、マ、マ！」

「その後キズアシは、追ってきた兵士の一人にかみついた。そして撃《う》たれた」

「撃《う》たれた？」フェオの動きが止まった。同時に世界も止まった気がした。

「ごめんよ。ぼくもなんとかして――」

「でも……キズアシが？　キズアシが撃《う》たれたの？」フェオは手にしていたイリヤのストックをとりおとした。

「ああ。キズアシは死んだよ」

「まさか」声がかすれ、いつものフェオの声ではなかった。

「フェオ――」

「四時間前は生きてたじゃない。コクマルガラスを半分あげたのに」フェオは壁《かべ》にもたれ、ずるずると腰《こし》を落とした。「確かなの？」

「残念だけど……」

「そんなはずない。イリヤ、そんなことあるわけないじゃない」フェオのあごの先から滴《したた》った涙《なみだ》が、髪《かみ》のすきまに落ちては消えていく。

「いや、ほんとうなんだ。キズアシは死んでしまった！　止めようとしたんだ、うそじゃない。でも、止められなかった」フェオはこの時初めて、イリヤの鼻やあごに涙《なみだ》のしずくが凍《こお》りついていることに気づいた。

フェオは足もとの地面がゆれている気がして、思わずその場にへたりこんだ。「やったのはだれ？　だれなの？　そいつら殺してやる！」

「そんなひまはない。残りのオオカミたちを撃《う》ち殺《ころ》すために、兵士たちがこっちへむかってる。きみのお母さんを逮捕《たいほ》するつもりだ。皇帝陛下《こうてい》にさからった罪で」

「皇帝《こうてい》陛下？　会ったこともない人に、どうやってさからうっていうの？」

「きみのお母さんは警告を無視したことになっている。お願いだ――」イリヤはフェオの両腕《りょううで》をつかむと、引っぱって立たせようとした。「フェオ！」イリヤの唇《くちびる》の上を鼻水が流れ、頬《ほお》はぬれていた。「もうすぐここに来る」

「あと何分くらいあるんだい？」戸口にマリーナが立っていた。

「ママ、キズアシが――」

「聞こえてたよ。こういうこともあるんだ、フェオ。あわてるんじゃない」きつい口調で言われたが、部屋の中にマリーナがいるだけで、フェオはすぐに息が楽になった。フェオはイリヤのほうにむきなおった。「時間はあとどれくらいあるの？」

「ぼくはスキーで必死に飛ばしてきたけど、みんなは馬かそりで来ると思う。さあ――三十分くらいかな。時間を読むのは苦手なんだよ。もしかしたら十分くらいしかないかも……」

「ありがとう」マリーナは娘《むすめ》の正面にしゃがみ、思いきり強く抱《だ》きしめた。「こういう時にどうするか、おぼえてるね？」

「荷物を入れた袋《ふくろ》が裏口《うらぐち》のそばにおいてあるわ」フェオは答えた。あれが必要になる日が来るとは思っていなかった。中になにを入れたっけ？　もっと真剣《しんけん》に考えればよかった……。これまでの暮らしが少しでも変わることなんて、絶対にないと思っていた。この家は永遠にこのままだと思っていたのに。

「ノリヤ、見張りをお願い！」マリーナが言った。「兵隊たちが来たら、大声で知らせて」

「わかりました！」イリヤは敬礼すると、外へ出て、家に続く道が見える場所に立った。

「フェオ、服を着がえなさい。急いで礼拝堂へ行って、あそこで待っててちょうだい。わたしがここで時間をかせぐから、おまえはそのあいだにオオカミたちを集めるのよ。あとから行くわ。まず南へ、それから、モスクワをめざしましょう。そう決めたわよね？」

「うん」フェオは髪《かみ》で頰《ほお》をぬぐった。「わかった」

「じゃあ、急いで！」

フェオは思うように動かない指で、一番厚手のスカートと一番暖かい長靴《ながぐつ》をはいた。マリーナの部屋からシャツをとってきて袖《そで》を通す。大きいけれど、自分のどのシャツより暖かい毛織のシャツだ。その上から編みこみのセーターを着て、赤いマントをはおった。

玄関《げんかん》で悲鳴があがった。イリヤの声だ。ドアが大きな音をたててひらいた。家の中は暗い。フェオは廊下《ろうか》へ走りでた。どなり声が響《ひび》き、物がこわれる音がして、ドスドスという靴音《くつおと》がした。

火のついた松明《たいまつ》が四本、兵士が四人。顔は陰《かげ》になって見えないが、大柄《おおがら》で屈強《くっきょう》そうな男たちで、みな銃《じゅう》を手にしている。一人が命令をどなると、残りの三人がランプや窓ガラスをライフルの台尻《だいじり》でこわしはじめた。壁《かべ》に張りついたフェオの胸の中で、心臓がドクドクと大きな音をたてた。フェオは部屋に駆《か》けもどり、スキー板を一本つかんだ。

だれかが走る足音に続いて、居間から母親の声が聞こえたかと思うと、痛みをこらえる野太い男のわめき声がした。どうやら急所を蹴《け》られたらしい。

フェオはスキー板をにぎりなおすと、廊下《ろうか》を走り、居間に駆《か》けこんだ。ナイフをふるう母親の姿が、壁《かべ》を背にして黒く浮《う》かんでいる。

フェオはスキー板をめちゃくちゃにふりまわした。室内は暗かったが、フェオにむかって突進《とっしん》してきた男は、見おぼえのある手とタバコのにおいでラーコフ将軍だとわかった。

フェオは、もう一度スキー板をふりまわしたが、その拍子《ひょうし》にくるりと一回転して、暗がりの中でよろけてしまった。ラーコフは鼻を鳴らした。怒《いか》りの表われだったのかもしれないが、フェオには笑い声に聞こえた。

「ううっ……笑うな！」フェオは唇《くちびる》をゆがめ、歯をむきだした。そして、スキー板をひょいともちかえると、今度は尖《とが》った先を前にむけ、ふりまわさずに何度も前に突《つ》きだした。

このほうがはるかに効果的で、フェオ自身が怖《こわ》くなるほどうまくいった。スキーの先が一人の首にまともにあたり、その兵士は傷ついた喉《のど》を片手で押《お》さえながら、もう一方の手でスキー板を奪《うば》おうとした。フェオはすかさずスキーを引っこめ、今度はラーコフめがけて突《つ》きをくりだした。すると、ぐにゃりという感触《かんしょく》が手に伝わり、先がなにかやわらかいものにあたったことがわかった。怒号《どごう》が響《ひび》き、つかみかかってきたラーコフのつばがフェオの顔にかかった。

「やめて！」フェオはあえぎ声で言うと、顔を上げられず、スキーを捨てて駆《か》けだした。膝《ひざ》があたって椅子《いす》が倒《たお》れた。途中《とちゅう》で荷物を入れた袋《ふくろ》をつかみ、裏口《うらぐち》から外へ出てドアをバタンとしめる。家の中から咳《せき》こみながら苦しそうにうめく声が聞こえてきた。マリーナがなにか叫《さけ》び、つづいて悲鳴があがった。だれの悲鳴かはわからない。涙《なみだ》で前が見えなくなった。いや、涙《なみだ》だけじゃない。煙《けむり》だ。家の中であがった炎《ほのお》が木製の窓枠《まどわく》をなめ、冷たい夜気の中に煙《けむり》がもくもくと流れでていた。

フェオはしばらくその光景をながめたあとで、ようやく事態をのみこんだ。生まれ育った家が燃えている……。フェオは両手で耳をふさぎ、金切り声をあげた。オオカミを預かる者はこんな声を出してはならない。しかし燃える家を見て、フェオの喉《のど》は怒《いか》りと恐怖《きょうふ》に支配されてしまった。燃える家の中から叫《さけ》び声《ごえ》が聞こえた。「フェオ！　逃《に》げて！」

フェオは体を前に傾《かたむ》け、雪の中、足を高く上げて、こんなに速く走ったことはないというほど全速力で走った。が、脇腹《わきばら》に差しこむような痛みが走り、転んで膝《ひざ》をついてしまった。つばを吐《は》きながらどうにか立ちあがると、口の中に金気くさい胆汁《たんじゅう》の味が広がり、フェオは自分がすごくちっぽけな存在になった気がした。その時、木立の中から三つの影《かげ》が飛びだしてきた。オオカミたちははねまわり、息をはずませ、鼻を鳴らしながら、あたりにただよう灰のにおいをかいだ。フェオが腕《うで》を広げると、三頭は飛びかかってきて、フェオをあおむけに押《お》したおした。

「クロ！」フェオはクロの首を両腕《りょううで》で抱《だ》き、脇腹《わきばら》の毛に顔を埋《うず》めた。だが、雪を背景に浮《う》かびあがる黒い毛を見て、はたと気づき、恐《おそ》ろしさのあまり凍《こお》りついた。「子どもが！」

家の横手の壁《かべ》が轟々《ごうごう》と音をたてて燃えていた。灰が夜空に舞《ま》いあがっていく。

「あの子を玄関《げんかん》の外においてきちゃったわ！」

フェオは腰《こし》をかがめ、片手をクロの首において走った。子オオカミは玄関《げんかん》から三メートルほどのところで、火事や兵士たちのたてる音も気にせず眠《ねむ》っていた。寝息《ねいき》で鼻水が小さな泡《あわ》になっている。フェオは首筋をつかんで子オオカミをもちあげると、シャツの懐《ふところ》に押《お》しこんだ。子オオカミはか細い声で鳴き、驚《おどろ》いてフェオの腹に爪《つめ》を立てた。

フェオが暗闇《くらやみ》の先に目をこらし、手のふるえを抑《おさ》えながら走りだすと、玄関《げんかん》のドアがバーンと音をたててひらいた。クロが木立を目ざして駆《か》けていく。フェオの手首をくわえて引っぱっていくものだから、歯が肌《はだ》に食いこんできた。窓がひとつ外にむかって破裂《はれつ》し、噴《ふ》きだした炎《ほのお》がフェオのマントをなめた。屋根が火の粉をちらしながら激しくゆれている。人の声が聞こえてきて、フェオはその場に立ちつくした。

兵士たちが、咳《せき》こんだり顔をぬぐったりしながら、うしろむきに家の外に出てきた。そしてもう一人……。フェオの心臓が激しく脈打ちはじめた。

マリーナだった。燃えさかる家の手前に、その姿が黒く浮《う》かんでいる。うしろ手にしばられて両肩《りょうかた》がそりかえっていた。目と口は麻袋《あさぶくろ》を裂《さ》いた布でおおわれている。左右に兵士がつき、腕《うで》をつかんで歩かせていた。

フェオは叫《さけ》びたくなるのを手首をかんでこらえた。前が見えずに氷ですべってよろけたマリーナを、兵士たちが乱暴に引きおこした。

鼻を鳴らす音が玄関前《げんかんまえ》から聞こえてきた。ラーコフ将軍が、戸口から伸《の》びてくる炎《ほのお》の舌先数センチのところに立っていた。こぶしで片目を押《お》さえ、片袖《かたそで》を血まみれにしたラーコフは、胸を大きく上下させながら笑った。その引きつった笑いは、痰《たん》がからんだ耳ざわりなもので、しだいに大きくなりながら、とぎれとぎれに夜の闇《やみ》に吸いこまれていった。聞いた者が不安になり、世の中の常識を疑いたくなるような、そんな笑い声だった。

フェオは荒《あら》い息をしながら木の幹に背中を押《お》しつけた。まぶたをつねり、目をさまそうとしてみる。うまくいかないとわかると、今度は雪をひとにぎりつかみ、あいたままの目になすりつけたので、痛みで息が止まりそうになった。これは夢にちがいない。こんなことはほんとうに起きてることじゃない……。

だが、目の前の出来事はやまなかった。

ラーコフは三人目の兵士を呼び、手を借りて馬にまたがった。すでに笑いはおさまり、すくいあげた雪を玉にして目を冷やしてはいるものの、その顔つきは指揮をとる者らしくなっていた。

「ここから西側の森を調べろ。おそらく娘《むすめ》は近所の家にいるのだろう。必要なら、そいつらの家も焼きはらえ」

命じられた兵士はためらい、つばをごくりとのんでからうなずいた。

「あの腰《こし》ぬけの少年兵もさがせ。性根《しょうね》をたたきなおしてやるから、わしのところへつれてこい。それから、このことだが」ラーコフは傷ついた目を指さした。頬《ほお》のしわに入りこんだ血が乾《かわ》きかけている。「もしも将校たちがこの目や、あの娘《むすめ》のことで、うわさ話をしているのがわかったら――いいか、ダヴィドフ、どういうことか、おまえに説明してもらうからな」炎《ほのお》がラーコフの顔を照らし、引きつった口もとが、上に、横に、ゆがむのが見えた。

「わかりました」兵士は顔についたすすと汗《あせ》をぬぐい、敬礼したが、おろす手は小きざみにふるえていた。

フェオは晩に食べたものが喉《のど》にこみあげてきた。突然《とつぜん》、膝《ひざ》のあいだに、クロがうしろから頭を突《つ》っこんできた。フェオはとまどいながら、疲《つか》れた脚《あし》を上げてクロの背をまたいだ。すると、バランスをとる間もなく、クロはフェオを背中にのせたまま、雪の上を矢のように走りはじめ、家から、そして、マリーナから遠ざかっていった。

「待って！」フェオはつぶやいた。「もどらなきゃ！」

しかし、フェオは走るオオカミを止めようとはしなかった。息苦しくなり、胸の内にナイフの刃先《はさき》でけずられるような痛みが走った。急に、あたりが自在にゆがむ、かすんだ世界になっていく。そのかすみのようなものがフェオの耳に流れこみ、あたりは燃えさかる炎《ほのお》の赤から、あっという間に漆黒《しっこく》の闇《やみ》へと変わっていった。

6

　夜明け前の灰色の光の中、オオカミたちにかこまれて目をさましたフェオは、なぜだれかが死んでしまったみたいな気持ちなんだろう、と思った。そして前夜のことを思いだし、肌《はだ》についたすすを見て、手足がふるえだした。

「ママ！」フェオはささやいた。

　オオカミたちはフェオのふるえを、そして、もしかしたら、そのふるえにひそむ恐怖《きょうふ》を感じとったのかもしれない。いっせいにフェオに飛びつき、じゃれてきた。フェオは雪の上に寝《ね》そべったまま、しばらくもみくちゃにされるがままでいた。乱れた毛なみや、乱暴になめてくる舌や、時おり爪《つめ》で引っかかれる痛みがひとつにまじりあった。子オオカミは耳の穴をしきりになめてくる。フェオは目をとじて十数え、こぶしと膝《ひざ》に力をこめて、世の中と闘《たたか》う覚悟《かくご》を決めた。

上半身を起こしてみる。ふるえはすでに止まっていた。ふと見ると、イリヤが木にもたれて立っていた。背囊《はいのう》を背負い、油断のない表情をしている。

「イリヤ！」フェオはあわてて立ちあがった。「どうやってわたしを見つけたの？」責めるような口調になってしまったので、フェオはよろよろと近づき、ぎこちなくイリヤを抱《だ》きしめた。イリヤは顔をしかめて体をこわばらせ、フェオがはなれるまで腕《うで》を横におろして立っていた。

「オオカミの足あとをたどってきた」イリヤは答えた。「二、三週間前、きみのお母さんから、なにか悪いことが起きたらどうすればいいか教わっていたんだ」イリヤはマリーナの緑色のマントをはおっていた。「きみが着がえているあいだに、これを着ていけって言われて」イリヤはフェオの視線に気づいて言った。「軍服を隠《かく》すためさ」

「計画はうまくいかなかったわ」フェオは言った。「失敗よ」

「そうだな」イリヤの声は沈《しず》んでいた。「ぼくも見たよ」

「ママは、絶対うまくいくって言ってたのに！　ここからママと一緒《いっしょ》に――」

「うまくいくはずだったんだ。お母さんも逃《に》げられるはずだった。あいつらが……火をつけなきゃ……」イリヤは「きみの家に」と言いたくないようだった。そして顔をしかめた。「火事のせいだよ、フェオ。お母さんは火事で逃《に》げ道《みち》をふさがれてしまったんだ」

「家は全部燃えちゃったの？」フェオは何気ない口調で言おうとしてみた。そして、自分で天井《てんじょう》に描《か》いた星や、何代にもわたるオオカミたちが残してきたドアの傷のことは思いだすまいとした。でも、どちらもうまくいかなかった。

イリヤはうなずいた。「きみは逃《に》げたほうがいい。ここで待っていてもしかたない。やつらはきみを捕《つか》まえにくる」

「わたしを？」

「ああ。ラーコフ将軍をあんな目にあわせたんだからな」

フェオは、なんのことだかわからない、というふりをしてみせた。「ラーコフがどうかしたの？」が、だめだった。声の調子に、人を傷つけた罪の意識がにじんでしまった。

「ねらったわけじゃないわ！　それに、あんなふうになるとは思ってなかったのよ」

「ぼくは、ここへ来る前、もどってキズアシを葬《ほうむ》ってやった。軍曹《ぐんそう》たちが小声で話してたよ、きみは魔女《まじょ》の子だってこ」

「それは、スキーで人をたたいたからなの？　でも、魔女《まじょ》はスキーなんか使わないでしょ！」

イリヤは肩《かた》をすくめた。「将軍はきみをさがしてる。怒《おこ》ってるぞ。それに、恥《はじ》をかかされたと思ってるから、よけい始末が悪い」

「わたしにはオオカミたちがついてるわ。怖《こわ》くなんかない」フェオはうそをついた。

「ほんとうは怖《こわ》いんだろ、フェオ！　怖《こわ》いと思ったほうがいい！」

フェオはイリヤにむかって、精一杯《せいいっぱい》おかしな顔をしてみせた。舌を突《つ》きだして鼻の頭につけ、まぶたを裏返《うらがえ》す。すると、ちょっぴり気持ちが明るくなったが、突《つ》きだした舌に子オオカミがかみつこうとするのには閉口した。

「どれも起きるはずのないことだったのに……。わたしたちらしい暮らしがしたかっただけ。オオカミたちと、雪と、ママと……それから、本と、クロイチゴでこしらえた温かい飲み物があれば……。それだけで幸せだった」フェオはまた、体をぶるりとふるわせると、オオカミたちのあいだにすわりこんだ。

イリヤはフェオの脇《わき》の下に手を入れて立たせようとした。「立てよ！　きみは将軍がなにをするか見たことないだろ？　みんな言ってる。将軍の体を切っても、出てくるのは雪だって」

「そんなことないわ。だって、わたし見たもの」フェオは微笑《ほほえ》もうとした。

「笑いごとじゃない！　いいか、ラーコフ将軍は……あの人は夜中に目をさますと、ぼくらに、全部で二十四台あるストーブに火をつけろって命じるんだ。さもないとぼくらに火をつけるぞ、って」

フェオは肩《かた》をすくめようとした。

「それから、一番年をとってる、歯もぬけて関節炎《かんせつえん》をわずらっているような古参兵二人に、どっちかが死ぬまで殴《なぐ》りあえ、って命令するんだ。で、ほかの兵士たちはどっちが勝つか賭《か》けをしなくちゃならない」

フェオはクロの頭に手をおき、気持ちを落ちつけた。

「住んでる人たちが出てこられないよう、戸や窓をふさいでおいてから家に火を放つこともある。将軍は、きみを焼き殺したかったんだ」

「あら、それは残念。でも、あきらめが肝心《かんじん》って言うじゃない？」フェオはそう言うと、石のように強《こわ》ばった笑《え》みを浮《う》かべた。

「フェオ、これは冗談《じょうだん》じゃないんだ」

フェオは真顔にもどった。そもそも続ける意味もないような陰気《いんき》な笑顔《えがお》だったのだ。

「わかってるわよ！　ママが捕《つか》まってるんだもの！」

「だから言ってるんだ！」イリヤはフェオの袖《そで》を引っぱった。「だからこそ、このままここにいちゃいけない」

「わかってる」フェオは眉《まゆ》についた氷をぬぐい、何度か跳《と》びはねてみせた。ぼうっとしていた頭が少しすっきりした。「いいわ。出発しましょう」

「よし……で、どっちへ行く？」

「わかるわけないじゃない！」フェオは言った。「そこが問題よ！　どうやってママを見つけたらいいの？　どこへつれていかれたのかも知らないのに！」

イリヤはフェオをじっと見かえした。「なんだって？　知ってるだろ！」

「知らないわ！　地図をくれたわけじゃないんだもの！」

「でも、わかるだろう！　サンクトペテルブルクのクレスティ刑務所《けいむしょ》に決まってるじゃないか。裁判を受けるために」

「なんの罪で？」

イリヤは居心地《いごこち》悪そうな顔をした。「言っただろ？　ラーコフ将軍が言ったことを聞いたよな。きみのお母さんは皇帝陛下《こうてい》にさからったと思われてるんだ。つまり、むずかしい言葉で言うと、反逆罪ってことになる。お母さんはキャンプに送られるぞ」

「キャンプ?」フェオの眉間《みけん》にしわがよった。キャンプは冬にするものじゃない。足の指が凍傷《とうしょう》でもげるのを見たいのなら別だが。

「労働キャンプだよ」イリヤの頰《ほお》が紅潮した。「ほら、シベリアにある、流刑地《るけいち》のようなところだ」

「ママはそんなところへ行きたくないと思うけど」

「それはそうだろう」イリヤは妙《みょう》な顔をしてフェオを見た。「決まってるさ。でも、その前にまず、裁判までのあいだ刑務所《けいむしょ》に入れられるはずだ」

「いつまで?」

「金曜日までは裁判ができない。判事がザカスピ州から帰ってくるのが金曜なんだ。今日は土曜日」

フェオは唇《くちびる》をかんだ。あと六日ある。「で、刑務所《けいむしょ》はどこにあるか知ってるの?」

「知らない人はいない! でも、ぼくみたいな陸軍の兵士が警備にあたってる。ああ、ぼくみたいといっても、もっと大きな人たちだけどね」

「じゃあ、簡単ね！　そこへ行って助けだしてくればいい！」フェオは、体の中をなにか温かいものがめぐるのを感じた。「道はわかる？」

「もちろん」

「じゃあ、わたしとオオカミたちをつれていって！」

「そりゃあ、まあ……できるけど。でも……ぼくは今まで、だれからも一緒《いっしょ》に来てくれなんて言われたことがないから……」

「怖《こわ》いのね！」

フェオは、イリヤが、そんなことはない、と言うと思っていた。ふつうの人ならそう言う。ところがイリヤは、まるで天気の話でもしていたみたいに、あっさりうなずいた。

「もちろん、怖《こわ》いさ。ラーコフ将軍がどんな人か知ってるからな」

「じゃあ、一緒《いっしょ》に行ってくれないの？」

「そうは言ってない。ただ……ほんとうに、ぼくでいいのかい？」

「どういうこと？」そんなのわかりきってるじゃない。フェオはまわりの雪をにらんだ。人間よりオオカミのほうが断然わかりやすい。オオカミや星や雪や、そういうもののほうがよっぽど理屈《りくつ》が通っている。「ばかねえ、あたりまえじゃない！」気がつくと、今度もまた、思うようには親しみをこめて言えなかった。そこで、フェオは言いなおした。

「お願い。一緒《いっしょ》に来て」どうしても目を合わせられず、イリヤの金ボタンにむかって話しかけた。「わたし一人じゃいや。たしかにオオカミたちはいるけど、でも、だれか……ロシア語で話しあえる人にそばにいてもらいたいの」そう、だれか、今まで知らなかった種類の勇気をもつ人に……。やさしくて、ひかえめで、たどたどしい勇気を……。

「でも、きみはぼくのことを怒《おこ》ってたみたいだから」

「そんなことないわ！　怒《おこ》ってなんかない。ただ……怖《こわ》かっただけ」フェオは、自分が怖《こわ》がっていることをだれかに知られてしまったら、あとはその人を殺してしまうしかないと固く信じていた。でも、イリヤにはうちあけられる。

「じゃあ、行くよ。しかたないな」

「やった！」フェオがそう言って手をたたくと、イリヤは、さっと横に飛びのいた。

「また抱《だ》きつこうと思ってるんなら、頼《たの》むからやめてくれ。きみは力まかせなんだから」

「じゃあ、急いで！」フェオは顔が赤くなったのをごまかすために、森のほうをむいた。

「さあ、どっちへ行く？　早く出発しようよ！」

イリヤはまわりの雪を見まわした。「そう言われても……ぼくはサンクトペテルブルクの町に入ってからでないと道がわからない」

フェオはイリヤの顔を見かえした。やっぱり、男の子よりオオカミのほうがましだ。

「道で出会う人に方角をきけばいい」イリヤは言った。

「だめよ！　絶対にそんなことしちゃだめ！　今は人目を引くようなことはできないわ。オオカミがいるだけで、ずいぶん目立つんだから」

「サンクトペテルブルクは、ラーコフ将軍のいる駐屯地《ちゅうとんち》から真北の方角にある。ここはその駐屯地《ちゅうとんち》の近くだ。ただ、どっちが北かわからない」

フェオは笑い声をたてた。温かいものがまた体の中を流れはじめた。「いいえ、わかるわ！　方位磁石を使えば！」

「ぼくはもってないぞ。もってるのかい？」

「作ればいいのよ。作り方なら知ってる。前にママがやってみせてくれたから。ちょっと待って！」

フェオはマントの裾《すそ》をとめているピンを一本はずした。「空《あ》き缶《かん》かコップがいるわ」

「おわんならある。木のおわんだけど」

「言うことなしよ。あとは水が少しあればいい」

イリヤはまわりを見まわした。「どこからもってくるんだい？」

「雪があるじゃない！」

イリヤは困ってきょろきょろした。「どうすれば水になる？」

「ばかね、口の中で温めればいいのよ。ほら、こうやって」フェオは子オオカミほどもある大きな雪の塊《かたまり》を自分の口に押《お》しこむと、頭が痛くならないように鼻筋をつまんだ。

イリヤもまねをして、頰《ほお》がふくらむほど口に雪をつめこんだが、思わずむせて吐《は》きだし、こめかみを押《お》さえた。「頭の芯《しん》が！」

こんな時だというのに、フェオは思わず笑ってしまった。「雪はわたしが溶《と》かすから、木の皮を少しはいできて。ほら、ナイフを貸してあげる」

フェオは編んであった髪《かみ》をほどいた。手が少し温まってくる。希望があれば体温は上がるものだ。はずしたピンをまっすぐに伸《の》ばし、髪《かみ》にはさむと、尖《とが》ったほうにむかってこする。一回、二回……小声で数を数えた。五十回こするのよ、ママはそう言ってたっけ。頭の中に、自分がオオカミたちとならんで刑務所《けいむしょ》に突入《とつにゅう》し、マリーナが両腕《りょううで》を広げて抱《だ》きあげてくれる場面が浮《う》かび、手の動きが速くなった。

イリヤが木立をぬけて駆《か》けもどってきた。はいだ木の皮を、まるで今にも逃《に》げだすんじゃないかというように両手でそっともっている。フェオはその木の皮から切手ほどの大きさのかけらをはぎとると、そっとピンを刺《さ》した。そしてそれを、おわんに入れた水に落とした。水面に横たわるように浮《う》かんだピンは、最初は時計回りに、次に反時計回りに回転し、やがて動きを止めた。

「ほら！」フェオが言った。「ピンの先がさしてるほうが北よ。サンクトペテルブルクはあっちね、イリヤ！　行きましょう。そうだ、言っとくけど、わたしは町のにおいもかいだことがないわ」

「ぼくのスキーを交代で使おうか？　それとも、一本ずつはいていく？」

「スキーはいらない。クロがゆるしてくれるなら、背中に乗っていくから」

「チョールト！」その声で、イリヤが心底、感心しているのがわかった。

フェオはクロの様子をうかがいながら近づいていった。前の晩、混乱の中でわけもわからずオオカミを馬代わりにしたことと、明るい冬の朝の光の中で同じことをするのは、まったく別の話だ。

オオカミにむかって、背中に乗っていいかたずねるにはどうすればいいんだろう？

フェオはつばをつけた指でクロの耳のうしろの毛をこすりながら（何年か前に、オオカミをじかになめてやると体を丸めることは発見していた）、耳にむかってなだめるようにささやいた。

フェオはそろそろとクロの上に片脚《かたあし》を伸《の》ばし、最後には背中をまたいで立った。そこから体を落として背中に尻《しり》をつける。息を止め、両足を地面からもちあげた。クロはフェオの体重をほとんど感じていないようだった。そして両耳をぴくりと動かし、そのまま何歩か走って、イリヤのまわりを回った。

オオカミにまたがるのは奇妙《きみょう》な感触《かんしょく》だった。馬とちがって背中は丸くなく、ごつごつと骨ばっている。まるで、バネの上にじかに革《かわ》が張ってあるかのようだ。皮膚《ひふ》と毛皮の下に底知れぬ力を秘《ひ》めている。クロがたくましいことは前から知っていたが、それをこんなにはっきり感じたことはなかった。

フェオはクロの首の上に身を乗りだし、鼻をなでた。クロはフェオの指のつけ根をなめかえしてきた。

「今のは、いいよ、って印だよね」フェオは声に出して言った。

イリヤは、フェオが足をどこにもっていけばいいかさぐっている横で、うろうろしながら、明らかに気を引こうとしていた。雪の中でうろうろするのは、夏、土の上でするのとはわけがちがう。足や膝《ひざ》を大きく動かさなければならない。イリヤは一人でラインダンスを踊《おど》っているみたいだった。

「どうしたの？」

「ぼくもオオカミに乗れるかな？　そうすれば、ずっと速く進めると思って」

フェオはシロを、次にハイイロを見た。「どうかしら。乗せるだけの力はあると思うけど。ハイイロはクロと同じくらい強いから。でも、おとなしく乗せてくれるかなあ」

「わかった」イリヤはハイイロに近づいていった。「ほら、よしよし、オオカミちゃん。いい子だねえ」

「やめて！」フェオはぴしゃりと言った。

「どうして？」

「そんなふうにばかにした口のきき方をすると食べられちゃうわよ。まずは片手を出してかまれなかったら、今度は背中にさわってみて」

ハイイロは、いつも群れの中では一番よくかみつくほうで、険しい目つきでイリヤの様子をうかがっていた。伸《の》ばした手は無視したものの、イリヤが意外に優雅《ゆうが》な動きで片脚《かたあし》を上げて背中をまたいでも、いやがるそぶりは見せなかった。それどころか、ふいに走りだしたので、イリヤはスキーを拾いあげて腕《うで》に抱《かか》えるのがやっとだった。歓声《かんせい》に続いて悲鳴があがり、雪のつもった木の枝が、なんの備えもしていなかったイリヤの顔を打つ音がした。

フェオはにっこり笑いながら、頭を低くするよう言っておけばよかったと思った。そして、上体をぐらつかせながら身を乗りだし、クロの頭ごしにシロの鼻面《はなづら》にキスをした。そして、子オオカミをつまみあげて股《また》のあいだに乗せると、親友にむかって北を指さしてみせた。「さあ、クロ、ママはあっちよ」

そのころ、丘《おか》の頂にたどりついた金ボタンつきの灰色の軍服姿の三人の男たちには、フェオの身ぶりがなにを意味するのかわからなかった。が、見ていると、緑色の染《し》みのある灰色のものと、あざやかな赤い色を乗せた黒いものが、北にむかってぐんぐん進みはじめた。

7

森の中を縫《ぬ》うように三十分ほど進むと、北へむかう道に出た。曲がりくねった細い道で、左右の木の枝がアーチのように道の上をおおっている。枝は霧氷《むひょう》できらきら光っていた。

「捕《つか》まれば必ず撃《う》ち殺《ころ》されるとわかっていなかったら、この景色はもっときれいに見えるのにな」イリヤが妙《みょう》に明るい声で言った。

フェオは、大声を出さないで、と言おうとしてふりかえると、イリヤの顔が目に入ってきた。青ざめていて、あまり寝《ね》ていないせいか、目のまわりだけがほんのり赤くなっている。風に吹《ふ》かれた唇《くちびる》がすでにひび割れているのに、ここまでイリヤはひと言も文句を言っていなかった。フェオは無理してにっこり笑ってみせた。「心配いらないよ。こっちから先に撃《う》ってやるから」

「ぼくらには銃《じゅう》がないじゃないか」

「それは、ほら……言葉のあや、って言うの。先手を打つ、っていうことよ」

「本気で先手を打つつもりなら、ほんとうに銃《じゅう》で撃《う》ちたいもんだ」

フェオはイリヤにむかってしかめ面《つら》をすると、クロの頭の上にのせてある、まにあわせの方位磁石を確かめた。「馬車の音がしないか気をつけててね」

前後に人気《ひとけ》はなかったが、フェオはクロに道の端《はし》を走らせ、なにか近づいてくる音がしたら、横にある溝《みぞ》にすぐ飛びこめるようにしていた。積もった雪はオオカミたちの膝《ひざ》まであるが、行く手をさえぎる岩や倒木《とうぼく》がないので、道の上を進むほうがずっと速い。

オオカミたちがかなりの速さで一時間以上走ったころ、フェオの耳に、気になる音が聞こえてきた。「今のはなんの音？」

「風かな？」

フェオは頭上を見上げた。「枝はゆれてないわ」

また音がした。フェオは怖《こわ》くなって思わず息をもらし、カタカタと鳴りだした歯の音を止めようと、髪《かみ》を口に入れて強くかんだ。あれは馬が不安な時にたてる鼻息だ。フェオの知っている人で馬が飼えるような人はいない。が、軍人は別だ。

フェオはうしろをふりかえったが、道が曲がりくねっていて先が見通せなかった。

「すぐそこまで来てるみたい」フェオはささやいた。

クロがうなった。フェオの脚《あし》で腹をしめつけられて痛かったのかもしれない。それとも、なにかかぎつけたのだろうか。

イリヤは目を見ひらき、手袋《てぶくろ》をかんだ。「どっちから来る？」

「うしろだと思う。森に隠《かく》れないと」フェオはクロの背からすべりおりた。「道にはいられないわ。溝《みぞ》を飛びこえるわよ。ほら」

だがオオカミは、気にいらない指示にはしたがわないものだ。フェオが捕《つか》まえる前に、シロはむきを変え、道の上をもと来たほうへ走りはじめてしまった。

「そっちはだめだ！　もどれ！」イリヤがどなった。

フェオはむだだと思い、声をあげなかった。子オオカミを荷物袋《にもつぶくろ》に入れ、マントの裾《すそ》をもちあげると、シロを追って駆《か》けだした。道がカーブしているあたりで、追いついてきたイリヤが息をはずませながら言った。「もう少し……ゆっくり走ってくれ」

クロとハイイロも、フェオの左右を走った。二頭のあばら骨がフェオの膝《ひざ》にあたってくる。

カーブを回りきったところで、フェオはぴたりと足を止めた。恐怖《きょうふ》が体の芯《しん》を駆《か》けぬけた。フェオはあとずさりしながら、二頭のオオカミを見えないところまで押《お》しもどそうとした。荷物袋《にもつぶくろ》を、中でもがいている子オオカミごと抱《だ》きしめる。

道の真ん中に停《と》まっていたのは、皇帝《こうてい》の紋章《もんしょう》がついた一台のそりだった。あざやかな金色に塗《ぬ》られたそりが、薄青《うすあお》い霧氷《むひょう》をまとった木々の下で輝《かがや》いている光景は、まるでおとぎ話の一場面のようだった。銀と革《かわ》の馬具をつけた一頭の馬が、狂《くる》ったように雪を蹴《け》り、兵士一人では抑《おさ》えるのに苦労している。馬は視線をシロからはなさず、シロは背中の毛を空にむかって逆立て、うなっていた。

そして、そりの座席にすわっていたのは、毛布で身をくるんだラーコフ将軍だった。

「野生か？」ラーコフの声が聞こえてくる。「それとも、やつらのか？」

その時、ラーコフは顔を上げ、フェオに気づいた。そして、フェオにもラーコフの顔が見えた。

顔の片側の皮膚《ひふ》が引きつれ、はれあがったところが黄色や紫色《むらさきいろ》や緑色になっている。片目をおおうように包帯を巻き、毛皮の帽子《ぼうし》を額が隠れるほど目深《まぶか》にかぶっていた。そして、フェオだとわかった時には心底驚《おどろ》いた顔をしたが、やがて勝ちほこったように唇《くちびる》をゆがめた。

「オオカミ少女か。おまえがそんなに小さいということを忘れていたわい」

ラーコフはそう言うとベルトにはさんであった拳銃《けんじゅう》をぬき、それをフェオにむかって掲《かか》げてみせたかと思うと、シロの横腹を撃《う》った。

フェオは悲鳴をあげ、イリヤは地面に伏《ふ》せた。シロはよろめき、あとずさりして雪の中にしゃがみこんだ。だが、フェオが動けずにいると、シロはもがきながら立ちあがり、ふらふらと溝《みぞ》を横切って、赤い跡《あと》を点々と残しながら森へ入っていった。

フェオはあわててあとを追ったが、走りだしてすぐ、溝《みぞ》にたまった雪にはまってしまった。首まで雪に埋《う》もれ、あえぎながら必死で足場をさがし、むこう側へ這《は》いあがる。森に入っていくと、すぐうしろから、イリヤの荒《あら》い息づかいとフェオの名を呼ぶ声が聞こえてきた。フェオは前を見たまま、片手で雪の積もった枝をはらいのけながら、もう一方の手をうしろに伸《の》ばしてイリヤの手をつかみ、森の奥《おく》へ引いていった。クロがフェオの横を勢いよく駆《か》けぬけ、シロの血痕《けっこん》をたどっていく。しんがりをつとめるハイイロは、ゆっくりとうしろむきに歩きながら、牙《きば》を見せ、歯茎《はぐき》までむきだして追手に備えていた。

フェオは一度だけふりかえった。ちょうど、ラーコフがそりを引いてきた黒い馬に鞍《くら》をつけずにまたがり、溝《みぞ》の中へ乗りいれたところだった。馬は斜面《しゃめん》の雪を蹴《け》ちらし、若い兵士に尻《しり》を押《お》されてどうにか溝《みぞ》から出ると、森に入ってきた。ラーコフがなにか命令をどなり、銃声《じゅうせい》がさらに二発響《ひび》いた。

フェオは恐《おそ》ろしさのあまり、世界がばらばらにこわれてしまった気がした。目の前の木しか見えず、吐《は》き気《け》をもよおしてくる。フェオは雪に足をとられながらも、走ること、イリヤの手首を引くこと、雪の積もった大きなやぶをひとつずつよけていくこと、そして、行く手をさえぎる白い世界を打ちはらっていくことに集中した。イリヤがなにか言っている。いや、叫《さけ》んでいるが、フェオの耳の奥《おく》には恐怖《きょうふ》だけが轟《とどろ》き、ほかの音は聞こえず、なにも考えられず、ただ走ることしかできなかった。

シロとの距離《きょり》が縮まり、その姿が目に入って、フェオはようやくわれに帰った。シロはあと脚《あし》を引きずりながらよろよろと歩いていたが、フェオが追いつくと、がくりとその場にくずれおちた。すでに白い毛なみがあざやかな赤に染まっている。フェオはこの時初めて、オオカミも人間のようにうめくことがあるのだと知った。

フェオはシロの頭を両腕《りょううで》でかかえ、そっと横に寝《ね》かせた。クロは少し先まで走ってから、やはり立ち止まり、心配する父親のようにこちらをふりかえった。フェオはクロにむかって首を横にふった。そして、雪の中にしゃがみこんでつばを吐《は》き、急に痛くなってきた脇腹《わきばら》をこぶしで押《お》さえた。その横でイリヤは、じっとこちらを見つめながら、不安そうにうろうろと歩きまわっていた。

「将軍がどっちにいるか、わからなくなったのか？」

フェオはふりかえってハイイロを見た。背中の毛が鉄柵《てっさく》のように逆立っている。「ううん。ハイイロは、においでわかってる」フェオは大きなため息をついた。「こんなはずじゃなかったのに」

「でもこうなっちゃったんだ。さあ、どうしよう」

イリヤが自分のこととして考えているのがうれしかった。結局、ラーコフが追っているのはフェオだというのに……。ラーコフは、フェオだと気づいたとたん、瞳《ひとみ》に鋼《はがね》のような冷たい喜びの光を浮《う》かべたのだ。

「シロはもうあまり遠くまで行けないわ」

「オオカミでオオカミを運べないかな？　シロをクロの背に乗せられないだろうか？」

やってみたが、オオカミの背にオオカミを乗せることはできないとわかった。二人がかりで、クロの背中にシロの体を横がけに乗せようとしたが、フェオは初めてシロにかみつかれそうになった。シロはうなって前脚《まえあし》をふりあげ、歯をむきだしてあごを鳴らすと、身をよじって雪の上にもどってしまった。クロも迷惑《めいわく》そうな顔をしただけだった。

イリヤは目をむいた。「こりゃあだめだな」イリヤは今来たほうをうかがったが、木が茂《しげ》っていてなにも見えない。「フェオ、将軍はぼくらを殺す気かな？」

「そうはさせない」フェオは、マリーナのように力強く落ちついた声を出そうとした。全身の血が沸騰《ふっとう》するくらいあせっていたが、必死で次の行動を考えた。「でも、シロが走れないとなると、追手がついてこられない場所へ行かなきゃ……。ラーコフは馬をおりたら、そんなに速く進めないよね？」

「うん、もう年だからな。走るのは見たことがない。これで答えになってるかい？」

「それなら、馬が入れないところへ行けばいい」

フェオはあたりを見まわした。森の木々はフェオを静かに見下ろし、待っていた。希望がわいてきた。森にいれば四方を味方に守ってもらっているようなものだ。ここはわたしの縄張《なわば》り。隅々《すみずみ》まで知っている庭だ。

「あそこよ」フェオは言った。「ほら、モミの木があるでしょう。あそこは木の間隔《かんかく》がせまいわ」

フェオはシロを立たせてやった。そして二人の子どもと三頭のオオカミは、せいぜい、ゆっくり走るくらいの速さで進んでいった。そして、少し進むたびに立ち止まって耳をすまし、森の奥《おく》へ入っていった。フェオは片手をシロの肩《かた》においていたので、シロが一歩一歩、必死で足を運んでいるのがわかった。

次に馬のいななきが聞こえてきたのは、フェオたちが、森中でもっとも荒《あ》れた、もっとも古木の多い一帯に足をふみいれたころだった。何年も前の嵐《あらし》で倒《たお》れた木が横たわっているが、それを薪《まき》にするために、ここまで入ってくる木こりはだれもいない。一本のオークの木が酔《よ》っぱらいのように近くの木に倒《たお》れかかり、ぬけてしまった根が見えていた。枝に葉がついていないが、ぶらさがった氷柱《つらら》がカーテンのようで、中にはフェオの腕《うで》くらい太いものもある。その下を背をかがめて通りすぎると、落ちてきた氷柱《つらら》が派手に地面を打ち、クロはあわてて横に飛びのき、腹だたしそうに鼻を鳴らした。それを見て、フェオはいいことを思いついた。

「ここでやりたいことがあるから、オオカミたちをつれて先へ行っててくれない？」

「まさか！　一人にしたら、きみのお母さんに殺されちゃうよ！　いいかい、ぼくのほうが年上なんだぞ」

「お願い。オオカミたちをつれていって。ほら、こうして首筋の毛をつかんで引っぱっていけばいいわ。そうしないと動かないから。この子たちにはここにいてほしくないの」オオカミたちは、その声を聞いてフェオのほうを見た。今までもいつもそうだったように、オオカミたちの燃えるような瞳《ひとみ》は、勇気にあふれ、フェオへの信頼《しんらい》に満ちていた。「ラーコフが、これ以上この子たちを傷つけるのをゆるすわけにはいかないわ」

「オオカミなんだぞ」イリヤは、フェオが頼《たの》んでいることは筋が通らないと言わんばかりの顔をした。「引っぱっていこうとしたら、ぼくを食べちゃうかもしれないじゃないか」

「そんなことしないわよ。イリヤのことはもうよく知ってるから。たぶんね」

イリヤは唇《くちびる》をなめた。「たぶん？」

「頼《たの》むから急いで。子どももつれていってね。はい、この袋《ふくろ》に入ってるわ。あのクロイチゴのやぶに穴があいてるでしょ。ほら、下のほうに……。あの穴をぬけて進んでいけば、あとをついてこられないはずよ」

イリヤは、フェオの顔からクロイチゴのやぶに目を移し、しげしげと見た。葉は落ちていて、高さは二メートル半くらい、大木のあいだを埋《う》めるようにびっしりと茂《しげ》っている。

「あんな穴じゃ、ネズミしか通れないぞ」

「いいえ、あれはキツネの通り道。だいじょうぶ、雪をはらえば、ここから見るより大きな穴だから」

　フェオはそう言うと、イリヤが動きだすのを待たずに、雪を掘《ほ》って石をさがしはじめた。楽な作業ではなく、すぐに手袋《てぶくろ》はぐっしょりぬれてしまったが、手ごろな大きさの石が四つ見つかった。フェオは石をフードの中に入れると、一本のモミの木に駆《か》けより、登りはじめた。足で幹を蹴《け》ってはずみをつけながら、上の枝へと体を引きあげていく。あえてゆっくり登っていったのは、そうすれば、ふる雪で姿が隠《かく》れると思ったからだ。

　少なくとも、フェオはこういうことになれていた。手足の下には確かな木の感触《かんしょく》がある。しだいに見晴らしがよくなり、氷と針葉樹の香《かお》りが鼻をついた。見下ろすとやぶがゆれ、イリヤがオオカミたちをつれて、少しずつ森の中を進んでいくのがわかった。――そして反対側を見ると、木の枝が動いていた。

　見おぼえのある馬が、まるで舞台《ぶたい》に登場するように視界に入ってきた。ラーコフは前を見すえている。首筋や唇《くちびる》には汗《あせ》が浮《う》かんでいた。ラーコフは、馬をまっすぐに氷柱《つらら》のカーテンにむかって歩かせている。

フェオは祈《いの》りの言葉をつぶやき、聖人たちの加護で石がねらいどおりに飛び、このとんでもない計画が成功することを願った。そして思いきり石を投げたが、ねらったのは馬ではなく、オークの木からたれさがっている氷柱《つらら》だった。ひとつ目の石は大きくそれて音もなく雪の中に落ちたが、二つ目は氷柱《つらら》のつけ根に命中し、その氷柱《つらら》を落とした。ラーコフは手綱《たづな》を引き、眉《まゆ》をひそめて上を見た。フェオは息をはずませながら片腕《かたうで》を枝に回して身を乗りだし、三つ目の石を投げ、さらに四つ目を投げたが、そのたびにねらいは正確になった。突然《とつぜん》、三十本の氷柱《つらら》がゆるみ、ガラガラと音をたて、きらめきながら、ラーコフの手綱《たづな》をもつ手や膝《ひざ》の上に、そして馬の背にふりそそいだ。

馬がいななないた。ガラスのような氷がいきなりばらばらと落ちてきたことに、とまどい恐《おそ》れて悲鳴をあげたのだ。あと脚《あし》で立ちあがった馬が滝《たき》のように落ちてくる氷を前脚《まえあし》でたたくと、ラーコフは短い怒《いか》りの声をもらした。そして、たてがみをつかもうとしたが、馬がまた前脚《まえあし》をふりあげたので、大声をあげながら、ななめにすべりおちてしまった。馬は、たてがみに氷のかけらをつけたまま逃《に》げていった。

フェオは、ラーコフがどうなったかも確かめずに、二メートルを超《こ》える高さから雪の上

に飛びおり、はずみでごろごろところがった。口の中のものをぺっと吐《は》きだすと、血と歯のかけらしきものが出た。すぐに、クロイチゴのやぶの穴めざして走りだす。腹ばいになり、手に引っかき傷を作りながら身をよじって穴をくぐりぬけると、すばやく立ちあがった。ここまで来てもまだ怖《こわ》かったが、思わず頬《ほお》がゆるんだ。気が張っているせいか、どこも痛くない。フェオはほっとして何度か大きく息を吐《は》くと、オオカミたちが残した足あとをたどり、枝を押《お》しわけ、うしろも横も見ず、ただ足あとだけを目で追いながら走った。

ハイイロがフェオに気づいたのは、フェオがハイイロに気づくより早かった。低いうなり声をあげて歓迎《かんげい》しているハイイロにむかい、フェオは体を横にして勢いよくすべっていくと、最後はあおむけに寝《ね》そべった。上から四つの顔がのぞいてくる。毛の生えていない顔が笑った。

「うまくいったかい?」

フェオは体を起こした。「思ったよりね」

「将軍はまだ追ってくる気かな?」

「たぶん。でも、すぐには来られないはず」フェオは片手でシロの鼻をさわり、呼吸を確かめた。浅いが乱れてはいない。「歩けそうね。でも、ゆっくり行かないと」フェオはそう言うと、さっとクロの背にまたがった。「話はあとまわしよ。先へ進みましょう」

「いざ、サンクトペテルブルクへ！」イリヤも、フェオと同じくらいほっとしているようだった。「きっとあの町が大好きになるよ、フェオ」イリヤは子オオカミをフェオに返した。フェオは、腕《うで》の中でもぞもぞと動く子オオカミを、クロの頭の上にすわらせた。「きれいな町なんだ」イリヤはそう言うと、急に不安げな声で「だいじょうぶかい？」ときいてきた。

「決まってるじゃない！」フェオは答えた。いや、心の中ではそう言ったのだが、驚《おどろ》いたことに、急に体が激しくふるえだして声にならなかった。

「顔が真っ青だぞ。ショック症状《しょうじょう》かもしれない。ほら！」イリヤはズボンのポケットから砂糖漬《さとうづ》けの果物をひとつかみとりだした。「これを食べるといい」

「だいじょうぶだって……」フェオは蚊《か》の鳴くような声で言った。歯がカタカタと鳴っている。フェオは腹に力を入れ、口を真一文字に結んだ。「サンクトペテルブルクのことを教えてちょうだい。どんな町か知っておかないと」砂糖漬《さとうづ》けはほこりやズボンの綿くずだらけだったが、甘《あま》かった。そして食べると、ずきずきしていた頭が少し楽になった。

「そうだな……とにかく大きな町だよ。そして金色なんだ。高い建物が多いし、尖塔《せんとう》がたくさんある」イリヤはハイイロにまたがり、足を引きあげた。「湖みたいに大きな広場があるぞ」

クロも歩きだした。フェオは力をぬき、クロの歩くリズムに合わせて体をゆらした。手を伸《の》ばし、シロの背中をつかんで引きよせる。横にならんで歩く三頭のオオカミは、毛皮と牙《きば》と忠誠心でできた壁《かべ》のようだった。

「馬はみんな、バレリーナのような羽根飾《はねかざ》りをつけている。宮殿《きゅうでん》みたいな劇場があって、毎晩バレエをやってるんだ」

「バレエ？　そんなもの、このあたりじゃ聞いたことないよ。それって……食べ物じゃないよね？　あれはまた別の話だっけ」

「ダンスの一種だよ！　まるで魔法《まほう》みたいなんだ。動きをおそく見せる魔法《まほう》だな。踊《おど》り手《て》は、つま先で空中に字を書いているように見える」

「見たことあるの？」

イリヤは、にっこり笑うだけで答えなかった。「それから、通りには蜂蜜《はちみつ》を塗《ぬ》った黒パンを売ってる人がいる。トーストしたては絶品だぞ」

「へーえ」フェオには、絶品、がどういう意味かわからなかったが、なんだか楽しみなことに聞こえた。「とにかく、行きましょう」

こうして一行は、前よりゆっくりと、点々と血のあとを残しながら、しかし着実に、北をめざして進んでいった。

8

森がとぎれて見通しのよい平地に出ると、日暮れが近づいて空がしだいに暗くなり、風がヒューヒュー音をたてはじめた。シロとクロは風に合わせて遠ぼえを始めた。

「しっ、チョールト！」フェオは声をひそめてしかった。

イリヤは歌を歌おうとしたが、風が一気に口の中に吹《ふ》きこんできて、あきらめた。

オオカミたちは、ふだん風のことなど気にもとめないのに、フェオは、またがっているクロの体が、不安からか、時おりびくんと動くのに気づいた。雪道を急ぐ一行の左右では、風で雪の塊《かたまり》が雪原の上をころがり、フェオの頭ほどもある雪玉ができていく。オオカミたちは尾《お》をぴたりと脚《あし》につけ、頭の毛はすっかり寝《ね》かせていた。シロは歩くのがつらそうで、風にあおられてふらついた。

「イリヤ、吹雪《ふぶき》のにおいがする」フェオは言った。「『極《きわ》みの寒さ』が来るわよ」

「それって……ひどいのかい？」

「ふつうの寒さじゃないの。ひどいなんてもんじゃないわ」フェオは身を乗りだし、クロの頭に口を近づけてささやいた。「どうする、クロ？」

風がまたうなりをあげてフェオの体を横からあおり、寒さが膝《ひざ》の中まで染《し》みてきた。風は怒《おこ》っている。フェオが思わずぶるりとふるえると、それを感じとったクロがフェオの尻《しり》の下で身を縮めた。

「やめてよ！」フェオはどなった。

「ぼくはなんにもしてないぞ！」イリヤが言った。

「イリヤじゃなくて、風に言ってるの！」

「そうか！」

二人は声をそろえてどなった。「だまれ！」

フェオの経験では、寒さには五つの種類があった。まずは「風の寒さ」。フェオがかろうじて感じるくらいの寒さだ。さわがしく音をたて、ぶたれたように頰《ほお》が赤くなるが、どうやっても、それで命を落とすような寒さではない。次に「雪の寒さ」だ。腕《うで》がひりつき、唇《くちびる》がひび割れを起こすけれど、それだけの見返りはある。フェオの大好きな寒さで、雪がやわらかく、オオカミの雪像を作るにはもってこいだ。「氷の寒さ」は、放っておくと手のひらの皮がむけてしまうこともあるが、気をつけていればそれもさけられる。氷の寒さには、鼻にツンとくる鋭《するど》さとぬけめなさがある。青空が広がることも多く、スケートをするにはうってつけだ。フェオは氷の寒さに一目おいていた。その上に「鋼《はがね》の寒さ」がある。氷の寒さが長引いてひと月も続くと、夏がほんとうにあったのかどうかも思いだせなくなるが、これはそのころに感じる寒さだ。鋼《はがね》の寒さは容赦《ようしゃ》がない。鳥が飛んでいる最中に死んだりもする。蹴《け》ちらして進んでいかなきゃならない寒さだ。

最後が「極《きわ》みの寒さ」。この寒さには金属や大理石のにおいがある。判断力がすべて奪《うば》われ、吹《ふ》きつけてくる雪がまぶたを凍《こお》りつかせてしまい、つばをつけないと、まばたきもできなくなってしまう。極《きわ》みの寒さがやってくると、気温は零下《れいか》四十度にもなる。そんな気温では、腰《こし》をおろして考えごとなどしようものなら命とりで、五月か六月になって、そのままそこで死体となって発見されることになりかねない。

フェオは、そんな寒さを一度だけ体験したことがあった。去年二月のある夜のこと、壁《かべ》が寒さできしんでいた。母親のマリーナは、肩《かた》に五枚、頭に一枚、合わせて六枚の毛布でフェオをくるむと、二人で家の外に出て、しばらく立っていた。そのうち、フェオががたがたふるえて息が荒《あら》くなってきたので、マリーナは娘《むすめ》を抱《だ》きあげ、家の中にもどったのだった。

「感じた？　今の寒さ？」マリーナは言った。

「決まってるじゃない、ママ」あれだけの寒さを感じないとしたら、それは、ライオンにまたがったクマを見て、なんとも思わないようなものだ。「どうしてこんなことしたの？　つらかったわ」

「あなたに勇敢《ゆうかん》になってほしいからよ、フェオ。愚《おろ》か者《もの》になってほしくないから。こういう寒さがやってくる気配を感じたら、急いで隠《かく》れられる場所をめざして走りなさい。わかった？　たとえ脚《あし》が冷たくなって、体についているかどうかわからなくなっても走るのよ。極《きわ》みの寒さを恐《おそ》れない人は愚《おろ》か者《もの》だわ」

「でも、恐《おそ》れるのは臆病者《おくびょうもの》のすることでしょう？」

「それはちがうわ、フェオ！　なにかをする勇気がない人が臆病者《おくびょうもの》よ。恐《おそ》れるという行為《こうい》は、頭と目を使って神経の先まで働かせることなんだから」

「でも、ママはいつも、勇敢《ゆうかん》にふるまいなさい、って言うじゃない！」

「そうよ。恐《おそ》れに命じられるままにふるまう必要はないわ。ただ耳を貸すだけでいいのよ、ラープシュカ。恐《おそ》れを軽蔑《けいべつ》してはいけません。世の中は、そんなに単純じゃない」

だが、これまでは、天候はいつもフェオの味方だったように思う。こんなことは初めてだ。イリヤが、あっ、と叫《さけ》んだ。ハイイロが風にあおられ、突然《とつぜん》クロのほうによろめいて、オオカミ同士がぶつかってしまったのだ。

「このままだとまずいぞ！」イリヤが声をあげた。

少なくとも、兵士たちも同じ吹雪《ふぶき》の中にいるはずだ、とフェオは思った。「もしかしたら、この寒さで兵士たちは死んでしまうかもしれない」フェオは声に出して言った。「年をとってるでしょ。とりあえず、わたしたちよりは……」そう考えると、少し気持ちが落ちついた。マリーナはよく言っている。「人は年をとれば、それだけ弱くなっていく。だから、この星で一番強い生きものは子どもたちだ。子どもには耐《た》える力がある」と。

風がまた一段と強く吹《ふ》きつけてきて、雪まみれの木の枝がころがってきたので、オオカミたちはあわてて左右に分かれた。フェオはクロの腹をはさむ脚《あし》に力をこめた。

イリヤがどなった。「止まったほうがいい！」

「そんな場所ないわ！」風は渦《うず》を巻いてフェオの舌にからみつき、口から飛びでたつばが糸を引いた。つばは地面に落ちる前に凍《こお》ってしまった。

「隠《かく》れる場所を作れないかな？」イリヤがどなった。

フェオは顔中がひりひりと痛んだ。「どこに？」二人がオオカミに乗って進んでいたのは、夏には一面に水が広がっているはずの大きな湖の上で、厚さ三メートルの氷の上に雪が三十センチほど積もっていた。風をさえぎるものはなにもない。通りがかりのヘラジカさえいなかった。

「こういうことは得意なんじゃないのかい？」

吹雪《ふぶき》の中で顔をしかめるのはむずかしい。さっきから風に吹《ふ》かれて眉毛《まゆげ》の形がいろいろに変わっていた。それでも、フェオは顔をしかめてみせた。「わかったわ！　じゃあ、風よけを作ろう！　雪を積んで。そうすれば体も温まるし！」体が温まるという見こみは甘《あま》すぎるし、妄想《もうそう》に近いとわかっていたが、フェオは、イリヤが落ちつきを失いはじめているのに気づいていた。そして、急いでクロの背からおりたものの、風になびく髪《かみ》で前が見えなかった。

「どうやって？」イリヤはほかにもなにか言ったが、風の音で聞きとれなかった。フェオは自分のまねをしろ、と身ぶりで示すと、腕《うで》ですくいとった雪を何度か積みあげ、それをころがして大きな雪玉に丸めはじめた。二人で雪玉に背をあて、曲げた膝《ひざ》を伸《の》ばしながら湖面をころがしていく。風の力も助けになった。動いているうちに、体中の血が解凍《かいとう》されたように感じ、まもなく二人ともほんとうに汗《あせ》をかきはじめた。腕《うで》いっぱいにすくった粉雪を抱《かか》えてせっせと往復し、どんどん積みあげ、雪玉が雪の塚《つか》になるまで大きくしていった。

オオカミたちは二人の作業を見まもっていたが、あまり感心しているようではなかった。ハイイロは少しはなれたところに立ち、時おり鼻を鳴らして、まるで鑑定家《かんていか》のように吹《ふ》きあれる風のにおいをかいでいた。

積みあげた雪の山が薪小屋《まきごや》ほどの幅《はば》になり、高さも、そこそこ背の高い男の人くらいになると、フェオとイリヤは風下側にしゃがみこんだ。フェオが背中と尻《しり》を雪の山に押《お》しつけてへこませると、イリヤもまねをして、自分用の「玉座」を作った。風がうなる轟々《ごうごう》という音は弱まり、少し騒《さわ》がしいくらいの音になった。ほっとして体の力がぬけていく。二人はすわったまま、しばらく息をはずませ、氷のついた互《たが》いの顔を見て笑いあっていた。そのうち、雪の壁《かべ》に頭が入るくらいのくぼみを作れば、風の音がやわらぎ、話ができることに気づいた。フェオは荷物袋《にもつぶくろ》の中から子オオカミをつまみだし、左右の手のひらでオオカミの耳をそっとおおってやった。

「寒さで耳が聞こえなくなるのは心配だけど、息をさせてやらないとね」

「これなら、いやでも風のほうから口に入ってくるな」イリヤは答えた。

フェオは荷物の中からリンゴをひとつとりだし、ついていた氷をこすって落とした。

「ほら、イリヤから先に食べて」

ひとつのリンゴをかわるがわる食べ、最後は芯《しん》だけになったが、イリヤはそれも、オオカミのように三口でのみこんだので、フェオは目を丸くした。

「軍隊にいると早食いになるのさ」イリヤは言った。

オオカミたちは耳をぴたりと伏《ふ》せて丸くなり、頭をうしろ脚《あし》のあいだに突《つ》っこんでいた。シロは脇腹《わきばら》を大きく上下させている。フェオは耳をなでてやったが、シロが歯を見せてパクンと口をとじたので、フェオはさっと手を引いた。

イリヤは息をのみ、雪の壁《かべ》に背中を押《お》しつけた。「かまれたのかい？」そう言いながら、目を見張った。

「まさか！　シロは歯を鳴らしただけよ」フェオは微笑《ほほえ》もうとしたが、じつは、シロがこれほどいらだっているのはめずらしいことだった。「オオカミなんだもの、子猫《こねこ》とはちがうわ」

「そうか、なら、いいんだけど」

「シロは疲《つか》れてるのよ、それだけ」フェオはフードをかぶった。「どこか、シロが眠《ねむ》れるような林をさがさないと」

「でも、サンクトペテルブルクはどっちだろう？」方位磁石の針は、風でくるくる向きを変え、役に立たなかった。

「たぶん……あっちね」それは、ほとんどあてずっぽうに近かった。「あっちへ行けば、木が生えてると思うな。そしたら、たき火ができる」雪が目に入ってきて痛い。

「ほんとうに……？　悪くとらないでくれよ。でも、もし火がおこせなかったら、ぼくらは寒さで死んでしまわないかい？」

「知るもんですか！　こんな吹雪《ふぶき》の時に外へ出たことなんてないんだもの。イリヤ、あなた、オオカミを預かる人間は、どこかふつうじゃないと思ってるでしょ」

フェオがそう言った時、ちょうど風が少しおさまり、それまでなかった音が聞こえてきた。イリヤは驚《おどろ》き、ぎゃっと声をもらして、あわてて口を押《お》さえた。フェオは子オオカミをシャツの懐《ふところ》に隠《かく》し、イリヤと顔を見あわせた。

「今のは……笑い声かな？」と、イリヤ。

「たぶん風よ」だが、そうではなかった。また同じ音が聞こえてきたのだ。しゃがれた人の声だった。フェオはラーコフの笑い声を思いだした。雪の中に見えるのは兵士ではないだろうか？　それとも立木だろうか？

「あそこよ！　ほら！　オオカミたちも、なにかかぎつけたわ！」フェオは雪を積んだ風よけの陰《かげ》から、そろそろと頭を出してみた。風がまともに顔を殴《なぐ》りつけてくる。

フェオがすばやく立ちあがると、三頭のオオカミは走ってきて、フェオの前に風にむかってならんだ。イリヤはフェオのうしろに隠《かく》れた。ハイイロが唇《くちびる》をめくりあげると、雪がオオカミたちの顔に吹《ふ》きつけ、むきだした牙《きば》をおおっていく。唾液《だえき》が地面にしたたったが、ハイイロは首筋の毛を逆立て、牙《きば》をむいたままだった。

人影《ひとかげ》がひとつ、風の中を苦労しながら歩いてくる。なにか叫《さけ》んでいるが、聞きとれなかった。

フェオはナイフを両手でにぎり、胸の前でかまえた。まちがいない。ラーコフだ！

人影《ひとかげ》は、なにか黒くてぐにゃりとしたものを片手にぶらさげていた。フェオが風の中で目をこらすと、もう一方の手には斧《おの》をもっているらしい。フェオの知るかぎり、兵士は斧《おの》などもっていない。それに、男の上着はつぎはぎのリスの毛皮でできているようだった。これも兵士らしくなかった。

フェオは胸をなでおろし、雪の上で小躍《こおど》りしたくなったが、気を静め、人影《ひとかげ》にむかって声を張りあげた。「だれなの？」声が風にかきけされたので、フェオはもう一度どなった。「だれ？」

答えは風にさらわれた。だが、近づいてくる男の顔を見て、フェオは力を借りられるかもしれないと思った。まだ若く、これだけの吹雪《ふぶき》の中でも落ちついている。男はにっこり笑い、雪原をよろめきながら近づいてきた。フェオは唇《くちびる》に氷のひげをつけたまま、小さく微笑《ほほえ》みかえした。

「なにか用？」フェオは呼びかけた。

「困ってるんじゃないのか？」男はどなりかえした。近くまで来ると、まだ少年だとわかった。背たけは大人の男なみだが、ふる雪を通して見たかぎり、イリヤよりわずかに年

上といったところだろうか。驚《おどろ》いたのは、体つきがやせて骨ばっていたからというのもあるが、なにより、雪から足を上げた時に、靴下《くつした》しかはいていなかったからだ。

「迷ったのか？」少年はどなった。きっとハイイロの目つきに気づいたのだろう、二メートルくらいまで近づいたところで立ち止まった。

「ちがうわ」フェオも大声で答えた。「でも寒くて！」

「そりゃそうだろう！」少年がどなりかえした時、また突風《とっぷう》に乗った雪が三人の顔に吹《ふ》きつけてきた。少年はなにかぶらさげたまま片手を上げ、「助けはいるか？」と言った。もっているのはコクマルガラスらしい。

「助けてくれるとありがたい」イリヤが勢いこんで言った。

フェオはうなずいただけだったが、寒さで背筋が硬《かた》くなり、首があまり動かなかった。この吹雪《ふぶき》なのだから、たいていの人は雪まみれのひどい有様になるはずだが、雪は少年にふれてもいないかのようだった。黒々とした髪《かみ》が風に吹《ふ》かれて乱れている。

「じゃあ、急げ！」少年はどなると、少し近づき、目を細めてじっとフェオたちを見た。そして、ハイイロとシロを指さし、「犬か？」とたずねた。

フェオは肩《かた》をすくめた。その仕草は、見ようによっては、そうだと言っているようにも見える。

少年は、またにっこり笑って空を見あげた。「早く！　ひどくなってきたぞ！」

「ぼくらはオオカミに乗って――」イリヤが言いかけたが、フェオにへそのあたりを肘《ひじ》でつつかれ、あわてて唇《くちびる》を結んだ。

「よし！　行こう！　おれの上着につかまれ」少年はそう言うと、上着の裾《すそ》をさしだした。「走るぞ！　引っぱってやる。急げ」そして、ふと思いついたように、自分の胸を指さした。「アレクセイ・ガスツェフスキーだ！」

この風の中でさえ、そして、腹の中で冷気が渦《うず》を巻いていても、フェオは少年がひどくえらそうな口をきくことに気づくくらいの余裕《よゆう》はあった。フェオは雪原を見わたした。胸の奥《おく》で不安が大きくなっていくが、ほかにいい手はなさそうだ。

「行くぞ！」アレクセイはそう言うと、風の中、低く背をかがめて走りだした。イリヤの顔は青ざめ、あちこち氷がついていたが、目は輝《かがや》いていた。

フェオは風で前がよく見えないまま、この見も知らぬ少年の足あとをたどって走った。そのあとをオオカミたちがついていく。ハイイロの鼻面《はなづら》が、何度もフェオの膝裏《ひざうら》にふれた。

一行は、風できしむ木立のあいだをぬける道を、フェオにわかるかぎりでは、おそらく北西へむかって走っていった。十分後、フェオの目と肺は氷のように冷たくなり、足は火のように熱くなっていた。いっそ死んだほうが楽なんじゃないかと思いはじめたころ、ふいに真っ白な視界の中になにか黒っぽいものが浮《う》かびあがった。

「岩かな？」イリヤが言った。少なくとも、フェオにはそう聞こえたが、声は風にちぎれてしまっていた。

「岩じゃない！　家だ！」アレクセイが叫《さけ》んだ。

実際には家でもなかった。円形にならんだ家の残骸《ざんがい》だった。七つの建物が道から少し下がったところにあり、それぞれの敷地《しきち》の一部が区切られ、菜園になっているらしい。家はみな壁《かべ》の一部を残して焼けおち、渦《うず》を巻く風に乗って、すすが舞《ま》っていた。

ちょうどその時、背後から風がうなりをあげて吹《ふ》きつけ、イリヤがよろけて膝《ひざ》をついてしまったので、フェオが引きおこした。

「気をつけろ！」アレクセイはそう言うと、すまなそうに小さく笑い、手を上げて前を示した。「行くぞ！　すぐそこだ！」

一行は、雪の積もったがれきのあいだを進んでいった。床《ゆか》には割れた食器や、蹴《け》とばされてへこんだブリキのやかんがころがっている。クロは低くうなりながら歩きまわった。

破壊《はかい》のにおいがする、と、フェオは思った。営々と築いてきたものが無に帰したのだ。

アレクセイが手まねきした。二十歩ほど先に、小屋と言ったほうがいいくらいの小さな石造りの建物があった。窓がひとつ。煙突《えんとつ》から上がる細い煙《けむり》は中に人がいることを示している。

「ここだ！　石の家は燃えにくい。姉さんの家だ」少年はスレートぶきの屋根のひさしの下に入って壁《かべ》にもたれ、息をはずませながら、にっと笑った。「入れよ！　なにぐずぐずしてる？」

オオカミたちは正面から家をにらんでいた。鼻を鳴らし、疑わしそうににおいをかいでいる。クロが低くうなった。アレクセイは目を見張り、フェオを見た。じつは、クロは怒《おこ》っているのではなく、うんざりして、疲《つか》れきっているからうなったのだが、ちがいがわからない人にとっては不気味だろう。

「犬三匹《びき》は入れないかもなあ」アレクセイが言った。「悪いけど……」なにげない風を装《よそお》ってはいたが、どこか腰《こし》が引けている。「うなってるやつは外でいいかい？」

フェオはうなずいた。どのみち、ハイイロは中に入ろうとしないだろう。クロも同じだ。クロは人間の家を見て、囚《とら》われていた時のことを思いだすはずだ。だが、シロはまだ、傷口からひどく出血している。

フェオはクロの鼻面《はなづら》にキスし、ハイイロにむかってうなずいてみせた。そしてシロに声をかけた。「シロ！　おまえは中に入れてもらおうね。傷の手当てをしなきゃ」

クロは家の壁際《かべぎわ》に寝《ね》そべり、目をつむった。しかし、ハイイロはその場からはなれて吹雪《ふぶき》の中をもどり、焼けおちた家と家のあいだ、道が見えるところに腹ばいになると、鼻を北にむけた。

「おいで、シロ！」フェオはシロの首筋の毛を軽く引いた。「中に入らないと！」シロが動かないので、フェオは脇《わき》に手を入れてかかえあげ、戸口にむかって引きずっていった。シロは歯を見せてうなったが、かみつきはしなかった。

アレクセイがドアをノックしている。フェオが近づいていくと、若い女性がドアをあけた。左手で赤《あか》ん坊《ぼう》を腰抱《こしだ》きにし、右手には狩猟《しゅりょう》用のライフル銃《じゅう》をもっている。

「だれなの？」女性はアレクセイにむかって言うと、まだシロを抱《かか》えていたフェオにむかってあごをしゃくった。フェオは愛想《あいそ》よく笑おうとしたが、思うようにいかず、ゆがんだ笑顔《えがお》になってしまった。

「さあね。雪の城みたいなものをこしらえて、その陰《かげ》にすわってたんだ。悪いやつらには見えなかったからさ！　ほら、火にあたらせてやらなきゃ」

女性はフェオの目を、次にイリヤの目をのぞきこみ、ため息をついた。「入って」女性は、フェオがシロを引きずって目の前を通る時、片方の眉《まゆ》を上げたが、なにも言わなかった。女性はアレクセイとよく似た顔だちをしていた。頰骨《ほおぼね》が高く、整った顔だちなのは同じだが、年齢《ねんれい》は少し上で、陽気なアレクセイとくらべて口数が少ない。

中はとろけそうに暖かく、風の音はまったく聞こえないわけではないが、ぐんと静かになった。フェオはまつ毛についた雪をかきおとし、部屋の中を見まわした。

隅《すみ》に家具が積みあげてある。その一部はあちこち燃えたあとがあり、木の焦《こ》げたにおいがするが、上等な家具だった。暖炉《だんろ》の火には鍋《なべ》がかかり、お湯がわいている。暖炉《だんろ》は、中に人が立てるくらい大きかった。アレクセイは、燃えている火のすぐ横に、もってきたコクマルガラスをどさりとおいた。フェオは暖炉《だんろ》の熱で血のめぐりがよくなり、体中がチクチクしてきた。ここは安全で心地《ここち》よい場所に思える。

アレクセイはにっこり笑うと、二人まとめて暖炉《だんろ》のほうへ押《お》しやった。イリヤは靴紐《くつひも》をほどきはじめた。

「さあ！」アレクセイに言った。「これでまともに話ができる！　吹雪《ふぶき》の中じゃ、話なんてできやしないからな。雪が喉《のど》につまっちまう。昔、伯父貴《おじき》の扁桃腺《へんとうせん》が凍《こお》ってぽろりととれちまったことがあるんだ。ほんとだぜ」

「アレクセイ！」女性はとがめたが、顔は笑っていた。

アレクセイは、またしゃがれ声で笑った。「きみたち、名前は？　こっちはサーシャ。姉さんだ」

言いおわらないうちに、イリヤのマントのすきまに吹《ふ》きこんで軍服の胸に厚板のように凍《こお》りついていた雪が、そのままドサッと床《ゆか》に落ちた。すると、隠《かく》れていた灰色の厚手のウールの上着が現われ、胸にたすきがけした革《かわ》ベルトと金ボタンも見えた。

とたんに、サーシャの顔が凍《こお》りついた。「アレクセイ、なんてことしてくれたの」そう言うと、サーシャはあわててライフル銃《じゅう》をもちなおし、両腕《りょううで》で赤《あか》ん坊《ぼう》をかかえたまま撃鉄《げきてつ》を起こそうとした。

「え？　おれはなにもしてないぜ！」アレクセイは、急に小学生のように幼く見えた。

フェオはわけがわからず、姉と弟を交互《こうご》に見やった。

「兵隊を家につれてきたんだね？　死神を夕食にまねいたってわけだ」

「待ってください！」イリヤが言った。「ぼくはほかの連中とはちがう！」イリヤはそれまで扁桃腺《へんとうせん》の話で笑っていたので、ほころんだ顔がそのまま固まって、よけいみじめな表情になった。

「出ていってちょうだい。わたしの子に近づかないで！」

「まさかぼくが……。だれだって……。ほら、あなたには赤ちゃんがいるんだし……」イリヤは言いよどんだ。

「帰って！」サーシャは言った。「わたしはね、今度兵隊を見たら焼き殺してやるって誓《ちか》ったんだ」

イリヤは首をふりつづけていたが、フェオが止める前に、背をむけてドアにむかって歩きだしていた。涙《なみだ》がふた筋、あごにむかって流れおちていた。

「待って！　その前によく見てよ！」フェオはそう言うと、イリヤに駆《か》けより、サーシャのほうを向かせた。そして、かしこそうな口もとと誠実そうな目が見えるよう、額に凍《こお》りついた前髪《まえがみ》をかきあげた。「ほら、顔を見ればわかるでしょ！　たしかに兵士になるための訓練中だったわ。でも今は……」今はわたしと同じ群れの仲間よ、フェオはそう言いたかった。

「この二人はだいじょうぶだって、サーシャ」アレクセイは言ったが、顔がみるみる赤くなった。「おれが来ていいと言ったんだ。姉さんは気にしないよ、って」

「父がぼくを無理やり軍隊に入れたんです。士官候補生にならないと、乞食《こじき》になるしかないぞ、と言われました。でも、それはうそでした。そして軍には、ぼくが十五歳《さい》だと届けました」イリヤは言った。「ぼくがほんとうになりたいのは――」だが、イリヤはそこで言いよどみ、つぐんだ唇《くちびる》をかんだ。

「帰って」サーシャは銃《じゅう》をおろさなかった。「アレクセイ、あんなことがあったあとに、どうして――」

フェオは両手でサーシャの肘《ひじ》をつかんだ。「お願い。わたしは、ミハイル・ラーコフ将軍って人に追われてるの。だから……助けが必要なんです」必要なのは、だれか年上で、世の中のことを想像するだけでなく、経験をもとにして、フェオに、それでいいんだよと言ってくれる人だ。「お願い」

「ラーコフ将軍？」

「はい。将軍は、なにもしてないママを刑務所《けいむしょ》に送りました。今はわたしを追っています」こんなふうに言うと、あまりに芝居《しばい》がかっているように思え、フェオは顔をしかめて決まり悪そうに微笑《ほほえ》んだ。「……だと思います」

サーシャは二人の顔を悲しそうに見つめた。そして銃《じゅう》をおいたが、赤《あか》ん坊《ぼう》は抱《だ》いたままだった。「マントを預かるわ」フェオは、サーシャの目の下に、くっきりと隈《くま》ができているのに気づいた。「さあ……。そんなに心配そうな顔をしないで。あとで返してあげるわよ。乾《かわ》かさなきゃならないでしょ」

「ありがとう！」イリヤの声に、「ありがとうございます！」というフェオの声が、ぶつかるように重なった。二人はマントの胸《むな》もとのフックをはずすと、ならんでサーシャの顔を見あげた。

「なにがあったのか話してちょうだい」

「わたしたちは、サンクトペテルブルクへ行くところなんです」フェオは言ったが、それは答えになっていなかった。フェオは、しゃべることはできるだけ少なくしよう、と自分に言いきかせた。イリヤも気をつけてくれるといいのだが。でないと、足をふみつけて話を止めなきゃならなくなる。

フェオは続けた。「雪が小降りになったらすぐ出発します」そして、イリヤにむかってささやいた。「念のため、ドアからはなれないでおこうね」それから、声を大きくして言った。「シロ、おいで、ここへおすわり」

「みんなすわったほうがいい」アレクセイが言った。「椅子《いす》はないけど、こいつはロシアが誇《ほこ》る最高の土間だ。立ってるなんてもったいない」

フェオが腰《こし》をおろすと、シロは肩《かた》によりかかってきた。荒《あら》い息をしている。フェオは背中をなでると、手をそえて、傷のないほうを下に、できるだけ楽な姿勢で寝《ね》そべらせてやった。

「その犬はどうしたの？」サーシャがたずねた。

「ラーコフです」フェオは答えた。「最初に会った時じゃなくて、三度目に……。ちょっとややこしい話なんですけど、でも、まあ、ラーコフのせいです。ここでは、なにがあったんですか？」

アレクセイは、両手を炎《ほのお》の先にかざして温めながら、ゆがんだ笑《え》みを浮《う》かべた。「ラーコフさ。もちろん、あいつが自分で手を下したわけじゃない」アレクセイは体の向きを変え、今度は暖炉《だんろ》に背をむけて両肘《りょうひじ》を温めた。「兵隊を十人ほど送りこんできた。おれたちは一か所に集められ、どっちか選べって言われたんだ。逃《に》げるか、撃《う》ち殺《ころ》されるか」

「なんですって？」フェオはききかえした。イリヤはうなっただけだった。

「ほとんどの人はとなり村へ逃《に》げた。でも、姉さんは逃《に》げるわけにいかなかった。だんなは今よそにいるし、ワルワーラは熱を出してたからな。おれは二人が隠《かく》れるのを手伝ってやった。ここは、おれのじいさんが馬小屋にしてた建物だ。そもそも、兵隊たちがやってきたのは、おれのせいなんだ。まあ、そう言っていい」

「どうして?」というフェオの問いに、「けが人は?」というイリヤの声が重なった。イリヤはじわりとフェオに体をよせ、フェオはイリヤの体に腕《うで》を回して、サーシャと赤《あか》ん坊《ぼう》の目から金ボタンを隠《かく》した。

「いたよ、けが人は。でも、今回はだれも死なずにすんだ。殺されたのは動物だけだ。猫《ねこ》が十一匹《ぴき》、馬が一頭。やつら、馬は撃《う》ち殺《ころ》し、猫《ねこ》は焼き殺した」

「猫《ねこ》を焼き殺す?」フェオはそう言うと、思いついた中で一番汚《きたな》い言葉を吐《は》いた。

イリヤはうなずいた。「なるほどな」

みんないっせいにふりむき、イリヤの顔をまじまじと見た。「どういうこと? 説明してくれる?」サーシャが言った。

「駐屯地《ちゅうとんち》ではみんな言ってた、ラーコフは火が好きだって。将軍はいつも言ってる。だれかを怖《こわ》がらせようと思うなら、その人が愛するものを目の前で燃やすのが一番だって」

「この集落には店が一軒《けん》あった」アレクセイが言った。「そこに砂糖の袋《ふくろ》が一ダースほどあったんだが、兵隊たちが店を燃やしたもんだから、溶《と》けてタフィーになった。灰にならなかったのはそれだけだから、おれたちはそいつをずっと食ってる。最初はうまかったんだが、こんなにすぐあきるとは思わなかったぜ」

サーシャは微笑《ほほえ》んだ。疲《つか》れが三分の二、悲しみが三分の一の笑いだった。

「それはいつのこと?」フェオがたずねた。

「二日前だ」

長く、ずしりとした沈黙《ちんもく》がおりた。

「赤ちゃんを抱《だ》かせてもらえますか?」フェオは言った。話題を変えるのにいいと思ったからだ。フェオはそれまで、赤《あか》ん坊《ぼう》を間近で見たことがなかった。びっくりするほど重く、頭があぶなっかしげにぐらついたが、ふれていると温かかった。髪《かみ》がオオカミの毛のようにやわらかい。

「初めまして」フェオは話しかけた。「こんにちは」フェオはそう言うと、鼻と鼻をこすり合わせた。見ていたサーシャは、びくっとしたが、止めはしなかった。

赤《あか》ん坊《ぼう》が声を出したが、それは遠ぼえのように長く尾《お》を引くものではなく、猫《ねこ》の鳴き声に似ていた。小さいけれど一人の人間が、泣くかどうか迷っている声だ。そして偶然《ぐうぜん》にも、それは生まれたばかりのオオカミの子が出す声にそっくりだった。

フェオの懐《ふところ》で、オオカミの子がびくんと動いて目をさました。シャツの下でもぞもぞと動きがあり——爪《つめ》が一本肌《はだ》に食いこんで、フェオは顔をしかめた——、続いて、子オオカミの鼻面《はなづら》がフェオのあごの下にのぞいた。赤《あか》ん坊《ぼう》がまた猫《ねこ》のような声をあげると、子オオカミも同じような声で鳴きかえした。

「この子もわたしの……犬なんです」フェオはそう言って、湿《しめ》った鼻先を指さした。

サーシャは赤《あか》ん坊《ぼう》から子オオカミに目を移し、また、もどした。

フェオはすかさず言った。「だいじょうぶ、おとなしくしてますから。まだ歯が生えてないので、かめませんし。それに、赤ちゃんにもほかのものにも、おしっこはしないと思います。……たぶん」

子オオカミは鼻を鳴らしてあたりのにおいをかぎ、胸の奥《おく》で精一杯《せいいっぱい》うなり声に近いゴロゴロという音をたてた。そして、赤《あか》ん坊《ぼう》を見て怖《こわ》がり、三度、小さなかん高い声で鳴いた。

フェオは声をたてて笑った。そして、赤《あか》ん坊《ぼう》を膝《ひざ》の上にすわらせ、自分の腹に赤《あか》ん坊《ぼう》の背中をもたせかけると、懐《ふところ》から子オオカミをすくいあげるようにとりだした。「ほら、ただの赤ちゃんでしょ、ラープシュカ。人間の赤ちゃんよ。ね？　しーっ、静かにしてて！

わたしたちはお客さんなんだから」

フェオは子オオカミを赤《あか》ん坊《ぼう》の前に、むかいあわせになるようにもっていった。赤《あか》ん坊《ぼう》と子オオカミは、くんくんと互《たが》いのにおいをかいでいたが、そのうち、子オオカミが赤《あか》ん坊《ぼう》の裸足《はだし》の足をなめはじめた。赤《あか》ん坊《ぼう》は喜び、ケタケタと笑った。こんなに楽しげな音を聞いたのは、いつ以来だろう？　フェオが下をむくと、髪《かみ》が広がって赤《あか》ん坊《ぼう》たちの上にたれた。フェオはそのまま、ささやき声で歌いはじめた。

その様子を、サーシャは微笑《ほほえ》むことなく、しかし止めもせずに見守っていた。

「この子はすごくきれいです」フェオは言った。「ダニもノミもいません。ほんとうです。だって、ほとんどわたしのシャツの中で寝起《ねお》きしてるんですから。ほら、どこも刺《さ》されていないでしょう」フェオはシャツをめくり、腹に虫刺《むしさ》されのあとがないことを示した。それから、赤《あか》ん坊《ぼう》を指さした。「この子、もう食べられるんですか？」そう言って、言い方がまずかったことに気づき、顔を赤らめた。「食べ物が、っていう意味ですよ。この子を食べる、ってことじゃなくて！」

「名前はワルワーラ」サーシャは言った。「女の子よ。そうね、もう食べられるんじゃないかな。でも、今のところ、お乳をやってるわ。あまり食べ物が手に入らないから」

二、三日ものを食べていない人の顔というのは、あごの線と目がこわばっているものだ。見ればそうとわかる。フェオは、家の前を通りすぎる旅人たちが、そういう顔をしているのを見たことがあった。一度見たら忘れられない表情だ。

「赤ちゃんってなにを食べるんですか？」イリヤがたずねた。

「母乳や牛乳にひたしたパンや果物よ」サーシャが答えた。

「パンなら少しあります！」フェオが言った。「リンゴもいくつか。あぶってからつぶせば……味が濃《こ》くなりすぎるかな？　赤ちゃんには、ってことですけど」

「そんなことないわ」サーシャは初めて笑顔《えがお》らしい笑顔《えがお》を見せた。そして、めまいでもするみたいに片手で頭を押《お》さえた。「食べられるわよ」

「じゃあ、代わりに少し、お乳をもらえませんか？　この子に飲ませたいんです。ティースプーン一杯《ぱい》分でかまいません」

「ええ。あの……もちろんよ」

「じゃあ、これを！」フェオは荷物を入れてきた袋《ふくろ》をひっくりかえした。「リンゴが六つあります！　そのまま鍋《なべ》に入れれば、アップルシチューになるわ。イースターの時、いつもママが作ってくれるんです。ほら、ひとかけらだけどチーズも。チーズとリンゴはよく合います。夏の味ですよね。チョコレート……これは冬になる前からここに入ってたみたい。少し麻袋《あさぶくろ》のにおいがついちゃってるかも」

「そんなにもらえないわ」サーシャは言ったが、急にやさしく、そして若く見えた。

「もらえばいいじゃないか！」アレクセイが言った。

「ええ、もらってくれないと困ります！」フェオが続けた。「動物たちはみんなそうしてます。群れの仲間と食べ物を分けあうんです」

イリヤはしかめ面《つら》をした。そして膝《ひざ》をつき、フェオの耳にふれそうなほど口をよせ、湿《しめ》っぽい口調でささやいた。「少しはとっておかないと。次、いつ食べ物が手に入るかわからないんだぞ」

フェオは頰《ほお》がかっと熱くなった。気前のいい話をしている途中《とちゅう》にじゃまが入ると、なぜかとてもバツが悪い思いをすることがある。「わたしたちはだいじょうぶだから」フェオはそこで話題を変えた。「なぜ兵士たちはここへ来たんですか？　まさか、わたしとは関係ないですよね？」

「きみと？　まさか！　なぜそう思うんだ？」アレクセイはナイフを研《と》ぎはじめ、時々、そのナイフを、沸騰《ふっとう》した湯の中でグツグツいっているリンゴに突《つ》き刺《さ》した。「切れるようにしとかないとな。次にやつらが来た時のためだ。おれは靴《くつ》と本を燃やされた。止めようとしたんだ。とくに本は燃やされたくなかった。マルクスを読むのが気に入らないんだろうが、まだ読みおえてなかったんだ。最後のところが一番いいって聞いてたのにな。結末を知る前に本をとりあげるのは残酷《ざんこく》ってもんだ」

「なぜそんなことを？　兵士たちは――」フェオは、少しでも大人っぽいことを言おうとしてみた。「お酒でも飲んでたの？」

「まさか、そんなんじゃないわ」サーシャは言った。「弟が扇動家《アジテーター》だからよ」

「え？　そうなの？」フェオは、アリゲーターの話を聞いたことがあり、写真も見たことがあった。ワニの一種で、クロコダイルよりも鼻先が丸い。「でも、いったい、それはどういう……」

「扇動家《アジテーター》というのは、皇帝《こうてい》陛下に歯向かう活動をする人間のことさ」イリヤが、まるでなにかを読みあげるように言った。「政府の敵だ。なにかに書いてあったよ」

「ああ！　ママもそんなふうに言われてたっけ」だとすると、わたしも扇動家《アジテーター》ってことになる。フェオは思ったが、口には出さなかった。

「そうさ！」アレクセイはそう言って、鍋《なべ》の中のリンゴをつついた。「おれはそのことを誇《ほこ》りに思ってる！　皇帝《こうてい》は残酷《ざんこく》な人じゃないかもしれないが、愚《おろ》かだ。心が愚《おろ》かなのさ。心の愚《おろ》かさは、愚《おろ》かさの中でも最悪だ。どこかで読んだんだが、皇帝《こうてい》は知性と統治能力に欠けている」

「統治能力ね」イリヤはもっともらしくうなずくと、少しアレクセイに近づいてすわりなおした。「たしかに、なってない」これを聞いて、アレクセイはイリヤの背中をバンとたたいた。イリヤの顔は、フェオのマントの色に負けないくらい真っ赤になった。

「そのとおり！　おれたちは現状を変えなきゃならない」アレクセイはチーズの角を小さく折りとると、かけらを赤《あか》ん坊《ぼう》の口に入れた。「いい手があるんだ――」

サーシャは声をたてて笑い、アレクセイの手からチーズをとりあげた。「政治の話はやめてよ！」

「うちでも」フェオは口をはさんだ。「ママが旅の人たちに食事をふるまっていて、話題が皇帝《こうてい》のことになったら、わたしは『棄権《きけん》！』と言って、席をはなれていいことになってるの」

「でも、大事なことだ！」アレクセイが言った。「これは政治じゃなくて、生死にかかわる話だ！」

「死のほうばかりになりそうだけどね」サーシャは応じた。「とにかく、今はやめてくれない、アレクセイ？　兵隊たちが来るようなことがあったら、やめるって約束したじゃない。姉のわたしの身にもなってよ。おまえには、逮捕《たいほ》されずに十六の誕生日を迎《むか》えてもらいたいわ」

アレクセイはきかなかった。そして、髪《かみ》が暖炉《だんろ》の火で燃えてしまいそうなほど体をうしろに倒《たお》し、農奴《のうど》や革命やユダヤ人迫害《はくがい》やマルクスという人物のことをまくしたてたので、フェオは耳鳴りがしてきた。アレクセイは、フェオが知っているだれより倍は早口だった。しきりに髪《かみ》を引っぱりながら話すものだから、そのうち静電気でビリビリ音がしだした。イリヤが口をはさんでも、赤《あか》ん坊《ぼう》が子オオカミとじゃれてクスクス笑っても、アレクセイはかまわずしゃべりつづけ、吹雪《ふぶき》の音が大きくなるにつれ、風に負けじとさらに激しく、早口でまくしたてた。聞いているほうはめまいを起こしそうだった。

すると、アレクセイは突然《とつぜん》ぷつりと話をやめ、にっこり笑って、まるでひとっ走りしてきたみたいに荒《あら》い息をした。そして、くんくんとにおいをかいだ。「姉さん、リンゴはもう煮《に》えたんじゃないか？」

サーシャは笑いながら弟にむかって頭をふり、暖炉《だんろ》の上の棚《たな》からおわんをいくつかとった。

アレクセイは言った。「正義より大切なのは食い物だけだ」

「わたしたちは昼ごはんをたくさん食べたから」フェオはうそをついた。「だから、少しでいいです」

リンゴは甘《あま》くて熱かった。サーシャが、焼けた砂糖が溶《と》けてタフィーのように板状に固まったものを何枚かもってきて、みんなそれで、とろけたリンゴをすくって食べた。フェオは自分の分をあまり急いで食べたものだから、口の中を火傷《やけど》してしまい、それから十分ほど、上あごのめくれた皮を舌でつつくはめになった。フェオはパンをとりだし、イリヤと二人で、火にあぶってやわらかくしたチーズをはさんでサンドイッチを作った。しばらく雪しか口に入れていなかったので、その味は格別だった。

フェオはシロをゆりおこし、自分のサンドイッチの半分をさしだした。シロはいつも喜んでチーズを食べるので、口に入れてかんでいるうちに元気がわいてきたらしい。チーズにはそういう力がある。シロはアレクセイに近づき、足のにおいをかいだ。アレクセイは体をこわばらせた。

「かんだりしないかい？」

「正直、わからないわ」フェオは本心を言った。「一度にこんなにたくさんの知らない人と会うのは初めてだから」シロはうなっていなかった。体が温まり、疲《つか》れが出てきたように見える。「でも、たぶん、だいじょうぶ」

シロが舌を出した。アレクセイは足首をなめられ、はっと息をのんだ。さらに、シロは足の指をなめはじめた。

「くすぐったいぞ！」アレクセイはそう言いながらも足を動かさなかった。その表情には、シロへの思いやりが見えたので、フェオはにっこり笑いかけた。

「血が出てるけど、だいじょうぶなのか？」

「どうかしら」フェオは頰《ほお》の内側をかみながら言った。「だいじょうぶとは言えないと思うんだけど、どうすればいいかわからなくて」

「包帯はある？」サーシャがたずねた。

「もってません」イリヤが答えた。「代わりになるのは靴下《くつした》くらいです」

「だめよ、靴下《くつした》ははいてないと」サーシャは、この家にひとつしかない椅子《いす》にすわり、膝《ひざ》の上に子オオカミと赤《あか》ん坊《ぼう》を乗せてバランスをとりながら、じっとフェオたちの様子を見ていた。オオカミの子は赤《あか》ん坊《ぼう》の手を愛《いと》おしそうにくわえ、つばをたらしている。「靴下《くつした》なしに冒険《ぼうけん》はできないわ」

「どうしてわかったんです？　わたしたちが今から――」

「わかるわよ。でも、その前に傷の消毒くらいできるでしょう。アレクセイ、わたしのタオルがそこにあるからとって。それを使うといいわ」

フェオのマントは暖炉《だんろ》の前で湯気を上げていた。それを見て、というより、そのにおいをかいで、フェオはひらめいた。「わたしのマントの裾《すそ》を切ったら包帯代わりにならないかしら？　ビロードは包帯にするものじゃないってことはわかってるけど、でも、ないよりましでしょう？」

シロの銃創《じゅうそう》の手当てには一時間近くかかった。傷口のある横腹から氷や木の皮や泥《どろ》を三人がかりでぬぐいとっているあいだ、シロはじっと横になっていた。何度かうなり声をあげたが、そのたびにイリヤとアレクセイは飛びのいて壁《かべ》に頭をぶつけた。フェオが包帯を巻いていったが、オオカミの筋肉のわずかな動きで、どこで強く巻き、どこでゆるめたらいいか感じとれた。手当てが終わると、シロの腰《こし》まわりは赤いビロードの包帯ですっかりおおわれ、おかげで、今までよりずっとしっかり立てるようになっていた。

「うまくできたわね」サーシャが言った。「あなた、まだ若いのに、手なれてるわ」

フェオは、今はもう、自分がそれほど若いとは思えなかったが、それでも顔をほころばせた。温まってきたおかげで、頭がまたいつものように動きはじめている。「アレクセイにも同じことをしてあげたいんですけど。靴《くつ》がわりになるんじゃないかと思って」

「たのむよ！」アレクセイが言った。「できるのかい？」

サーシャは微笑《ほほえ》んだが、首を横にふった。「靴《くつ》がわりなら、防水じゃないと」

イリヤが咳《せき》ばらいした。「料理油はありますか？」

「スプーンに何杯《なんばい》分か、びんに残ってたと思うけど」サーシャが答えた。「あとは、ほとんど燃えてしまったの」

「石けんは？」

「少しある」アレクセイが言った。「体なんて洗わなくていい。真冬に風呂《ふろ》に入る必要はないからな。なぜだい？」

イリヤは答えた。「油と石けんと灰をまぜると防水塗料《とりょう》になるんだ」そして、フェオの驚《おどろ》いた顔を見て続けた。「前に読んだ本に書いてあったのさ。主人公がそいつをマントに塗《ぬ》る場面があった。細長く切ったビロードに、作った防水剤《ぼうすいざい》を塗《ぬ》って、二重三重に足に巻けばいい。なにもはかないよりましだろう」

「靴《くつ》」は包帯よりさらに時間がかかったが、それは、アレクセイが布を足に巻かれているあいだ、じっとしていなかったからでもある。どうにか巻きおえると、見かけはかなり派手なものになった。まるで巨大《きょだい》な赤黒い室内ばきみたいだ、とフェオは思った。

アレクセイはそのまま、月明かりで照らされた家のまわりを試《ため》しに一周してきた。「足がぬれないぞ!」アレクセイはそう言って、まずフェオの背中を、次にイリヤの背中をたたいた。「これでおれたちが一点先取、ラーコフをリードしたな」

だれも寝《ね》る前に着がえなどしなかった。そもそも着がえる服がない。サーシャはワルワーラの髪《かみ》にブラシを入れ、それから、フェオの髪《かみ》もすいてくれた。フェオはその髪《かみ》を三つ編みにして頭にぐるりと巻きつけると、しっかり鞘《さや》におさめたナイフで留めた。

「いいんじゃない。それでサンクトペテルブルクへ行けば、ファッションに主張がある、って言われるわよ」と、サーシャ。

イリヤは笑った。「ナイフで留めてあるんじゃ、人を殺す気満々です、って意味にとられちゃいますよ」

赤《あか》ん坊《ぼう》はベビーベッドに寝《ね》かされると少し泣いた。ベッドと言っても、引き出しの内側に毛皮をしきつめたものだった。アレクセイは皇帝《こうてい》の話をしていたが、それをやめて、今度は歌を歌いだした。古くからあるロシアの農民たちの歌だったが、聴《き》いていると、フェオのまぶたに遠くの山なみが浮《う》かんできた。イリヤは立てた膝《ひざ》にあごをのせ、目を固くつむったまま聴《き》きいっていたが、フェオには、息まで止めているように見えた。

やがて二人の少年のいびきが部屋中に響《ひび》きはじめたが、フェオはそれから何時間か目をさましたまま、毛布の下で寝返《ねがえ》りを打っていた。風はやみ、積もった雪はいつものようにやわらかく見えた。フェオはサーシャが出してくれた分厚い毛布とアップルシチューの残りが入った鍋《なべ》をもち、暖炉《だんろ》から燃えている枝を一本とった。それから、マントのフードに薪《まき》をいっぱい入れた。

クロは、ここへ来た時とまったく同じ場所で待っていた。数メートルはなれたところでは、ハイイロが腹ばいになり、じっと道路と北の方角を見張っている。フェオは地面に薪《まき》を重ね、もってきた燃えさしで火をつけた。クロは最初は知らんふりをしていたが、フェオがリンゴの汁《しる》をやり、二頭のオオカミたちの体を毛布でふいてやると、クロの緊張《きんちょう》が解け、フェオの膝《ひざ》をくわえたり、髪《かみ》をかんだりしはじめた。フェオは毛布にくるまり、顔をたき火の灰まで数センチのところに近づけて横になった。クロはゆったりと歩いてくると、フェオの脚《あし》に腹をのせて寝《ね》そべった。どんな毛布より、オオカミのほうが暖かい。たき火からは独特のにおいがただよってくる。夜気を焦《こ》がす火のにおいが、おなじみのオオカミたちの土くさい体臭《たいしゅう》とまじった。このにおいをかいでいると、まるで希望を吸っているような気がする。フェオはできるだけ目をさましたまま横になっていたが、やがて、たき火がはぜる音とクロの息づかいに誘《さそ》われて眠《ねむ》りに落ちていった。

9

翌朝、フェオはシロに起こされた。オオカミは、とてもしつこい目覚まし時計だ。フェオは、オオカミの唾液《だえき》でおぼれないうちに体を起こすほかなかった。

「わかったわ！　ほら。起きてるでしょ」フェオは目のまわりをぬぐい、シロの舌を押《お》しやったが、放っておくと、舌先を鼻の穴に突《つ》っこまれそうだった。

　アレクセイが少しはなれたところに立ち、こっちを見ていた。表情が昨日とはちがう。なにか言いたそうな、そしてフェオに一目おいているような顔つきだった。

「ほら」アレクセイはそう言って、湯気をたてているカップをさしだした。もう一方の手に子オオカミを抱《だ》き、脇《わき》に斧《おの》をはさんでいる。「その白いやつがドアをひっかいてたんだ。おれは薪《まき》を作りにきた」アレクセイはハイイロを見下ろし、なだらかな肩《かた》の線や、黄色い瞳《ひとみ》、美しい耳の形を確かめた。

「どこを見ても犬らしくない」フェオが答えずにいると、アレクセイは「オオカミだろ？」と言った。

フェオはあわてて立ちあがった。そして、犬だ、と言いはろうと思い、わざと横柄《おうへい》な口調で切りかえした。「なぜそんなこと言いだすのよ？」

「イリヤが、ぽろっと言っちゃったんだ。姉さんはいい顔をしなかった。サーシャは機嫌《きげん》が悪いと物にあたりはじめるから、おれは外に出てきたのさ。今は、きみの正体もわかった」

フェオはなにも言わず、せわしなくシロのビロードの包帯のぐあいを調べたり、鼻先をさわったりした。

「きみは、ほんとうに、ラーコフの部下の兵隊たちが追ってる女の子なんだね。そうかもしれないとは思ったよ。でも、ただのうわさだろうと思ってたんだ。ほら、オオカミ少女がラーコフの目をつぶした、なんてさ。そんな話、信じられないじゃないか」

「ええ、わたしにも信じられないわ」フェオは子オオカミを受けとり、顔の前まで抱《だ》きあげた。フェオは額をなめられながら、オオカミの甘《あま》く、ほこりっぽい獣《けもの》のにおいを吸いこんだ。

子オオカミは眠《ねむ》ったあとなので元気いっぱいにはしゃぎ、爪《つめ》がフェオの髪《かみ》にからんだ。

「イリヤはこの子の世話をしてた？」

「ああ。でも、今朝はおれのほうが早く起きたから、えさをやったよ」

「なにを食べさせたの？」思わずきつい口調になってしまった。

「母乳と水だ」

「ああ、よかった！　いえ、あの……ありがとう」フェオはぎこちなく微笑《ほほえ》んだ。

アレクセイはにっこり笑うと、雪の中においたままのカップにむかってあごをしゃくった。「早く飲め。熱いうちがいい。うまくはないけどな。さめたら飲めたもんじゃない」

フェオは飲んだ。歯茎《はぐき》を火傷《やけど》するほど熱かったので、あわてて雪をほおばり、息をあえがせた。「なにこれ？」フェオはもごもごと言った。

「紅茶みたいなもんだ。夏にとったベリーの残りかすに――ああ、乾燥《かんそう》させたやつな――

昨日の夜のリンゴ汁《じる》をまぜた。焦《こ》げたタフィーと砂糖も入ってる。イリヤが背嚢《はいのう》の中に角砂糖が少し入ってるのを見つけたんだ。糖分はとれる。ほかの栄養はないかもしれないけど。それに体が温まるだろ」

「ありがとう。とても――」おいしい、とは言えなかった。なにしろ、この味だ。「喉《のど》がかわいてたから」

アレクセイは、まだ眠《ねむ》っているクロとハイイロから安全な距離《きょり》をおいて、フェオのそばの雪の上にしゃがみこんだ。

「ちょっとした質問があるんだが」

「どうぞ」

「十二年ぶりの猛吹雪《もうふぶき》の中、オオカミの群れをつれて、雪野原《ゆきのはら》の真ん中でいったいなにしてた？」

「それがちょっとした質問？」フェオはそう言いながらも、にっと笑った。そして子オオカミを左胸に抱《だ》きあげ、いきさつを話した。キズアシのこと、ラーコフのこと、ラーコフの度重《たびかさ》なる狂気《きょうき》じみたふるまいのこと、母親のこと、そして、自分たちはクレスティ刑務《けいむ》所《しょ》をめざしていること……。

アレクセイはだまって聞いてはいなかった。何度も口をはさみ、思いがけないところで笑い、ラーコフの目の話を聞いたあとには雪をこれでもかと宙に投げあげたが、フェオはどうにか最後まで説明した。

「で、家にはお母さんのほかにだれがいたんだい？」フェオの話が終わると、アレクセイはたずねた。「イリヤは親戚《しんせき》かなにか？」

「まさか！　そんなわけないじゃない。ただの知り合いよ」フェオはそこで口をつぐみ、考えた。「でも、だいじょうぶ。いい人だから」

「そりゃよかった」

「手首は細いけど、頭はきたえてるわ。本をたくさん読んでるみたい。でも、家にいるのはわたしとママだけ。あとはオオカミたち」フェオはできることなら、自然の美しさそのものがともに暮らす仲間であり、フェオの家は世界でもっとも美しい場所のひとつにあるのだと説明してやりたかった。「でも、やり方さえ知ってれば、雪だって友だちにできるから」

「燃やされてしまう前のきみの家のことをもっと教えてくれ。どんな家だった？」

フェオは子オオカミに人差し指をくわえさせた。「外で雨がふってる日に暖炉《だんろ》で火が燃えている時の気持ち、わかる？　すぐ横にはオオカミたちがいて、手をなめたり、絨毯《じゅうたん》を食いちぎろうとしたり……。あれこそが幸せだわ」

「わかるよ、その気持ち！　オオカミのところはわからないけど、あとはわかる」

「それから、ママと二人で栗《くり》を焼いて、クリームをつけて食べるの。栗《くり》を焦《こ》がさないように、専用の金網《かなあみ》があって……。あった、って言ったほうがいいかな」フェオはあの日のことを思いだして身をすくめると、子オオカミがやめてくれというように、小さな声で鳴いた。「今はもうないんだろうな」

「そう、そこだよ！　やつらはきみの住む家をめちゃめちゃにしたんだ！　それを思うと、闘《たたか》いたくならないかい？」

フェオは肩《かた》をすくめた。「わたしはママを助けだすつもりよ。そしたら家を建てなおすわ。どこか別の場所に。あの家とそっくりの家にするの」

「きみたちだけじゃ無理だ。クレスティ刑務所《けいむしょ》はだれでも入れる場所じゃない。おれは、あそこに入ったことのある人たちを知ってる」

「イリヤがいるわ。オオカミたちもいるし」

「よく聞いてくれ。おれはきみと取引がしたい」この時のアレクセイは、とても十五歳《さい》には見えなかった。「どうだい？」

フェオは眉《まゆ》をひそめた。「どんな取引なのかによるわ」

「おれに手を貸してほしい。人々は皇帝《こうてい》を恐《おそ》れてる。ラーコフのことはもっと恐《おそ》れてる」

「そうね……わたしも、怖《こわ》いと思う人を一人選べって言われたら、ラーコフの名前をあげるでしょうね。あの人の顔、見たことある？　正気じゃないもの」

アレクセイは真剣《しんけん》な面《おも》もちでうなずいた。「あいつの心はスケートリンクになるくらい冷たくて硬《かた》い。でも問題は、おれの親たちも、サーシャやサーシャのだんなも、おれの友だちもみんな、自分たちにできることはなにもないと思ってることだ」

「それはまちがってないんじゃない？」

「まちがってるさ！　でも、みんなを闘《たたか》う気にさせるには、ひとつしか手がない」

フェオは、雪をところどころ黒く染めている灰を指さした。「家を燃やされたら、その気になると思ってたけど、ちがうの？」

「だめなんだ！　怖《こわ》くなって文字通り動けなくなってしまったのさ。みんな、ラーコフのことを悪霊《あくりょう》かなにかのように言ってるが、ただの人間だ。きみはラーコフに傷を負わせたじゃないか！　やつはきみを追っている。十二歳《さい》の女の子をだぞ！　ドアの上枠《うえわく》にやっと手が届くか届かないかくらいなのに、やつを殺しかけた！　きみは、ラーコフが無敵じゃないっていう証拠《しょうこ》なのさ！」

「殺しかけたとは思わないけど？」フェオは、そのことだけははっきりさせておきたかった。

「物語が必要なんだ。きみの身に起きたような物語が。きみは人々を驚《おどろ》かせ、つき動かすことができる。物語には革命を起こす力がある」

「昨日の夜、話に出てきた人……レニー、だったかしら？　その人が、そのうち、あなたの言う革命を始めるんじゃなかったの？」

「レーニンは海外に亡命中だ。それにラーコフのことなんか眼中にない。ボリシェヴィキたちのことしか考えてないからな。きみが必要なんだよ、フェオ」

「わたしには革命にかかわってるひまなんてない。金曜までにサンクトペテルブルクへ行かなきゃならないのよ。もう日曜なのに」

「いや、聞いてくれ！　ことを始めるには、村ひとつ分の人数がいればいい。あとは、勝手によその人たちも動きはじめる」アレクセイはそう言って、にっこり笑った。とたんに顔全体がいたずらっぽい、それでいて猛々《たけだけ》しい表情になり、フェオは思わず鼻の頭にしわをよせた。人間は、これほど美しく、これほど無鉄砲になれるものだろうか？　美しいか、無鉄砲《むてっぽう》か、どちらかならまだしも、その両方だ。アレクセイは言った。「おれたちは世界を丸ごと変えられるかもしれない！」

フェオは首を横にふった。子オオカミが手首をひっかきはじめた。こうすれば指先から乳が出るとでも思っているらしい。

「フェオ、そいつのことは放っておいて、少しおれの話を聞いてくれ。村の人たちの半分は闘《たたか》う気でいる。でも、残り半分はこのままがまんしたほうがいいと思ってる。なにかすれば、それがどんなささいなことでも、ラーコフはその分だけひどい仕打ちをしてくると思ってるんだ」フェオは、子オオカミに手首の皮をすっかりはぎとられないうちに、袖《そで》を伸《の》ばして隠《かく》した。「いいか、フェオ――きみの助けがいる。おれと一緒《いっしょ》に来て、村のみんなに、なにがあったか話してくれ。きみみたいな子どもがラーコフと闘《たたか》う気でいるとわかれば、みんなも闘《たたか》わずにいるのは恥《は》ずかしいと思うだろう。やればできると信じてくれるはずだ」

フェオは考えた。アレクセイをがっかりさせるのはつらい。でも……。「無理よ。ママのところへ行かなきゃ」

「お願いだ！　せめて、一緒《いっしょ》に村まで来てくれ。なにもしゃべる必要はない。ただ……おれの話がでっちあげじゃないっていうことを証明してくれればいい。おれは今まで、その……話に尾《お》ひれをつけたことがないわけじゃないからな。でも、きみさえいてくれれば！」

「でも、あなたの革命は、わたしとなんの関係もないわ！　わたしはクレスティ刑務所《けいむしょ》へ行かなきゃならないし」

アレクセイは唇《くちびる》をかみ、戦術を変えた。「それなら食料がいるだろう。もってきたものは、昨日の晩、みんなで食っちまったものな」

「狩《か》りをすれば――」

「それに、サンクトペテルブルクのことはなにも知らないんだろ？　兵隊たちや、門や……」

フェオは、はっとして顔を上げた。気分が重くなっていく。「門があるの？　どんな？」

「教えてやるよ。一緒《いっしょ》に村へ行ってくれたらね」

「脅迫《きょうはく》するの?!」

「そうじゃない」アレクセイは、長いまつ毛の大きな目をきらきらさせながらフェオを見た。「取引だ」

フェオは首を横にふった。「わたしは政治に興味がないの。ママをとりもどしたいだけ。それに……悪いけど、あなたの言うとおりにはいかないと思うな」

「そうかい。今のきみはつまらないやつだ」アレクセイはそう言いながら立ちあがった。

「いつもより少し正直に言っただけよ！」

「ほらな！　おれのやる気をそごうと思うんなら、少しじゃなくて、容赦《ようしゃ》なく正直に言え。でも、このおれがうまくいくと言ってるんだから、うまくいく。おれはクマの顔を殴《なぐ》ったことがあるんだ」

「それとこれと、どういう関係があるの？」

「あるさ。おれには、それこそ『容赦《ようしゃ》なく』悪を叩《たた》くこぶしがあるってこと。みんなは世の中は変えられないと言う。石で固められてるんだって。でも、じつは石に見えるだけで、たいていは厚紙に色を塗《ぬ》ってあるだけだ。信じてくれ。おれを助けてくれたら、おれはきみを助ける」

フェオは眉間《みけん》にしわをよせた。「あの……今の話がすっかりわかったとは言えないわ……。クマを殴《なぐ》ったことなんてないし。一度、ワシに頭突《ずつ》きしたことはあるけど、あれは偶然《ぐうぜん》で……。でも、ラーコフはママをつれていって——」

「そうとも！」アレクセイはさえぎった。そして、ここぞとばかりに満面の笑《え》みを浮《う》かべた。「やつは人を殺してるんだぞ、フェオ！　きみのお母さんの一件だけじゃない。闘《たたか》おうと思わないのか？　自分自身のために！　おれの姉さんのような人たちのために！　大人になったワルワーラに、また村が燃えるのを見せたくないじゃないか！　きみはだまって人の言いなりに生きていく人間じゃないはずだ」

フェオはアレクセイの顔を見た。飾《かざ》らない力強い表情を浮《う》かべたその顔には、オオカミの唾液《だえき》が筋になってついていた。

フェオは言った。「門のことを教えて。それから食料を……まともな食べ物を手に入れてくれると約束して。そしたら一緒《いっしょ》に行くわ」

10

アレクセイとイリヤとフェオは、村の煙突《えんとつ》から上がる煙《けむり》が見えるところまでやってきた。そこで、フェオはふと思いつき、クロの背からひらりとおりた。

「どうして止まるんだ？」アレクセイが言った。

「行こうぜ！　あと少しなんだから」

「理由は二つ。まず、オオカミに乗ってるところを見られないほうがいいと思うから。万が一を考えて」

「万が一って、たとえば？」と、イリヤ。

「ほら、もしかしたら、村の決まりごとかなにかで禁じられてるかもしれないでしょ」

「村の通りでオオカミに乗るのを禁じる決まりかい？　そんなものあるかなあ？」そう言いながらも、イリヤはハイイロの背からおりて横に立った。

「万が一よ」フェオはくりかえした。実際、なにかまずいことが起きて逃《に》げなければならなくなった時、自分たちがどれだけ速く逃《に》げられるか知られていないほうがいい。用心にこしたことはないだろう。「オオカミたちはここにおいていきましょう。この子たちが、じっとしててくれるのならね。だれかに傷つけられたくないから」これを聞いたアレクセイが疑わしそうな表情を浮《う》かべたので、フェオはつけたした。「それに、だれかを傷つけても困るし」

「理由は二つ、って言ったよね」イリヤが言った。

「お腹《なか》がすいたから。すいてない？　今ならなんでも食べられる気がするわ。アレクセイ、あのコクマルガラス、もってきた？」

雪が少ない場所を見つけると、フェオは薪《まき》にするために、木の枝を折った。イリヤは火をつけようと奮闘《ふんとう》したが、冷えきった手では思うようにマッチがあつかえなかった。フェオはアレクセイの様子をうかがい、もし笑ったりしたら、かみついてやろうと思っていた。もっとも、自分でも、内心イリヤのことを笑っていたのだが……。しかし、アレクセイは腰《こし》をおろして周囲の風景に見入っていた。フェオはその視線を追った。空は、物語に出てくる宮殿《きゅうでん》の丸屋根のような、あざやかな青い色をしていた。雪原は見わたすかぎり足あとひとつなく、まだ若い木々があちこちで雪に埋《う》もれ、祈《いの》りを捧《ささ》げる北極グマのように見える。

「こんなきれいな景色は見たことないな」イリヤが言った。薪《まき》がためらいがちに燃えはじめ、イリヤは顔を上げていた。「たとえ捕《つか》まるようなことがあっても、来たかいがあった」

フェオはコクマルガラスを二つに裂《さ》き、内臓をとりのぞいた。羽根をむしるのは手間なので、皮ごと切りとり、オオカミたちに投げてやる。

「コクマルガラスって、火が通るのにどれくらいかかるの?」フェオが言った。「二、三分?」

「一時間くらいかな?」イリヤが言った。

「五時間かも」と、アレクセイ。

「焼きあがるまで何度も味見すればいいいだけさ」と、イリヤ。

「じゃあ、味見はおれがやろう」アレクセイが言った。

だれもコクマルガラスを焼いたことなどなかったが、イリヤが、串《くし》に刺《さ》して焼く場面を本で読んだのをおぼえていた。「話に出てくる食いものは信用できない」と、アレクセイは反対したが、フェオはイリヤに賛成した。そこで、鳥の半分は何枚かに薄《うす》く切って串《くし》に刺《さ》し、ゆれる炎《ほのお》の先であぶり、残り半分は、塊《かたまり》のまま、たき火の中心においた。

フェオは切《き》れ端《はし》をいくつか、こっそりオオカミたちに放ってやった。

たき火の中においた肉は何度も火がついて、そのたびに口で吹《ふ》いて消さなければならなかった。

「こっちはもういいんじゃないか」イリヤが言った。「焼けてると思うよ。でも、こうなると、あんまり肉に見えないけど」

フェオは少し食べてみた。外側はひどい味で、炭に羽毛《うもう》をまぜたようなのに、内側は味がしない。フェオとイリヤは温《ぬく》もりを求め、肩《かた》をよせあってしゃがんでいた。アレクセイはたき火の反対側にあおむけに寝《ね》そべっている。肉はひと口分をのみこむのに、五十回かむ必要があった。フェオは四十回かんだところであごが言うことをきかなくなり、雪の中に吐《は》きだした。

「まわりを焼きすぎてしまったんだな」イリヤが言った。

炎《ほのお》の先であぶっていた肉は、火が通るのにずっと時間がかかり、フェオは、自分の分が焼けたと思うころには、串《くし》をもっていた腕《うで》が痛くなっていた。肉にかみつき、串《くし》を引きぬく。少し血がにじんだが味は申し分なく、大きなハトの肉のようだった。とたんに元気が出てきた。脂《あぶら》が乗っていてやわらかく、肉汁《にくじゅう》があごを伝ってしたたりおちる。肉汁《にくじゅう》をなめようとするクロを、フェオは押《お》しかえしたが、見ると、クロは目の上にコクマルガラスの羽毛《うもう》をひとつつけていた。

　アレクセイが足でたき火に雪をかぶせ、シロが小便をかけると、一行は出発した。フェオとイリヤは手をつなぎはしなかったが、腕《うで》がぶつかるくらいすぐそばを歩いた。二人の耳の奥《おく》には、残してきたオオカミたちのうらめしそうなうなり声が響《ひび》いていた。

「イリヤ、マントを体にしっかり巻きつけておけよ」アレクセイが言った。「軍服を見られないようにな」

　イリヤはうなずくと、ぎこちない笑《え》みを浮《う》かべ、首が青くなるほどマントを肩《かた》にきつく巻きつけた。

なにかのにおいがして、フェオはくんくんと鼻を鳴らした。「妙《みょう》なにおいじゃないわ。いいにおいよ」

「食べ物のにおいだ」イリヤが言った。「いいにおいに決まってる」

小さな村だった。家は何本かある細い道の両側にならび、中央に四角い広場がある。広場には石でできた火桶《ひおけ》があり、子どもたちが手をかざして暖をとっていた。家はみな小さいが、どの家の煙突《えんとつ》からも、白く太い煙《けむり》がもくもくと上がっていた。広場の大部分は雪かきされていて、一面に大きな敷石《しきいし》がしいてあるのがわかる。そして、その敷石《しきいし》を昔だれかが、あざやかな黄色と赤に塗《ぬ》ったらしい。赤は色あせてピンク色になっていたが、夜明けの空のように明るく輝《かがや》いていた。見ただけで元気が出る。

「ヤーナが塗《ぬ》ったんだ」アレクセイが敷石《しきいし》を指さして言った。「おれのいとこさ。勝手なことをするなと、グリゴーリイおじさんにひっぱたかれたよ」

道ばたでは、頭にスカーフを巻いた女性たちが集まり、笑いあっていた。ショールごしに射《さ》す日の光が、雪の上に色あざやかな影《かげ》を投げている。ドアにもたれた男たちが、なにか言い争いをしていた。

男たちはみな、みごとなあごひげを生やしている。フェオはそもそも大人の男の人にほとんど会ったことがなく、もちろん、あんなひげを生やしていた人は見たことがなかった。一番短い人でも、ひげの中にネズミの一家が隠《かく》れていられそうだし、一番長い人のひげは、もじゃもじゃと腹のあたりまでたれ、並の大きさの猫《ねこ》なら二匹《ひき》は隠《かく》れていられそうだ。男たちの手は荒《あ》れ、爪《つめ》は欠けていて、歯のない人もいる。賢《かしこ》そうな顔をしているようだが、あれだけのひげに隠《かく》れていては、たしかなことはわからない。

アレクセイは、襟《えり》の高い青い上着を着て泥《どろ》だらけのズボンをはいた男にむかって手をふった。「グリゴーリイおじさん！」

男は近づいてきた。「アレクセイ！　よかった。生きてたんだな。心配してたんだぞ」

男はそう言うと、となりにいる二人の子どもに目をとめた。フェオもイリヤも、できるだけ堂々とした、それでいて謙虚《けんきょ》な態度をよそおった。イリヤは片足を前に伸《の》ばし、つま先を見た。

「だれだ、この子たちは？」

フェオは知らない人に会うと口が回らなくなるので、アレクセイが答え、フェオはじっと男を見ていた。

「グリゴーリイおじさん、助けてほしいんだ。ラーコフがおれたちを追ってる」

「今度はなにをやらかしたんだ、坊主《ぼうず》？」

「なんにもしちゃいないさ！　でも、どこかに泊《と》めてほしい。ひと晩でいい。助けてくれるよね、おじさん？」

たぶん、この男が、身長はフェオの二倍、横幅《よこはば》は三倍近くある巨漢《きょかん》だったからだろう、男の沈黙《ちんもく》は、それは大きなものに感じられた。フェオは男の顔を観察した。表情が読めないのは、ひげが多くて顔が隠《かく》れているせいもあるが、それだけではなく、感情が現われやすい場所、つまり、眉《まゆ》や鼻の穴、口や額がぴくりとも動かないからだ。

そして、ようやく口をきいたと思ったら、色よい返事は返ってこなかった。「まさかこいつらは、例の、大それたことをしでかした子どもたちじゃないだろうな？　ラーコフの目をつぶした半人前の魔女《まじょ》とかいう？」

「それはぼくじゃありません」イリヤが言った。「この子です！」

フェオは、ご親切に、と口を動かしてみせた。そして、どうにかして自分を罪のない女の子に見せようとしたが、どうすればそう見えるのか、よくわからなかった。

男はうめくように言った。「おまえがそうか？　なるほどな。たしかに、おまえの顔には、靴《くつ》にナイフを忍《しの》ばせています、と書いてある」

フェオはか細い声で言った。「わたしたちはただ、食べるものを少し分けてもらえないか知りたかっただけです」

グリゴーリイはアレクセイのほうにむきなおった。「これもまた、おまえの策略なのか？」

アレクセイはにやりとして、「そうかもね」と、こともなげに言った。そしてグリゴーリイの肘《ひじ》をつかんで続けた。「聞いてくれよ！　この子はラーコフをあわてさせたんだ。あいつはこの子を恐《おそ》れてる。この子が呼びかければ、みんな闘《たたか》ってくれると思うんだ」

「そんなことはさせん」グリゴーリイは答えた。そして、フェオをにらみつけたので、フェオはその視線をさけるように首をすくめた。「ほら、あの家を見てみろ」グリゴーリイは、ならんでいる家のうちの一軒《けん》を示した。蝶番《ちょうつがい》がこわれ、ドアが酔《よ》っぱらったように風でゆれている。「あれはアレクサンドルが住んでた家だ。いいやつだった。先週、ラーコフに連行された。その前は、うちのパーヴェルがつれていかれた。忘れたのか、アレクセイ？　これ以上、ことを荒《あら》だてるようなことをするつもりはない。絶対にだ」

「たのむよ、おじさん！」アレクセイの微笑《ほほえ》みは少しゆがんだが、消えはしなかった。

「そんなふうに言わないでくれ。フェオは今まで、人と会ったことがほとんどないんだ。

おじさんのせいで、フェオは一生、人間ぎらいになってしまうぞ。もしも村のみんなが話を聞く気になったら、それはその人たちの問題で、おじさんには関係ないじゃないか」

老いた男の目は、やさしくもなく、辛抱強《しんぼうづよ》くもなかった。「おまえの愚《おろ》かな行為《こうい》でわしらが罰《ばっ》せられるようなことがあれば、おまえは関係ないと言ってすませられるのか？」

だが、すでにこの時、数人の男たちが近づいてきて、中の一人が身を乗りだしていた。髪《かみ》は白髪《しらが》まじりだが、声は力強くて張りがある。「この子が例の女の子かい？　将軍の目をつぶしたっていう？　話を聞こうじゃないか」男は言った。「聞くだけなら別に害はないだろう。アレクセイは人間の子だ、魔法使《まほうつか》いじゃない。話を聞いただけじゃ、おれたちがたぶらかされることはない」

アレクセイは、しだいに厚くなっていく人垣《ひとがき》も、男たちの大きな体や敵意に満ちた目も、長いあごひげも、少しも気にならないようだった。フェオとイリヤは、じりじりと立つ位置を変えてアレクセイの陰《かげ》に隠《かく》れたが、それを男たちの目が追っていた。

「ありがとう、ニコライ」アレクセイは言った。「とにかく話を聞いてほしい！」

「わしは、もうこれ以上アレクセイの話を聞く気はない」グリゴーリイが言った。「近頃《ちかごろ》は、耳がすぐ疲《つか》れるしな」

「でも、今度はちょっとちがうんだ！　ラーコフはとりつかれてる！　将軍という立場でものを考えてない。たががはずれてしまった。少なくとも、はずれかけてる！　今がチャンスだ！」

ニコライと呼ばれた白髪《しらが》まじりの男が、ふりかえって、通りの先に集まっていた男たちに声をかけた。「エヴゲーニイ！　アリョーシャ！　みんなを集めてくれ！」

グリゴーリイはため息をついた。「わかった。集会だ。おい！」グリゴーリイはそう言って、アレクセイを指さした。「おまえも来い。だが、よそ者はだめだ。それがしきたりだからな。広場で待たせておけ。そいつらが村に損害を与《あた》えたら、おまえの責任だぞ」

大人たちが一人、また一人と木造の家々から出てきた。ズボンで手をふいたり、寒さに備えて帽子《ぼうし》をかぶったりしている。あとについて出てきた子どもたちは、フェオたちをじっと見ていた。

大人たちはフェオの前を通りすぎる時、まず、ちらりと赤いマントに目をやり、次に、スカートの裾《すそ》にぐるりとついた氷と泥《どろ》を見た。フェオは、自分が暮らしていたところでは、汚《よご》れた服がはやっているとでもいうように、ぴんと背筋を伸《の》ばし、背を高く見せた。

「来いよ。腰《こし》をおろそう」イリヤに手を引かれ、フェオは広場の真ん中にあるオークの木の下へ行った。二人は木の幹に背をもたせかけてすわると、指先に息をかけて温めた。

二人の前に、村の子どもたちが集まってきて、半円形にならんだ。みな、厚手の毛織物の服を着ていて、身ぎれいで、一点の汚《よご》れもない。全部で二十人ほどだろうか、一番年かさの子はフェオより五つは上だろう。一番幼い子は積もった雪よりわずかに背が高いくらいで、巻毛の髪《かみ》を短く刈《か》っていた。フェオはその巻毛にさわりたくなったが、手を背中に回しておいた。これくらいの幼い子は、オオカミと同じで、なにをするか予想がつかない。

「あなたはだれ？」一人が言った。

フェオは子どもたちの顔を順に見ていった。親しみのこもった顔はないが、いじわるそうな顔もない。ほとんどが用心している顔だった。

「大人たちはなんの相談で集まったの？　あなたのこと？」別の子どもが言った。

フェオは肩《かた》をすくめた。「たぶんね」

「なにしたの？」八歳《さい》くらいの男の子が、フェオたちをじっと見て言った。前歯が二本ぬけてすきまができている。「だれかを殺しちゃったの？」

「まさか！」

「なにか盗《ぬす》んだの？」男の子は、フェオの荷物袋《にもつぶくろ》をものほしそうに見た。

「ちがうわ」

一番年かさの少女が、じっと二人を見て言った。「法にふれることをしたの？」

フェオはもう少しで「いいえ！」と言おうとして、ラーコフのはれあがって激怒《げきど》した顔を思いだし、また肩《かた》をすくめた。

イリヤが口をひらいた。「ぼくらはただ、サンクトペテルブルクのことを少し知りたかっただけだ。この子は、ここを通りかかっただけなんだよ。ぼくらはみんな、通りかかっただけだ」

「みんな、って？」また、さっきの男の子だった。「二人だけじゃないの？」

フェオはイリヤをにらみつけながら答えた。「この人、時々、言葉の使い方をまちがえるのよ」

別の女の子が二人にむかって雪を少し蹴《け》とばした。「なにしに行くの？」

「お母さんを見つけに。逮捕《たいほ》されてしまったから」

「人を殺して？」また、さっきの前歯のぬけた男の子だ。どうしてもそうだと言ってほしいらしい。

「いいえ！」フェオは思わず声を荒《あら》らげた。「あのね……やっぱり、いいえ、としか言いようがないわ。ママはなにもしてないから。でも――」

「だからといって、捕《つか》まらずにすむとはかぎらない……」金髪《きんぱつ》の女の子があとを引きとった。「わたしたちも知ってるわ。悪いことをせずにいるだけじゃ、自分の身を守れないんだもの」

フェオはうなずいた。「じつは、わたしは全然、これっぽっちも悪いことをしてないかっていうと、そうは言えないの。ママをつれていった人を、その、少し傷つけてしまったから」

例の男の子の目が輝《かがや》いた。「じゃあ、やっぱり――」

「いいえ！　――あなた、名前は？」

「セルゲイ。そっちは妹のクララ」男の子が指さしたのは、にこにこ笑いながら鼻水をたらしている五歳《さい》くらいの女の子だった。

「じゃあ、セルゲイ、もしもわたしがだれかを殺したら、あなたに知らせるって約束するわ。とにかく、その人は怒《おこ》ってるみたい。たぶん、わたしみたいな女の子にけがをさせられたことを恥《はじ》だと思ってるんじゃないかな」

一番年かさの少女が肩《かた》をいからせた。大柄《おおがら》で膝《ひざ》が丸々と太く、腕《うで》の力も強そうだった。

「その人、ばかよね」少女は言った。「大ばかだわ」

フェオは微笑《ほほえ》みかえしたが、いつもの内気のせいで笑顔《えがお》がゆがまないよう気をつけた。年上の子の前では、いつも気おくれしてしまう。そんな時に微笑《ほほえ》むのはむずかしい。フェオは鼻の奥《おく》が熱くなった。

別の子が――フェオより年下で、目と目がはなれている女の子だった――前にいる子どもたちを押《お》しわけて出てきた。

「その人の名前はなんていうの？　あなたのお母さんをつれていった人は？」

「ラーコフ。ミハイル・ラーコフ将軍」

子どもたちは急にしんとだまりこみ、その場の空気が重くなった。みんな、セルゲイや年かさの少女のほうをちらちら見ている。どの子も唇《くちびる》を結び、こぶしをにぎりしめていた。「そうか」セルゲイが言った。声は半分誇《ほこ》らしげだったが、目は暗く沈《しず》んでいた。「その人なら、ぼくたち知ってるよ。ねえ、ヤーナ？」

「ええ。うちのパーヴェル兄さんをつれていって、軍隊に入れてしまった人だから」年かさの少女が言った。「でも兄さんは兵隊になりたくなくて、逃《に》げたの」

セルゲイは顔をゆがめ、眉《まゆ》をかくすふりをして、こぶしでぐいっと目をこすった。

「なにがあったんだい？」イリヤの声は平板で、すでに答えを想像しているようだった。

「死んだわ。わかってると思うけど」ヤーナは答えた。「ラーコフに銃《じゅう》で撃《う》たれて」

「まさか！」フェオは声をあげた。「そんなことが……どうしてゆるされるの？」

「さあね。でも、ラーコフのしわざよ。アレクセイもつれていこうとしたわ、わたしたちのいとこの……」

「アレクセイには会ったわ」

「連行されかけたんだけど、アレクセイは抵抗《ていこう》したの。すばしこいからね。つれにきた兵隊たちの、ほら、あそこを蹴《け》って――」

「急所を蹴《け》ったんだ！」セルゲイが言った。「ほんとうだよ！」

ヤーナもうなずいた。「アレクセイはお姉さんの家に隠《かく》れたわ。お姉さんは十歳《さい》年上で、弟を守るためならオオカミの頭だってかみきっちゃうと思うな」

「でも、なぜラーコフは、あなたたちのお兄さんを撃《う》ったの？　お兄さんはなにをしたの？」

「なんにも！」セルゲイが声をあげた。「だれも殺してないのに！」

フェオがちらりと見ると、ヤーナはセルゲイの頭ごしにうなずいた。「この子の言うとおりよ。パーヴェルはなにもしてないわ。兄さんはただ、やさしくて、おっきくて、時々ちょっぴりのろまだっただけ。よくわからないけど、たぶん、行きあたりばったりに人を撃《う》てば、だれでも、次は自分かもしれないって思うでしょ。そしたら、みんな不安になるわ。ラーコフはそれをねらってるんじゃないかしら」ヤーナは心を決めたらしく、スカートをぐいと上に引きあげた。「あなたがラーコフの敵だというのなら、あなたはわたしの友だちよ。年下だけど関係ないわ。食べるものがいるんじゃない？」

「ええ、じつは困ってるの。もちはこべるものがあると助かるんだけど。パンとか、チーズとか」子どもたちの何人かがうなずいた。微笑《ほほえ》んでいる子も一人、二人いる。少なくとも、さっきよりは親しげな目で、まっすぐにフェオを見ていた。

「で、大人たちはなにを決めようとしてるの？」

フェオは首を横にふった。「アレクセイは、みんなに闘《たたか》ってほしいと思ってるわ」

「ラーコフと？」

「ええ。でも、集会でなにが決まっても、わたしにはあまり関係ないわ。自分がするつもりだったことをするだけだから」

「闘《たたか》う気はないの？」ヤーナが言った。「わたしはそうなったら闘《たたか》うつもりよ」

「わからない。そこまで考えてなかったから。でも、アレクセイに言われたことがあって……迷ってるところ」

その時だった、最悪のタイミングで、子オオカミがおしっこをしはじめた。オオカミの尿《にょう》はにおいが強く、しかも、この日は晴れて風もなかった。みんな、合唱のように、いっせいに、くんくんとにおいをかぎだした。

フェオはうめいた。シャツの懐《ふところ》に手を入れ、湿《しめ》った毛皮の玉をひっぱりだす。子オオカミはまだ用を足している途中《とちゅう》だった。

「うわっ！　もう、ラープシュカ！　教えてくれたっていいでしょ」シャツの胸におしっこがかかった。「まったく！」

子どもたちは全員、まるで振《ふ》りつけどおりに踊《おど》るバレエダンサーたちのように、いっせいにさっと二歩下がった。

「よし、よし」フェオはそう言うと、しゃがみこみ、子オオカミをつまんだ手をできるだけ前に伸《の》ばした。そして、オオカミが用を足しおえると、手を雪になすりつけた。子オオカミは短く鋭《するど》い声でほえた。まだ細くて、かん高いが、いかにもオオカミらしいほえ方だった。

大きく見ひらかれていた子どもたちの目は、鳴き声を聞いて、冷たくにらみつける目に変わった。

「それはオオカミなの？」

「ええ」フェオは認めた。「でも、ほら、オオカミといったって、まだこんなに小さいから」子どもたちの目がいっそう険しくなった。フェオは子オオカミを髪《かみ》で隠《かく》し、しっかと抱《だ》きよせた。

「おまえは、うわさのオオカミ少女だな！」だれかがうしろのほうで叫《さけ》んだ。「いろいろ聞いてるぞ。おまえの首には懸賞金《けんしょうきん》がかかってるんだ」

「なんですって？」フェオは落ちついたふりをしていたが、目はちらちらと左右に動き、逃《に》げ道《みち》をさがした。「ほんとうに？」

「大金だ。おまえは信用できないやつだって言ってたぞ。魔女《まじょ》だって」

「だれがそんなことを？」

「昨日、兵隊が一人村を通りかかって、みんなに、さがしてくれって言いのこしていったんだ。おまえをな！　だから、捕《つか》まえて引きわたさなきゃならない！」

フェオは吐《は》き気《け》がして、胃の中のものが喉《のど》までこみあげてきたが、ゆっくりと立ちあがった。「言いたいことがあるのなら、前に出てきて言ったらどう？」

イリヤが急いで立ちあがり、フェオの前に立った。イリヤの怒《おこ》った顔を見て、フェオは驚《おどろ》いた。「たしかに、兵隊たちはフェオをさがしてる！　でも、それだけじゃない。オオカミたちを見つけて殺そうとしてるんだ。ぼくらを軍に引きわたすやつはオオカミ殺しってことになる」イリヤは子オオカミをフェオの手からとりあげ、子どもたちにむかって突《つ》きだした。

子オオカミは日に日に大きくなっていて、イリヤが自分の両手の上にすわらせると、脚《あし》や尾《お》がはみだすくらいになっていた。子オオカミは足先でしきりに宙をかいた。

クララが鼻から息をもらすと、その拍子《ひょうし》に鼻汁《はなじる》が飛び、子オオカミの顔についた。オオカミがそれを食べてしまったので、セルゲイは手をたたいておもしろがった。

イリヤは子どもらの顔を順に見ていった。「みんなは、このオオカミには生きる価値がないと考えるやつらの味方なのか？」

子どもたちの沈黙《ちんもく》には、さまざまな思いが入りまじっているようだった。

「その子、お腹《なか》すいてるんじゃない？」ヤーナが言った。「お乳が飲みたいのかな。牛乳ならもってこられるけど」

イリヤがちらりとふりかえると、フェオはうなずいた。「そうしてくれるとありがたい」

イリヤはもったいぶった口調で答えた。

ところが、ヤーナが家に帰っていくと、子オオカミは、どちらかというと猫《ねこ》のような身のこなしでイリヤの手から跳《と》びおり、雪の中に落ちて体をひねり、フーッと息を吐《は》いた。

フェオが雪をかきわけて子オオカミを抱《だ》きあげようとしていると、悲鳴が聞こえ、目の前でマントの裾《すそ》が次々にひるがえって、子どもたちはばらばらと、長い通りを自分の家めざして駆《か》けもどっていった。

「なにが始まったの？」

「むこうになにかいる」イリヤはそう言ったとたん、子どもたちが逃《に》げたわけがわかり、「チョールト！」と罵《ののし》った。

道の先に三頭の馬がいて、それぞれ人がまたがっていた。背筋を伸《の》ばし、あたりのにおいをかぐ男たちの姿は、おとぎ話の巨人《きょじん》のように大きく見えた。

フェオはあわてて子オオカミをすくいあげて立木の陰《かげ》にしゃがみこむと、シャツの懐《ふところ》にオオカミを押《お》しこみ、不満そうな鳴き声がもれないようにした。恐怖《きょうふ》のあまり手に汗《あせ》が出て指に力が入らず、ナイフを鞘《さや》からぬいたものの、とりおとしてしまった。イリヤはむこうから丸見えの位置に立ったまま、目を見ひらいている。

「隠《かく》れて！」フェオは手を伸《の》ばしてイリヤの脚《あし》をつかみ、木の幹のうしろに引きずりこんだ。

男たちが近づいてきた。逆光の中から出てくるにつれ、その姿がしだいにはっきりと見えてくる。上着の色は軍服のような灰色ではない。茶色いマントをはおった見すぼらしい姿だった。靴《くつ》の先から足の指がのぞいている。

イリヤがフーッと安堵《あんど》のため息をつくと、前髪《まえがみ》がゆれた。「徴発人《ちょうはつにん》だよ！　フェオ、あの男たちは兵士じゃない！」

「徴発人《ちょうはつにん》？」フェオは木の陰《かげ》から動こうとしなかった。

「軍に雇《やと》われた男たちだ。ラーコフはあちこちの村に徴発人《ちょうはつにん》を送り、食料や家畜《かちく》を集めさせている」

「だれのために？」

「軍のためさ」

「それじゃあ泥棒《どろぼう》と同じじゃない！」フェオは言った。

「ああ、でも軍ではそう呼んでない」

「呼ぶべきよ！　でなきゃ、泥棒《どろぼう》した上に、うそをついてることになるわ。じゃあ……あの人たちはわたしたちをさがしにきたわけじゃないのね？」

「そうじゃないはずだ。村から村へ回ってるだけだからな。徴発人《ちょうはつにん》は、たいしてえらいわけじゃない。ただ、何百人もいる。ラーコフのイナゴ、って呼ばれてるくらいだ。きみの家に来たことはないのかい？」

「うちは怖《こわ》がられてたんじゃないかな。オオカミがいるとわかると、そう思う人もいるから」

三頭の馬は並足で広場に入ってきた。

「男どもはどこだ！」一人が声を張りあげた。

家々の扉《とびら》はとじたままだ。ガツンとかんぬきをかける音がした。

フェオがほっと胸をなでおろして大きく息を吐《は》いた瞬間《しゅんかん》、一番大きな家からヤーナが出てきた。牛乳を縁《ふち》までなみなみとついだコップを両手でもっている。男たちを見て、ヤーナは凍《こお》りついた。

「お父さんはどこだい、かわいこちゃん？」同じ男が声をかけた。肩幅《かたはば》の広い男で、眉《まゆ》のあいだに大きなほくろがある。

「え……あの、集会です」

「じゃあ、呼んできてくれないか？　たのむよ」男はいやらしい目つきでヤーナを見ながら、いろいろな濃《こ》さの茶色に染まった歯を見せた。「ラーコフ将軍の命令で来た、と言ってくれ。どの村からなにを徴発《ちょうはつ》するか書いたリストがここにある。この村の割当ては、穀物百キロ、肉二十キロだ。それに、あんたさえよければ、キスのひとつもしてくれたらうれしいね」

ヤーナはあとずさりした。「そんなに出せないわ」そう言ってあたりを見まわしたが、村をぬける通りに人影《ひとかげ》はなかった。「みんな飢《う》え死《じ》にしてしまうもの！　ここには小さな子どもがいるのよ」

「その言いわけは聞きあきた」二人目の男の声は鋭《するど》かった。男が、かんでいたかみタバコを吐《は》きだすと、雪の中に落ちたタバコから湯気が上がった。「そういうせりふは前にも聞いたことがあるが、飢《う》え死《じ》になどするものか。どうにかなるものさ」

一人目の男が、くんくんと鼻を鳴らした。「なんだ、このにおいは？」

フェオは息を止め、ぬれたシャツの中にいる子オオカミを抱《だ》きしめた。

ヤーナの顔からはすっかり血の気が引いていた。「においって、なんの？」

「ボルシチ（肉・野菜を煮《に》こんだ、ロシアの代表的なスープ）だ！」男はそう言って、ぴしゃりと馬の背をたたいたので、馬は驚《おどろ》き、いなないた。

「ほう」二人目の男が言った。鼻の穴がひろがっている。「そいつはいい」男たちは馬からおり、ヤーナを押《お》しのけるように家に入っていった。「ボルシチをもってこい。全部だぞ。少しでもとっておこうなんて思うなよ。それとウォッカだ」

ヤーナはふるえ声で言った。「ないと言ったら？」

「決まりは知ってるだろう、お嬢《じょう》ちゃん。出せないのなら、年長の男の子をつれていく。さあ、まずはスープだ。それから大人の男どもを呼んでこい」

怒《いか》りのあまり、フェオの心臓はあばら骨にあたるほど激しく脈打った。「思いついたことがあるの」フェオはイリヤにむかってささやいた。「手を貸してくれる？」

「もちろん。なにをすればいい？」

フェオは説明した。

「それは危険すぎる」イリヤは言った。

「ほかに思いつかないのよ。なにかいい手はある？」

「いや。でも、それはちょっと――」

「ここで待ってて」フェオは子オオカミをイリヤにわたし、一番近くの家まで走っていった。窓ごしに合図を送ると、ドアがあき、顔が二つのぞいた。

「この村で、ものを投げるのが得意なのはだれ？」フェオは声をひそめてたずねた。

「ぼくだよ」と、セルゲイが答えた。「ボグダンもうまい」セルゲイは、十歳《さい》前後の、つまり気味の鼻で息をしている男の子を指さしたが、あまり期待できそうになかった。「それと、ヤーナも」セルゲイは、まるでヤーナが雪の中から飛びでてくるのを期待しているようにあたりを見まわした。「ヤーナはここにはいないよ。まさか、あの人たちにつれていかれたりしてないよね？」

「だいじょうぶよ、セルゲイ、そんなことはないわ。でも、わたしを助けてほしいの。やってくれる？」

セルゲイはフェオから立木の陰《かげ》にいるイリヤへ、そして子オオカミへと視線を移していった。「うん、いいよ！　だれかを殺すの？」

「それに近いかも。ついてきて」フェオはセルゲイとボグダンをしたがえ、頭を低くしてイリヤの前までもどった。「雪玉がいるの。それも、今すぐ」フェオは言った。「あの人たちはお酒を飲んでるわ。でも、いつまで飲んでるかわからないから」フェオは小さな雪玉をいくつかまとめて固め、大きな雪玉にしていった。

「急げ」イリヤは言ったが、あまり手際《てぎわ》がいいとは言えなかった。「もっと急がないと！」

幼い男の子二人もせっせと手を動かしたが、思ったほど早くはできない。フェオはペースを上げた。「雪玉は、あたったら痛くなきゃだめよ。固くにぎってね。そう、その調子！　これだけあればいいわ」フェオはマントを広げ、できた雪玉をその上に集めた。

「行くわよ」フェオは先に立ち、馬をつないであるところから一番近い家へ行って、裏《うら》に隠《かく》れた。色あせたレンガ造りの小さな家だった。イリヤはそこまで走る途中《とちゅう》にも、まだ雪玉を作っていた。ぼそぼそと小声で自分になにか言いきかせていたが、フェオに見られていることに気づくと、にっこり笑ってみせた。それはいつもより歯をむきだした、ゆがんだ笑顔《えがお》だったが、それでもフェオは大いに勇気づけられた。

「わたしが叫《さけ》んだら」とフェオは声をかけた。「男たちの目をねらって投げてちょうだい。大事なのは目や口をねらうこと、とくに目よ」

「いったい、あの人たちは――」セルゲイが言いかけたが、イリヤが人差し指を立てて唇《くちびる》にあてた。

フェオは森に顔をむけ、口の左右に手をあてて、一度、遠ぼえをした。

それに続く静けさの中、通りぞいの家の窓に子どもたちの顔が次々に現われた。

フェオがもう一度遠ぼえをすると、森から返事が返ってきた。ハイイロのしゃがれ声に続き、クロの声が聞こえてくる。フェオに肘《ひじ》でつつかれてイリヤも声をあげたが、それはみごとな遠ぼえだった。

徴発人《ちょうはつにん》たちがよろめきながら表に出てきた。一番背の高い男は、手にしたジョッキからウォッカをまきちらしている。三人の男はおぼつかない手つきでライフルの撃鉄《げきてつ》を起こしながら、馬にむかってよたよたと走った。「オオカミだ!」どなった男はつまずいて転びそうになり、氷の上ですべった脚《あし》が大きくひらいたが、やっとのことでもちこたえた。

フェオは両手に雪玉をひとつずつもつと、もう一度遠ぼえをした。男たちはどうにか鞍《くら》の上に体を引きあげたものの、酔《よ》っぱらってうまく動かない足先は、あぶみにかかったり、はずれたりしている。

その時、森の中から頭を低くしたオオカミの群れが走りでてきた。近づくにつれ、背中の毛がさざ波のようにゆれているのがわかる。フェオは、オオカミたちはじつに見せ場を心得ている、と思った。

「今よ！」フェオは叫《さけ》んだ。子どもたちは、ライフルをかまえた男たちめがけて雪玉を投げた。セルゲイとボグダンは家の裏《うら》から飛びだし、男たちの目や耳、手、そしてライフルの銃身《じゅうしん》めがけて雪玉を投げつけた。セルゲイのねらいは定まらなかったが、ボグダンの動きはきびきびしていて、ねらいも正確だった。

「ええい、くそ――」徴発人《ちょうはつにん》の一人がどなった。「オオカ――！」男が銃《じゅう》をかまえてねらいをさだめようとした瞬間《しゅんかん》、フェオの投げた雪玉が男のあけた口に命中した。

男たちの背後で集会所のドアが勢いよくひらくのを、フェオは視界の隅《すみ》でとらえた。男のライフル銃《じゅう》から大きな銃声《じゅうせい》が響《ひび》き、銃弾《じゅうだん》が、迫《せま》ってくるオオカミたちの数メートル横の雪に吸いこまれた。

「やめて！」フェオは心臓が縮みあがった。「目をねらうのよ！　銃《じゅう》が撃《う》てないように！」フェオは雪玉を投げつづけ、男たちは凍《こお》りかけた雪玉の雨を浴び、顔を切ったり、倒《たお》れたりした。フェオが最後にもう一度だけ遠ぼえをすると、ハイイロが歯をむきだして馬の横腹に飛びかかっていった。「だめよ、ハイイロ！　もどってきて！」フェオは叫《さけ》んだが、馬たちはすでにうしろ脚《あし》で立ちあがっていた。そして、恐怖《きょうふ》のあまりかん高い声でいななくと、村をぬける道を逃《に》げていった。食料を入れるはずだった袋《ふくろ》は空のままだらりと鞍《くら》にかかり、馬の横腹ではためいている。徴発人《ちょうはつにん》たちは、必死で馬の首にしがみつき、そのまま地平線のむこうに消えていった。

11

四時間後、フェオは広場中央の轟々《ごうごう》と燃えさかる火のそばにすわり、八枚の毛布にくるまって、見知らぬ人たちと感謝のキスをかわしながら、シャシリク（串《くし》にさして焼いた肉）をむしゃむしゃ食べていた。肉汁《にくじゅう》が手首を伝いおちるので、子オオカミはさっきから何度も袖《そで》の中に入ろうとしてくる。フェオの頭の中では、まだいろいろなことが渦《うず》を巻いていた。

あの時、なにが起きたのかだれよりも早くのみこんだのはアレクセイだった。にらみつけてくる男たちのあいだを押《お》しわけて前に出ると、アレクセイはフェオを人垣《ひとがき》の中心につれだし、勝利をおさめたボクサーのように高々と片手をかかげた。

「これでわかっただろう？」アレクセイは叫《さけ》んだが、男たちは突《つ》っ立《た》って、戸惑《とまど》いの表情を浮《う》かべるばかりだった。「あれこそ勇気ある行動ってもんだ。あれこそが、ラーコフがこの子を恐《おそ》れる理由だ！」

フェオはあわててアレクセイの手をふりはらったが、あっという間に村人たちが迫《せま》ってきて、大きな手で肩《かた》をたたき、ざらついた頬《ほお》をすりつけ、まめで固くなった手で抱《だ》いてくるのをよけられなかった。女たちはフェオの髪《かみ》をなで、焼きたての肉を手に押《お》しつけてくる。

だが、だれもオオカミに近づこうとはしなかった。徴発人《ちょうはつにん》たちが逃《に》げていく騒動《そうどう》の中、オオカミたちに石を投げる者もいたが、フェオがそういう人たちにむかって石を投げ、しかもねらいが正確だったので、投石はすぐにおさまった。

「このオオカミたちはわたしの友だちです」その時、フェオは説明した。「わたしと同じで、めったに人をかんだりしません」ただ、自分がどれくらい人をかむことがあるかは明かさなかった。

フェオは、今もまだ次々にやってくる村人たちの注目に耐《た》えられず、とうとう、気持ちが静まるまで隠《かく》れていようと、オオカミたちをつれ、ランプと焼いた牛の腰肉《こしにく》をもって木の陰《かげ》に入っていった。少なくとも、牛肉からはキスを迫《せま》られる心配はない。

だが、その大きな木の陰《かげ》には先客がいた。

「ヤーナ！　ごめんなさい、わたしはただ――」

「隠《かく》れにきたのね？　わかってるわ」ヤーナはそう言うと、オオカミたちからじわりとはなれた。「ダンスが始まるまでには出ていこうと思ってたんだけど」

ダンスのことを考えるのは気が重いので、フェオはそのことを頭の外に追いだした。肉にかぶりつき、食べながらもごもごとしゃべる。「集会はどうなったの？」

ヤーナは肩《かた》をすくめた。「どうにもなってないわ。だって中断しちゃったんだもの。明日《あした》、決めるんじゃない、闘《たたか》わないってことを。いつもそうなのよ。大人は口ばっかり」

ヤーナの声には怒《いか》りがこもっていた。一見、とてもおとなしそうなので、少し意外だった。「アレクセイが大人たちを説きふせようとしたのは、これが初めてじゃないわ。あの子は十三歳《さい》のころから闘《たたか》おうって言ってるの。でも、ラーコフは今までこんなにひどいことはしなかったから。頭がおかしくなりかけてるんじゃないかって言われてるの、知ってた？」

「ラーコフ将軍は根っからの悪人なんだと思う。ところで、さっきの男たちに手荒《てあら》なことはされなかった？」

「だいじょうぶ！　酒を出せ、って言われただけ。でも、この先も大人たちが今みたいな調子だと」――ヤーナは火のまわりで踊《おど》っている男たちを指さした――「次にまたあの人たちが来たら、出す酒もなくなってるでしょうね」

「また来るの？」

ヤーナはうなずいたが、その顔は怖《こわ》いほど冷静だった。「あなたのしたことはすばらしいわ、フェオ。でも、あの人たちはもどってくるのよ。あなたは、このあたりの事情を知らないでしょう。ラーコフの部下たち、つまり皇帝《こうてい》陛下の兵隊たちは、いつだって、もどってきて、なにかを奪《うば》ったり、だれかをつれていったりするんだわ」

ヤーナの表情を見ていると、喉《のど》に熱いものがこみあげてきた。フェオはその思いをふりはらい、積もった雪に目をやって、木の枝で雪をつついた。そのうちにあることを思いつき、その考えが頭の中でちかちか光りはじめた。

「でも、見てよ！　ほら、これ」フェオはクロが雪の上に残した足あとを指さした。

「ね？」

「大きいわねえ」と、ヤーナ。「これで殴《なぐ》られたらおしまいね」

「そう、そこよ！　あの男たちも、この足あとを見たら、もうここへは近づかないんじゃない？」

「でも、雪がふったら消えてしまうわ。たしかに、みごとな足あとだけど、長い目で見た解決策にはならないわね、フェオ」

「また作ればいいじゃない！」

「それ、どういうこと？」セルゲイが木の幹のむこうからのぞきこんでいた。「あの黒いオオカミをここに残していくつもり？　もしそうなら、すごく楽しみだな！　ぼくが世話するよ！」

「まさか！」フェオは思いきり首を横にふったので、髪《かみ》の毛《け》が肉にからんだ。「クロはわたしと一緒《いっしょ》に行くわ。クロをおいていくのは、自分の指をおいていくようなものだから。それに、どっちみち」セルゲイが口を尖《とが》らせたので、フェオはつけくわえた。「わたしがいなくなれば、クロはじっとしてないわ。わたしの思いどおりにはならないのよ」

「じゃあ、ぼくらを助けてくれないってこと？」

「ううん、助けられるかも。いい考えがあるの。板がいるわ。分厚い板が。それと斧《おの》と包丁ね。用意できる？　それから手伝ってくれる人が二、三人。あとはクロがモデルになってくれれば……」

板を削《けず》る作業はフェオが思っていたほど時間がかからなかった。イリヤは細かいところまでていねいだし、ヤーナは思いがけず手際《てぎわ》がよかった。まず、木の板を斧《おの》で四角形にしたあと、包丁で少しずつ削《けず》っていくと、木目の中から、オオカミの足裏《あしうら》の形が少しずつ現われてきた。

時おりセルゲイがナイフで手を切って悲鳴をあげ、まわりの雪に赤いものが飛びちった。ヤーナが、もうやめなさいと言っても、セルゲイはヤーナの手にかみつこうとする始末で、結局、したいようにさせておくことになった。

四枚の木の板が、ほぼオオカミの足裏《あしうら》の形に削《けず》られると、フェオはそれを膝《ひざ》の上にのせ、荷物袋《にもつぶくろ》の粗《あら》い布目でまわりをこすった。「端《はし》をなめらかにするのよ」フェオは説明した。「オオカミの体はなめらかだから」

セルゲイは気を張りつめている時のくせなのか、舌を出したまま、その様子をじっと見ていた。

「これでよし。あとは紐《ひも》があればいい。家にある？」

「このあたりでは紐《ひも》は貴重品なの」ヤーナが答えた。「でも、さがしてみるわ」

ヤーナは十分後にもどってきたが、すまなそうな顔をしていた。「あの……この紐《ひも》、お父さんの予備の長靴《ながぐつ》からだまって借りてきちゃった」

「助かるわ。じゃあ、見てて！」フェオはまず自分の靴《くつ》に紐《ひも》を巻き、次に、作ったばかりのオオカミの足型を、足裏《あしうら》が下をむくように左右の靴底《くつぞこ》にしばりつけた。そして残った二つの足型を手にもった。そのまま両手両足をついて何歩か走ると、むきを変え、宙を飛ぶように走った。左右の足はすぐそばにつくようにした。オオカミは一本の細い線上を走るからだ。フェオのうしろにはオオカミの足あとが雪の上に残されていった。

「これを毎日やればいい！　クロには、縄張《なわば》りの印をつけてもらうから。クロは『アルファ』といって、群れで一番強いオオカミなの」フェオは説明した。「そうすれば、ほかのオオカミたちが来なくなるわ」

「どうやって？　どうやって印をつけるの？」

「それは……ほら、おしっこで」

「わたしの部屋でそんなことしてもらいたくないわ！」

「まさか、木にかけるだけよ！　それに、外での話だし。おしっこにはそれぞれにおいがあって、ほかのオオカミたちへの、近づくな、という警告になるの」

「立入禁止の看板を立てるみたいなもの？」

「そうそう。おしっこはオオカミの書置きよ」

「やあね」

「動物たちはみんなやってるわ。わたしがオオカミたちに教えた技《わざ》はこれだけ。縄張り《なわば》の印をつけておけば、森に帰したオオカミたちがもどってくるのを防げるから、わたしたちは家で安心して暮らせるの」

セルゲイがたずねた。「その手は人間にも通じるかな？　もしぼくが妹のベッドにおしっこしたら、妹は出ていかなくちゃいけなくなる？」

イリヤは鼻で笑った。

「いいえ」フェオは答えた。「わたしも、もっとずっと小さいころにやってみたわ。なにかのことでママに腹がたったから。でも、全然役にたたなかった」あの時マリーナは、フェオがしたことを知るとため息をつき、それから笑いだして、娘《むすめ》を抱《かか》えあげてブリキのたらいに入れたのだった。あの日のことを思いだすと、母親への思いがこみあげてきて、足もとの雪がゆれているような気がした。フェオはその思いを押《お》さえつけた。

木の幹のむこうから、グリゴーリイの顔がのぞいた。「ああ、ここだったのか。笑い声が聞こえたものだから。みんなが、火のそばへ来いと言ってるぞ。ダンスだ！」

集会所の外で音楽が演奏されていた。

「これはみんな、フェオとイリヤのためよ！」クララがそう言って、燃えさかる火と、そのまわりで輪になって待っている大人たちと、あごの下にバイオリンをあてて弾《ひ》いている男を指さした。「あなたたちへのお礼なの。さあ、二人で踊《おど》って！」

フェオはぞっとして血の気が引いた。銃《じゅう》や徴発人《ちょうはつにん》たちとむきあった時より恐《おそ》ろしい。

「ありがとう！　でも、わたしは踊《おど》れないから」

「えーっ、踊《おど》ろうよ！　ぼくは踊《おど》れるよ」セルゲイはそう言うと、腰《こし》をくねらせ、両腕《りょううで》をぐるぐる回してみせた。「ね？」

「オオカミ預かり人は踊《おど》らないものなの」フェオは、クララにむかって鼻の頭にしわをよせて微笑《ほほえ》みかけながら、不安が顔に出ていないことを願った。フェオはダンスが大きらいなのだ。踊《おど》れば、当然、人に見られることになる。

「だめよ、踊《おど》らなきゃ」ヤーナはすまなそうな笑《え》みを浮《う》かべて言った。「やってみればむずかしくないから」

「でも、知らないダンスだし」

「だいじょうぶ！　踊《おど》ろうよ、フェオ！」セルゲイが言った。

じつは、フェオはこの音楽に合わせて踊《おど》るステップを知っていた。知らない人はまずいない。フェオも歩けるようになるとすぐ、母親から教わった。まさかの時のためにね、とマリーナは言ったものだ。だれでもひとつくらいは踊《おど》れる曲がなきゃ、と。

女性のパートはむずかしくない。手を人形のように小さく動かし、頭と首を動かさずにいればいい。男性のほうは忙《いそが》しくて、足をふみならしたり、頭をふりあげたりする。女性はスカートをはいているなら、腰《こし》を回して裾《すそ》を広げなければならない。フェオはため息をつくと、肘《ひじ》を突《つ》きだし、マントを回しながら広げて、シュッ、シュッ、と衣《きぬ》ずれの音をたてた。ヤーナは控《ひか》えめに拍手《はくしゅ》した。大人たちは満足そうにささやきあっている。

イリヤが前に進みでて一礼した。浮《う》かべた笑《え》みはこわばっていたが、目が輝《かがや》いていた。

「早く終わらせちゃおうよ」フェオは言った。頬《ほお》がほてっているのは、炎《ほのお》に照らされているからではない。「わたし、ダンスはあまり得意じゃないの」

「踊《おど》れ！」まわりをとりまく人々のあいだから、だれかが叫《さけ》んだ。どうやらアレクセイらしい。フェオは声がしたほうをにらみつけた。

バイオリンの音が大きくなり、テンポがぎりぎりまで速くなった。イリヤは高く跳《と》んだ。スカートをはいていないので衣《きぬ》ずれの音はたてられないが、跳《と》びあがって回転し、空中でかかとを交差させると、あたりに雪が飛びちり、空気がシュッと音をたてたように感じられた。イリヤはもう一度、さらに高くジャンプした。そして、オオカミたちが様子をうかがいに輪の中に入ってくると、イリヤは身を縮めるやいなや、脚《あし》を大きく前後にひらいてシロの背中のはるか上を跳《と》びこえてみせた。

驚《おどろ》いたフェオは喉《のど》をつまらせたような笑い声をあげ、シロはすました顔で鼻を鳴らした。大人たちからも笑いが起こったが、イリヤの顔は真剣《しんけん》そのものだった。

フェオは足もとを確かめながら、習ったとおり、二歩スキップしては手首をひねった。イリヤは決まりごとを無視し、地面が凍《こお》っているところを見つけて、つま先立ちしてくるくる回りはじめた。そのまま片脚《かたあし》を腰《こし》から横にまっすぐ伸《の》ばすと、靴底《くつぞこ》から雪が飛びちった。クララはイリヤの回転を数えはじめたが、十一まで数えてわからなくなり、代わりに声援《せいえん》を送りはじめた。人垣《ひとがき》が厚くなった。イリヤは猫《ねこ》のように跳《と》びあがり、フェオの正面に着地すると、しゃがんでコサックダンスのように脚《あし》を前方に蹴《け》りだした。

イリヤのダンスはただの兵士のものとは思えず、きゃしゃな手首をした、火もおこせない子どもの踊《おど》りでもなかった。まるで、道に迷っていた子どもが家に帰ってきたみたいだ、とフェオは思った。そして、祝勝パレードのようでもある、と。

フェオは踊《おど》るのをやめた。だれも自分のことなど見ていない。そう思ったので、オオカミたちのそばに膝《ひざ》をつき、クロの肩《かた》に腕《うで》を回してイリヤの踊《おど》りを見守った。オオカミたちが、これほど熱心になにかを見ていたことは今までなかったんじゃないだろうか。また雪がふりはじめた。人垣《ひとがき》が少し下がり、踊《おど》れる場所が広くなると、イリヤはうしろむきにとんぼ返りし、手首ま

で埋《う》もれる雪に手をついたかと思うと、背筋を伸《の》ばし、軽々とつま先で着地した。体はまったくふらつかない。頭の上に積もった雪もそのままだ。バイオリンがまたテンポを速め、イリヤが大きな円を描《えが》きながら、ジャンプしたり、くるくる回ったりすると、顔から雪と汗《あせ》が飛びちった。フェオはクロを抱《だ》きよせ、誇《ほこ》らしげな目をしていることを気づかれないように顔をくしゃくしゃにゆがめ、指笛を鳴らした。

伴奏《ばんそう》がテンポをゆるめると、イリヤは踊《おど》りをやめて立ち止まり、両腕《りょううで》をだらりと横におろした。

広場は静まりかえった。わずかに肩《かた》を落としたイリヤの耳が、ほんのりと赤くなっていく。目は靴《くつ》の先を見下ろしていた。

喝采《かっさい》が波のように押《お》しよせてきた。まるで音の壁《かべ》だ。

イリヤは喉《のど》をつまらせ、うれしそうに鼻から荒《あら》い息を吐《は》くと、フェオにむかって言った。「言っただろう、兵士になりたいと思ったことはない、って」

それからの数時間、フェオは早く出発したくて、何度もイリヤと二人きりになろうとした。アレクセイはチーズや燻製《くんせい》ソーセージ、木の実を荷物にいっぱいつめてくれていたが、二人がそっとはなれていこうとすると、必ずフェオの腕《うで》をつかんで引っぱっていき、また別のひげ面《づら》の男やマント姿の女に引きあわせるのだった。

「ほら、例のオオカミ少女だよ！　見てごらん！」アレクセイは言いつづけた。そしてフェオにむかってにやりと笑った。「いいかい、グリゴーリイおじさん！　この子がラーコフをスキーでやっつけた女の子だ！　おじさんの家のチーズより、フェオのほうが年下だぜ。そんな子どもがおじさんより勇気があると思われていいのかい？」

こういう調子だったので、イリヤと二人きりになれた時にはもう、あたりは真っ暗で、フェオは内心かなり動揺《どうよう》していた。

「フェオ、ぼくらも眠《ねむ》っておかなきゃ」イリヤは藁《わら》をつめた袋《ふくろ》をセルゲイの家の床《ゆか》にマットレス代わりにしき、これみよがしにくつろいだ様子で寝《ね》そべっていた。「それに外は暗い。明日《あした》でもまにあうよ」

「まにあわないわよ、イリヤ！　今すぐ出発しなきゃ。今日は日曜よ！　サンクトペテルブルクまで、まだ一日以上かかるわ！　着いてからも、町に入ってママを助け出す方法を見つけなきゃならないんだから」

「六、七時間早くても、なにも変わりゃしないさ」

「変わるってば！」フェオは自分でも、声が上ずっていることに気づいていた。

イリヤは目をとじ、大きないびきをかきはじめた。

フェオが体をゆすぶると、イリヤはさらに大きな音をたて、目を固くつむってしまった。

窓から外を見ると、広場ではまだ火が燃えていて、笑い声は大きく、さわがしくなっていく。男たちはこぶしで胸をたたき、女たちは舞《ま》いおちる雪の中で踊《おど》っていた。それをながめているうちに、フェオは息苦しくなってきた。生まれてこのかた、こんなにたくさんの知らない人たちのそばにいたことはない。

アレクセイが窓の外を走りすぎた。クララを肩車《かたぐるま》している。アレクセイはバランスをくずし、雪の上で足をすべらせて止まった。マントをつかもうとしてあとを追っていたセルゲイも、氷に足をとられて歓声《かんせい》をあげ、いつもなら寝《ね》ている時間に遊べるのがいかにもうれしそうだった。

フェオは一瞬《いっしゅん》、仲間に入ろうかと思ったが、すぐに壁《かべ》に背を押《お》しつけた。遊んでいる場合じゃない。あの人たちは他人だ。そう、一人残らず。イリヤさえも赤の他人なのだ。

フェオはわきあがる不安と闘《たたか》った。胃がしくしく痛む、今まで感じたことのない不安だった。ここでは森の中ほど雪が積もらず、ふみならされて平らになっている。ここの雪はなにもしゃべってくれない。口がきけない雪だ。フェオはじっとしていることに耐《た》えられなくなった。

そして外に駆《か》けだし、走りすぎようとするアレクセイの上着をつかんだ。

「これはこれは、オオカミ少女どの！」アレクセイはかかとをビシッと合わせ、笑いながら敬礼した。

「助けてほしいの」

「なんなりと！」

「門のことを教えてくれるって言ったわよね」

「ああ、門ね！　サンクトペテルブルクの門のことかい？」アレクセイは燃えあがる炎《ほのお》のせいで浮《う》かれているようだった。「それとも天国の門かな？　どこの門か言ってくれないと」

「アレクセイ！」

「ごめん。そうだったな」アレクセイはにっこり笑った。「でも、わかるだろう？　わくわくするじゃないか！　考えてたことが現実になってるんだ！」

「アレクセイ、門の話をしてるのよ！　市内に入る門の話を。お願い。大事なことなの」

「じつは、どの門にも警備兵がいる。昔はいなかったんだが、今はラーコフが全市を治める権限を与《あた》えられてるからな。たぶん、どの門でも、きみを市内に入れないように見張っているだろう。しかも、全員の身分証を確認《かくにん》している。少なくとも、問題を起こしそうな人間はもれなく調べるはずだ。貧乏人《びんぼうにん》はみんな調べられる」

「で、わたしはどうすれば門を通れるの？」

「さあね」

フェオは目を見張った。「教えてくれるって言ったじゃない！」

「そうは言ってない！　知ってることを教えてやる、って言っただけだ」

フェオはだまったまま、アレクセイに背をむけた。にらみつけたりはしなかった。あまりに深刻な話で、そんな気にもなれなかったのだ。

「待ってくれ、フェオ！」アレクセイの口調が少しまじめになった。「悪かった。じつはここから歩いて一日行ったところに城館がある。また吹雪《ふぶき》が来たら、そこに避難《ひなん》すればいい。あそこまで行けば、市内に入る門まで歩いて四時間しかかからない。馬なら二時間だ。明日《あした》、そこまで行こう。村の人たちもみんなつれていく。明日《あした》の夜はその館ですごせばいい。ここから北西に進むと、大きな松の森に行きあたる。館はその左手にあるが、今はだれも住んでいない。もう何年も前に火事で焼けてしまったんだ。皇帝《こうてい》は、一度燃えた家に住むのは縁起《えんぎ》が悪いと思っているから、世情に敏感《びんかん》な人も当然そう考える。皮肉な話さ。皇帝《こうてい》陛下の兵隊たちは、ものに火をつけるのをあんなに楽しんでるんだからな」そこへクララが走ってきたので、アレクセイはさっと抱《だ》きあげた。「来いよ、シャシリクでも食おう」アレクセイはフェオにむかって言ったが、返事を待たず、きゃっきゃと騒《さわ》ぐクラを抱《だ》きあげ、夜の闇《やみ》の中へ駆《か》けだしていった。

フェオはまわりを見まわした。口の中が乾《かわ》いてくる。大人たちの大半は歌も踊《おど》りもおぼつかなくなっていた。だれかが葉巻の火を消そうとして、となりにいた人のあごに押《お》しつけた。

一緒《いっしょ》に村に行ってもいい、なんて言わなきゃよかった。

フェオは急いで家の中にもどった。そして、オオカミたちのにおいや汚《よご》れのついたシャツをぬぎ、ヤーナが出してくれた洗いたてのシャツを着た。

イリヤは助けてくれそうにない。そう思ったフェオは、イリヤの背嚢《はいのう》の中身を出した。

そして、灯油ランプと方位磁石に使うおわんをとった。イリヤは、ママのことなんてどうでもいいんだわ。アレクセイは革命のことしか考えてないし。むこうにわたしを助ける気がないのに、なぜこっちが助けてやらなきゃならないの？

フェオは暖炉《だんろ》のそばにいた子オオカミを抱《かか》えあげると、洗いたてのシャツの懐《ふところ》に押《お》しこんだ。子オオカミはまごついていたが、鳴きはしなかった。

ママはわたし一人で見つけるしかない。どっちみち一人のほうがうまくやれる。一人にはなれてるし。

オオカミたちは外で見張りをしてくれていたが、やはりほえなかった。フェオは先頭に立ち、身をかがめて家なみの裏《うら》に回ると、オークの巨木《きょぼく》をあとに、夜の闇《やみ》の中、まずは北にむかって歩きはじめた。

手首にさげたランプをゆらしながら、まばらな木々のあいだを一時間ほど歩いたころ、フェオもハイイロも、自分たちの息づかいでもなく、クロやシロの足音でもない音がしたのに気づいた。

ハイイロは低くうなった。

「今のはなに？」フェオはささやいた。

答えはわかっている。あれは馬のいななきだ。続いて、人が咳《せき》をする音がかすかに聞こえてきた。ランプを高くかかげたが、見えるのは森の木々だけだった。フェオは指先につばをつけ、ランプの芯《しん》をつまんで火を消した。

「たぶん、通りがかりの旅の人よ」フェオはクロにささやきかけた。「それとも」――あることを思いつき、ふいに胸の中が温かくなった――「結局、イリヤがあとをついてきてくれたのかも！」だが、イリヤの名を呼ぶ勇気はなかった。

となりでシロが身を硬《かた》くした。あの男のにおいをかぎつけたのだ。

「しっ、ラープシュカ、静かに！」フェオはささやき、雪の中に膝《ひざ》をつくと、ほえないでくれと思いながらシロの頭をなでた。「わたしたちだけじゃ勝ち目はないわ。争うために来たんじゃないんだから。遠ぼえはだめよ。今はだめ」

むだだった。フェオはオオカミたちに、ほえるなと教えたことはない。シロは鼻先を月にむけ、遠ぼえを始めた。

左のほうでどなり声が聞こえ、雪をのせた木の枝が動いた。

恐怖《きょうふ》で全身の血の気が引いていく。フェオはあたりを見まわした。百メートルほどはなれたところに木が固まって生えているところがある。フェオは頭を低くして三頭のオオカミの毛を引っぱり、先へ行けと促《うなが》した。「早く!」

頭上に木の枝が低くおおいかぶさり、月の光がさえぎられて、進むのに苦労した。木が倒《たお》れているし、灌木《かんぼく》の根が蛇《へび》のように地上に出ている。クロのひときわ大きな体がじゃまになった。木が密生しているところを通りぬけられなかったのだ。

「少し西に進むわよ。そのほうが速く進めるわ」フェオはささやいた。両手を前に突《つ》きだし、手さぐりで木の位置を確かめながら、慎重《しんちょう》に進んでいく。「おいで。ヤナギの木かなにか、隠《かく》れる場所を見つけよう」

ところが、そう言っているうちに、ハイイロがむきを変え、頭を低くしてもと来たほうへ走りだした。

「ハイイロ、もどっておいで!」フェオは声をひそめて呼んだ。あとの二頭は鼻を鳴らして風のにおいをかぐと、フェオの脚《あし》をつつき、ハイイロのあとを追いはじめた。「シロ!クロ! お願い」

フェオは上唇《うわくちびる》についた霜《しも》をこすりおとし、あたりを見まわした。懐《ふところ》から子オオカミを出し、なでてやったが、それはむしろ自分を落ちつかせるためだった。足もとでなにかがガサゴソ音をたてた。びくっとして飛びあがった拍子《ひょうし》に手に力が入り、抱《だ》いていた子オオカミが不満そうに声をあげた。

また、ガサゴソと音がした。

「クロなの？　ハイイロ？」フェオはささやいた。肩《かた》ごしにうしろをふりかえる。影《かげ》が動いた。「シロ？」

においも音もしないが、肌《はだ》で恐怖《きょうふ》を感じた。近くで何者かが息をしている。人だろうか、それともオオカミなのか？　フェオはナイフを鞘《さや》からぬき、近くの木に駆《か》けよると、幹を背にして身がまえた。

藪《やぶ》の中から飛びだしてきたのは若い兵士だった。片手にゆれるランプをさげ、もう一方の手に銃《じゅう》をもっている。フェオは悲鳴を半分まであげたところで兵士に腕《うで》をつかまれ、片手でがっと口をふさがれてしまった。

木の枝が左右に分かれ、馬に乗ったラーコフ将軍が姿を現わした。また別の兵士が手綱《たづな》をひいている。

ラ！」

「止まれ！」ラーコフの声が闇《やみ》に響《ひび》いた。「マリーナ・ペトローヴナの娘《むすめ》、フェオドー

フェオは身をもがき、兵士の足首を蹴《け》った。

「徴発人《ちょうはつにん》の頭《かしら》から、おまえを見たという報告があった。そんな愚《おろ》かなことをするはずはないと思っていたが、どうやら、ほんとうだったらしいな」

フェオは兵士の手にかみつこうとして、平手打ちを食《く》らった。「助けて！」と叫《さけ》んではみたが、だれが助けてくれるというのか？　ここにいるのは自分一人だ。

フェオは兵士の足の甲《こう》をふみつけ、片手をふりほどくと、ナイフを闇《やみ》にむかって投げた。ナイフは手綱《たづな》をひいている歩兵の肩《かた》をかすめた。兵士はののしり声をあげ、両手で銃《じゅう》をかまえると、暗がりの中で撃鉄《げきてつ》を起こそうとした。ラーコフは身じろぎもせずに馬にまたがっている。ランプの光が、笑うラーコフの顔を照らしだしていた。

いきなり木立の中からハイイロが飛びだしてきた。フェオはこんなにすばやく動くものを見たことがなかった。

ラーコフのそばにいる兵士が銃口《じゅうこう》をハイイロの頭にむけたが、その時にはもうおそかった。ハイイロはうしろ脚《あし》で立ちあがり、爪《つめ》で兵士の腕《うで》を切りさいた。兵士はぎゃっと叫《さけ》ん

で逃《に》げだし、ラーコフの馬は直立して、前脚《まえあし》で激しく宙をかいた。

フェオは大声で叫《さけ》び、自分を抑《おさ》えていた兵士を蹴《け》りつけた。ハイイロは、今度はその兵士の肩《かた》めがけて飛びかかり、かみつこうとした。兵士は酔《よ》っぱらいのように耳ざわりな悲鳴をあげ、むきなおると、血を流しながらオオカミに爪《つめ》を立てようとした。兵士の目は怒《いか》りと痛みでぎらついていた。

フェオは自分が、神話や伝説の精霊《せいれい》に守られているような気がした。

こわばっていた脚《あし》がほぐれ、フェオは、下枝が低く伸《の》びた松の木立をめざし、つまずきながらも闇《やみ》をぬけて走りはじめた。子オオカミを抱《だ》き、うしろをふりかえりながら、雪を蹴《け》ちらして進んでいく。手前の木にたどりつくと、足がかりをさぐりながら幹をよじのぼり、下から聞こえてくるぞっとする悲鳴やうなり声に耳に入れまいとした。フェオが一番下の枝に体を引きあげてふりかえると、二人目の兵士がよたよたと森の奥《おく》へ消えていくところだった。

顔に松葉があたってくる。心臓がマントをゆらすのではないかと思うほど激しく脈打っていた。

銃声《じゅうせい》が響《ひび》いた。

「やめて！」と、叫《さけ》んだつもりが、フェオの口から出たのは、言葉にならないほえるような声だった。

怒《いか》りに満ちた獣《けもの》のうなり声が聞こえたかと思うと、影《かげ》の中からクロが、続いてシロが飛びだし、まっすぐラーコフの足めがけて突進《とっしん》していった。馬がかん高い声でいないないた。フェオが枝の上で身をひねってそちらを見ると、ラーコフがオオカミをよけて反対側に身を乗りだし、その拍子《ひょうし》に銃《じゅう》を雪の中に落とした。馬は地面を蹴《け》り、全速力で木々のあいだをぬけ、枝を折りながら、おびえた声をあげて走りさった。ラーコフは馬の背にぴたりと身を伏《ふ》せていた。

フェオはてっきり、シロとクロはラーコフをかみ殺す気であとを追っていくと思っていたが、二頭はその場を動かず、鼻面《はなづら》をハイイロの体につけていた。

フェオは一瞬《いっしゅん》、二頭がハイイロにかみついているのだと思い、ぞっとした。が、すぐに、脇腹《わきばら》の傷をなめているのだとわかり、思わず、また一段とかん高い叫《さけ》び声《ごえ》をもらした。頭上の枝から落ちてくる雪が顔にあたり、口に入ってくる。ハイイロは横になったままだ。

「まさか！」フェオは枝から飛びおり、すねまである雪の上に着地した。「今行くからね！」

三頭のオオカミにむかって駆《か》けだしたフェオは、雪の下に隠《かく》れていた木の根につまずき、よろめいて立ち止まると、両手のこぶしでごしごしと目をこすった。母親の一番のお気に入りだったオオカミが、横腹を下にして身を横たえていた。体の下に拳銃《けんじゅう》をしいている。息をするたび、口から血があふれた。

「どこが痛むの？」フェオは身をかがめ、ハイイロの鼻先に手をかざした。雪の上に血の染《し》みが広がっていく。腹からの出血が止まっていなかった。フェオはささやいた。「いや。いやよ……」

オオカミの目がひらき、少女の顔を見て、またとじた。

「ごめんね、ほんとうにごめん……。わたし……なんてことをしてしまったの」フェオは暖炉《だんろ》の前で眠《ねむ》っているイリヤを思いだし、アレクセイの斧《おの》や、盛大《せいだい》なたき火のそばの安心感を思いだした。子オオカミが鼻面《はなづら》を手に押《お》しつけてきたが、フェオはそれをはらいのけた。

「今、包帯をもってきて――、いいえ、作ってあげるわ。シロの時みたいに。包帯を巻けば楽になるから」フェオはそう言いながら、切りとって包帯代わりにするためにマントの裾《すそ》をさぐった。「ママのことを思いだしてよ、ね？　ママが見つかって、おまえを見たらどんなに喜ぶか、考えてみて」月明かりでかすかに照らされた森が涙《なみだ》でにじんでいく。

フェオは肩《かた》でひとつ大きく息をすると、懸命《けんめい》にマントの裾《すそ》を裂《さ》いていった。「お願い、わたしのそばにいて」フェオはささやきかけた。「ねえ……行かないで」

ハイイロがあえぎはじめた。苦しげで、耳にまとわりつくような息の音だった。

「ほら、これで――」フェオは声をつまらせたが、どうにか先を続けた。「これで楽になるから」

フェオはできた包帯をハイイロの傷の上に巻こうとしたが、あたりはあまりに暗く、寒かった。雪はこんなにも冷たくなるものだろうか。ハイイロは包帯をいやがり、ぶるりとふるえた。フェオは初めて、オオカミが痛みでふるえるのを見た。

胸《むな》もとのフックをはずしてマントをぬぎ、脇腹《わきばら》にかけてやる。

ハイイロはつらそうにうめいた。

それはまるで、森が燃えるのを、あるいは戦場で兵士が倒《たお》れていくのを見ているようだった。

フェオは雪と氷の上に体をすべらせて横になり、雌《めす》オオカミによりそった。脇腹《わきばら》はかすかな息に合わせてかろうじて上下するだけだったが、ハイイロは鼻先をフェオのあごによせてきた。フェオは自分の鼻をオオカミの鼻にあてると、唇《くちびる》をかみしめ、もれそうになる声を必死でこらえた。そしてハイイロの耳にキスをした。

今まで、ハイイロのような誇《ほこ》りたかく威厳《いげん》のあるオオカミにキスしようと思ったことはない。

何度も喉《のど》や胸がつまってすすり泣きそうになったが、傷ついたハイイロを驚《おどろ》かせまいとして、ぐっとこらえた。

クロがやってきて反対側にすわり、オオカミらしい息をフェオの髪《かみ》にかけた。シロは見張りをしている。

フェオとハイイロは、夜明けまでそうしてならんで横になっていた。フェオの体は冷えきり、やがてあまりの寒さに手足が麻痺《まひ》してきた。体の隅々《すみずみ》までふるえが走ったが、こぶしをにぎりしめて耐《た》えた。

夜が明けると、ハイイロは両肩《りょうかた》を動かしはじめたが、その動きはとてもゆっくりとしていた。

フェオはささやきかけた。「行かないで。ママを見つけるまで待って。ママなら、どうすればいいか知ってると思うから」

ハイイロは小さく息をつき、口笛のような音をたてた。フェオはごくりと息をのんだ。

「おまえが死ぬはずないわ。わたしがこんなに愛してるんだもの。死ぬはずないじゃない」

フェオは、吐《は》く息がハイイロの鼻にかかるようにした。こうすれば、ハイイロが吸う空気はやさしくて暖かく、体になじんだものになる。そして涙《なみだ》がこぼれないように目を固くつむった。ハイイロは涙《なみだ》が大きらいだ。そして雨も……。好きなのは雪。

朝日が森の上に昇《のぼ》り、葉のあいだから赤や紫《むらさき》の光がもれてきた。とじた目に光があたると、ハイイロはそれを感じとったのだろう、痛みでうしろ脚《あし》をふるわせながら、どうにか自分の足で立ちあがった。

「ハイイロ！」希望がわいて胸が熱くなり、フェオは手を貸そうとして駆《か》けだした。「ぐあいがよくなったの？」

だが、ハイイロの足どりは頼《たよ》りなくて、とぼとぼと木立のはずれまで歩いていき、そこで倒《たお》れた。大きな前足は北をさしている。鼻先は兵士のように雄々《おお》しく、待ちうける暗黒の旅路にむけていた。胸が一度だけ上下した。

そして、それきり動かなくなった。

フェオはへたりこんで体を丸め、口の中に髪《かみ》を突《つ》っこんで、雪にむかってほえた。

懐《ふところ》から落ちた子オオカミは、フェオの首筋に鼻をすりつけ、温《ぬく》もりが恋《こい》しくて弱々しい声でしきりに鳴いている。フェオは、手を伸《の》ばして、子オオカミをすくいあげようとしたが、体が言うことをきかなかった。フェオの関節は、雪や氷には負けなかったのに、悲しみと罪の意識で凍《こお》りついていたのだ。

子オオカミが、よたよたとハイイロにむかって歩きはじめた。たどりつくとハイイロの横腹によじのぼり、そのあごに鼻をこすりつけた。だが、ハイイロの様子がどこかおかしいと気づくのにそう時間はかからなかった。子オオカミは鼻を鳴らして血のにおいをかぎ、小さな高い声でうなった。そして首をうしろにそらせ、遠ぼえをした。

フェオの手は、手袋《てぶくろ》がぬげおちそうになるほど激しくふるえた。子オオカミの初めての遠ぼえらしい遠ぼえは、か細く、かん高く、耳をおおって叫《さけ》びだしたくなる声だった。だが、フェオは泣くこともできず、ただ目を見ひらいてじっとしていた。

「ごめんね、ハイイロ」フェオはささやいた。「仇《かたき》は討《う》つから」

フェオはゆっくりと膝立《ひざだ》ちした。木々と風が歌にならない歌を奏《かな》でていた。

すると、クロとシロも遠ぼえを始めた。はずみで、木の枝から下がっていた氷柱《つらら》があちこちで落ちた。二頭の遠ぼえは、フェオがそれまで聞いたどんな遠ぼえより荒々《あらあら》しくざらついた声で、失われたきり二度ととりもどせないものを悲しんでいるように聞こえた。

フェオはクロのそばまで這《は》っていき、膝《ひざ》をついたまま、クロの胸に頭を押《お》しあてた。そして、めまいと疲労《ひろう》をおぼえながら、まるで世界そのものがこわれてしまったみたいに泣きだした。


マリーナはいつも、ロシア人はほかのどんな民族より死とのむきあい方を知っている、と言っていた。傷ついた人を手当てし、遺体を埋葬《まいそう》する。泣き、歌い、料理する。自分のためでなく、あとに残された人たちみんなのためにするのだ、と。

今、二頭の大人のオオカミと、はなをたらしてふるえている一頭の子オオカミのために料理するものはなにもないが、フェオは荷物袋《にもつぶくろ》の中にあったトナカイの干し肉の一部をオオカミたちに分けあたえた。そして、自分は雪を少し食べると、顔をぬぐい、落ちていたナイフを拾いあげ、親指で刃《は》こぼれを確かめた。

それから手袋《てぶくろ》をした手で穴を掘《ほ》りはじめた。雪を掘《ほ》るのはむずかしくなかったが、体中痛くないところがないくらいで、腕《うで》はのろのろとしか動かず、自分のものではないようだった。マリーナがハイイロの死を知ったらなんて言うだろうと思うと、つらくてたまらない。その思いが、フェオの心の中に黒雲のようにじっと浮《う》かんでいた。

じきに手袋《てぶくろ》の先が土にあたった。地面はすっかり凍《こお》りついていて、岩よりも固かった。フェオは腰《こし》をおろし、顔についた汗《あせ》と雪と泥《どろ》をぬぐった。突然《とつぜん》シロが、フェオがなにをしているのか理解したのか、血のついた鼻先でフェオを脇《わき》に押《お》しやると、爪《つめ》をたてて土を掘《ほ》りはじめた。クロも加わった。最初はそれぞれがまっすぐ下に穴を掘《ほ》っていったので、二つの穴がならんでいたが、フェオはオオカミたちにどうすればやりたいことが伝わるのか思いつかなかった。そこで、二頭がなにを考えているのか、はっきりとはわからなかったので、様子を見ながらそろそろとクロを脇《わき》へ押《お》しやり、二つの穴のあいだにある手つかずの地面を、手袋《てぶくろ》をした手でたたいてくずしていった。

フェオは手を休め、雪を少し口にふくんで溶《と》かすと、それを子オオカミにやった。なんだか自分がとても年をとり、疲《つか》れているように感じた。こんなふうに感じたことはこれまで一度もなかった。そして、この時ほど人を殺す覚悟《かくご》ができていると思ったことも……。

フェオは木の幹にハイイロの名を刻み、その下にラーコフの名を刻んだ。さらにその下に、万が一、ラーコフがここへもどってきた時のために、「カナラズ　カタキハ　ウツ」と刻んだ。

ハイイロの遺体は思っていたよりずっと重くて、フェオは左右によろめいたが、引きずるわけにはいかないと思った。最後の瞬間《しゅんかん》に腕《うで》が耐《た》えられなくなり、フェオはハイイロの体を半ば落とすように穴の底におろし、掘《ほ》った土を穴の中に押《お》しもどした。オオカミたちはじゃまをすることなく、その様子をじっと見ていた。フェオは土をふみかため、足がかじかんでいるのもかまわず、雪を蹴《け》ってその上にかぶせた。

雪に泥《どろ》がまじり、だれかがここにいたことはひと目でわかるが、血のにおいはもうしないので、迷いこんできたキツネがハイイロの遺体を見つけることはまずないだろう。フェオは墓の上に腰《こし》をおろすと、子オオカミの乱れた毛をなでつけながら、そろえた膝《ひざ》の上にあごをのせ、体を前後にゆすった。その動きに、子オオカミの疲《つか》れきった哀《かな》しげな鳴き声が重なっていく。フェオは体をゆらしながら、母親が生まれたばかりの赤ん坊《あかんぼう》に歌ってやる子守唄《こもりうた》を口ずさんだ。

クロとシロはフェオを囲み、互《たが》いの尾《お》の先に鼻が来るように輪を作って腹ばいになると、石のようにじっとしていた。どちらも目はあけている。

オオカミたちの温《ぬく》もりに囲まれてひと時の眠《ねむ》りに落ちる直前、フェオはささやかな優越感《ゆうえつかん》をおぼえた。いつの世にも、金で買えないもの、自分の力で勝ちとらなければならないものがある。フェオがこれまで出会ったもっとも勇敢《ゆうかん》な生きものと言っていいハイイロの墓が、皇帝《こうてい》でさえ手に入れられないもの、すなわち、オオカミの「花輪」で飾《かざ》られたことは、ふさわしい出来事に思えた。

12

フェオがクロの背に乗って何時間か走ったと思われるころ、教えられた城館が見えてきた。いや、城館の亡霊《ぼうれい》と言ったほうがいい。

鉄製の門扉《もんぴ》は黒と金に塗《ぬ》られ、天使や鷲《わし》の像で飾《かざ》られていて、高さは大人の男性の二倍くらいある。周囲数キロ四方で唯一《ゆいいつ》の丘《おか》の上に建てられているので、あたりを圧する存在感があった。「でも、わたしは建物が立派だからって、びくびくしないからね」フェオはつぶやいた。

フェオは棒を見つけると、それを門扉《もんぴ》のすきまから突《つ》っこみ、雪の深さを測った。中の並木道に積もった雪は腰《こし》の高さくらいある。「ひと冬かけて積もったのね」フェオはつぶやいた。小鳥のものを除いて、足あとはひとつもない。門扉《もんぴ》にかけられた鎖《くさり》は、積もった雪をかきおとしてみると、一年ぶんの錆《さび》が浮《う》いていた。

「どう思う?」フェオはクロにたずねた。「なにかにおう?」

風はなかった。フェオは髪《かみ》をかきあげ、耳についた雪をはらったが、生きものがたてる音は聞こえてこない。周囲には雪で厚くおおわれた平地が広がり、その上には、オオカミたちが残してきた足あとしか見えなかった。

シロとクロは、門扉《もんぴ》の鉄柵《てっさく》のすきまをすりぬけて中に入った。フェオは柵《さく》のすきまから手を入れ、子オオカミをクロの背中にそっと乗せた。「動かないでね、クロ」フェオはささやきかけると、今度は子オオカミにむかって「そこでおしっこしちゃだめだよ」と言った。

両手があいたので、フェオにとっては、門扉《もんぴ》によじのぼって尖《とが》った鉄柵《てっさく》を越《こ》えるのは簡単なはずだったが、体中が痛くて、最後は二メートルほどの高さから転げおちてしまった。積もった雪が衝撃《しょうげき》をやわらげてくれたものの、意外にたくさんの雪が口に入った。どうやら、思いどおりに体が動かなくなっているらしい。どこか安心して眠《ねむ》れる場所を見つけないといけない。ここでひと休みして計画を立て、それから先へ進もう。

アレクセイが言っていたように、火事があったのは最近ではないようだった。庭の木々は、かつては動物の形に刈《か》りこまれていたらしいが、今は枝が不様に広がって化け物のようになり、厚い霜《しも》でおおわれている。秋の落葉が掃除《そうじ》されないまま、その上に雪がふりつもっていた。フェオは建物に近づき、壁《かべ》のにおいをかいだ。かすかにすすのにおいがする。城館は低く細長い長方形をしていて、左右に小さな塔《とう》があり、二つあるバルコニーはどちらもくずれて氷柱《つらら》がたくさん下がっていた。壁《かべ》の石材は黄褐色《おうかっしょく》と灰色で——オオカミの毛の色だ——、ところどころ焼けたあとが黒い縞《しま》になり、扉《とびら》の前にある左右の柱にもすすが厚くこびりついていた。

フェオはクロの背中の上から子オオカミを抱《だ》きあげ、自分の肩《かた》に乗せた。子オオカミは、さっきからキーキーと高い声で鳴き、クロの目を足でつついていたのだ。「これでよし、と」

フェオはつぶやくと、雪をかきわけ、割れている掃《は》きだし窓はないかさがした。だが見つからなかったので、玄関《げんかん》広間の裏手《うらて》にあった床《ゆか》から天井《てんじょう》まであるガラス戸を、方位磁石に使っていたおわんを投げつけて割り、まずフェオが、続いてクロが中に入った。そこは天井《てんじょう》の高い広間で、壁紙《かべがみ》はすすで黒く汚《よご》れ、やはり黒くなったシャンデリアの鎖《くさり》だけがたれさがっていたが、フェオは眠《ねむ》くて、もう目をあけているのもやっとだった。半ば這《は》うように大理石の階段をのぼり、二階の最初の部屋に入ってみると、そこは、すすけた本でいっぱいの書斎《しょさい》だった。フェオは床《ゆか》の上で丸くなった。

「長い時間寝《ね》るつもりはないから。約束するわ」フェオは子オオカミに話しかけた。「靴《くつ》をかまないで。壁《かべ》を食べちゃだめよ。まあ、そんなことはできないと思うけど。すすは体によくないからね」子オオカミはフェオのあごめがけて前脚《まえあし》を伸《の》ばしてきたが、フェオはできるだけやさしく子オオカミを押《お》しやった。「少しでいいから眠《ねむ》らせて、ラープシュカ」

目がさめると、フェオは鼻をオオカミの毛にうずめていた。こんなふうに目ざめたことはそれまで何百回もあったし、最初は獣《けもの》の肌《はだ》のにおいと、炉端《ろばた》を思わせるすすのにおいにひたっていたが、たちまち、ここ数日の記憶《きおく》がよみがえってきた。

心の中に、母親を呼ぶ「ママ！」という声が、また響《ひび》いた。

フェオは急いで飛びおきると、凍《こご》えたつま先に血が通う痛みに顔をゆがめ、身ぶるいした。シロも体をふるわせ、包帯にかみつくのをやめた。フェオはシロの頭に手をおき、ならんで建物の中を調べていった。

左側は、火事が起きればこうなると想像していた通り、中がすっかり焼けおちていた。残っているのは石に彫《ほ》られた装飾《そうしょく》くらいのものだ。一方、建物の右半分はほとんど無傷のままだったが、大きな図書室とフェオが眠《ねむ》っていた小さな書斎《しょさい》があるだけで、銃《じゅう》や椅子《いす》や衣類のような役にたつものはなにもない。一階も似たようなもので、右側は舞踏室《ぶとうしつ》になっていて、煙《けむり》で汚《よご》れてはいるものの、緑色や金色の壁紙《かべがみ》はくやしいけれどそれはすばらしいものだったし、ビロードのカーテンも焼けこげているが上等のものだった。階段の左側にはすっかり焼けてしまった厨房《ちゅうぼう》があり、おそらくここが火元だったのだろう。もうひとつ黒焦《くろこ》げの部屋があったが、なにに使われていたかはまったくわからなかった。もしかしたら、クロやシロが貴族の家で飼われていた時に見知っていたような客間だったのかもしれない。

ハイイロのことが思いだされたが、フェオは、その記憶《きおく》を胸の底に押《お》しこんだ。

書斎《しょさい》にもどっていると、広間から遠ぼえが聞こえた。クロが呼んでいる。

「どうしたんだろう？」フェオは部屋を見まわし、武器になるものはないかさがした。だが、役にたつもので運べるものはすべて、最後の住人がもちさってしまったらしい。

「今行くわ！」フェオは床《ゆか》にちらばっている半分焼けた本の一冊を拾いあげて重さを確かめると、大理石張りのりっぱな玄関《げんかん》広間におりていった。クロはさっきたたきわったガラス戸の前にいた。外には緑色のマントをはおった金髪《きんぱつ》の少年が立っている。

「イリヤ！」フェオは割れたガラスの上をバリバリと音をたてて走っていくと、腕《うで》を広げてイリヤに抱《だ》きついた。イリヤは一瞬《いっしゅん》、動きを止め、それから犬のように小さく身ぶるいしたので、フェオは腕《うで》をほどいた。

「力の入れすぎだよ！」イリヤは口ではそう言ったが、顔は笑っていた。

「そうね。ごめんなさい」フェオは答えた。「忘れてたわ。ふだん、オオカミを相手にしているものだから。あの子たちは抱《だ》きつくかわりに、かんでくるのよ」

「それもやめてくれ！」

「そんなことしないわよ。ごめんね」

「いいんだ、フェオ。ぼくらはきみを見つけたんだから！」

「さあ、中に入って。そこはだめ。ほら、こっちならガラスが落ちてないわ。ところで、ぼくら、ってだれのこと？」

フェオは一瞬《いっしゅん》、頭が混乱して、イリヤがハイイロのことを言っているのではないかと思ったが、それはありえないことだった。

イリヤは、広間の中をくるくると回りながら踊《おど》ってみせた。「アレクセイが、きみはここにいるだろうと言ったんだ！　無事だってことはわかってたよ。みんな、もっとぼくの言うことを信用してくれなきゃ」

「イリヤ、あなたに言っておかなきゃならないことが――」

だが、イリヤは首を横にふった。「踊《おど》りは止められないよ！　みんながこの館を見逃《みのが》さないようにしなきゃな！」イリヤはその場でとんぼ返りした。祭りの日のように浮《う》かれている。「ぼくの言ったとおりじゃないか！」

「みんなってだれのこと？」

「みんなさ！」イリヤはフェオの背を押《お》して窓の前まで行くと、外を指さした。

フェオは目をこらした。雪野原が広がり、人気《ひとけ》のない夏用の小さな別荘《べっそう》が何棟《なんむね》か、あとは枝に雪が積もった木々があちこちに見えるだけだ。だが、風に乗って音が聞こえてきた。あれはオオカミの声じゃない。風や雪の音でもない。なにかほかのもの。フェオが聞いたことのない音だった。

地平線のむこうから、子どもたちが一列になってくねくねと近づいてきた。村の子どもたちだ。スキーですべってくる子もいれば、かんじきをつけて走ってくる子もいる。みんな、木の枝や棍棒《こんぼう》や手をしきりにふっていた。フェオにむかってふっているのだ。列のうしろのほうにアレクセイの黒髪《くろかみ》が見えた。クララを肩車《かたぐるま》して、片手に斧《おの》をさげている。

子どもたちの着ているマントやコートが、フェオが家でもっていた絵の具箱のように、青や緑や赤のあざやかな色を雪の上にちらしていた。幼い子どもたちは行進曲を歌っていた。アレク

セイが斧《おの》を指揮棒のようにふっている。セルゲイが歓声《かんせい》をあげ、両手をふりながら館に近づいてきた。

「大人たちは行くなと言ったんだ。だからぼくが注意をそらした。じつは、また踊《おど》ったんだよ。みんな妙《みょう》だと思っただろうな。だって、食事時だったんだから。でも、大人たちがぼくの踊《おど》りを見ているすきに、子どもたちは村を出たのさ！　きみのお母さんをとりもどすために来たんだ！　いきさつは全部、ぼくが話した――」イリヤはそこではたと口をつぐみ、目を見張った。

フェオは――兵士たちからはオオカミをあやつる魔女《まじょ》と恐《おそ》れられ、母親が

つれていかれた時にも涙《なみだ》を見せず、吹雪《ふぶき》や銃《じゅう》や凍《こご》える寒い夜にも顔をしかめただけだったフェオが——ふるえていた。

「フェオ?」

フェオは首を横にふった。口がきけなかったのだ。世界が突然《とつぜん》やさしくなる瞬間《しゅんかん》は、肺がつぶれたように感じることがある。フェオは大理石張りの広間に立ちつくして泣いた。涙《なみだ》が鼻からあごを伝い、足もとにいる血で汚《よご》れた二頭のオオカミの頭に落ちるまで……。

全員を中に入れ、建物内を気がすむまで探索《たんさく》させ、幼い子どもたちの服についたすすをはらいおえるのに、ずいぶん時間がかかった。そして、イリヤがふるえながら、「あいつが撃《う》ったのか? あいつがハイイロを撃《う》ったのか?」とくりかえすのをやめるまでにも……。

二人はほかの子どもたちをさけて館の中を歩き、この先ラーコフを見かけたらどうするか相談した。

その後、二人はみんなを集めて舞踏室《ぶとうしつ》へつれていった。一番幼いグループは、しっかりと厚着をしたグレゴールとヤーニフという七歳《さい》の男の子二人、そして、その妹たちで、大きな目をした、白いコート姿が雪の精のようなワシリーサとゾーヤだった。八歳《さい》のセルゲイはすっかり年長者気どりで四人を引率《いんそつ》した。あとは、相変わらず鼻をつまらせているボグダン、クララとヤーナ、そして、不安そうな目をした十四歳《さい》くらいの女の子、イリーナだ。イリヤは背嚢《はいのう》の中から黒パンとピロシキ（ひき肉などをつめて焼いたり揚《あ》げたりしたパン）をいくつかとりだした。パンをとりあうどたばた騒《さわ》ぎがひとしきり続いたが、それもぱたりとやみ、みな舞踏室《ぶとうしつ》の床《ゆか》にすわってイリヤとフェオとアレクセイを見あげ、むしゃむしゃと口を動かしながら話に耳をかたむけた。

「おれはサンクトペテルブルクへの突撃《とつげき》を提案する」アレクセイが言った。「大人たちはまだ、どうしたらいいか話しあってる。あの調子じゃ何週間もかかるだろう。おれたちは今やるんだ——今でなくても、もうすぐだ」

「でも、フェオのお母さんはどうするの？」ヤーナが言った。「わたしたちはフェオのお母さんを助けにきたのよ！」

アレクセイは、さっきからそのことを忘れていたらしく、あわててとりつくろった。

「そうとも！　それも同時にやる。おれたちは、大きな騒《さわ》ぎを起こして町を混乱させ、そのすきにフェオがクレスティ刑務所《けいむしょ》に押《お》しいればいい」

「衛兵にはかみつくんだ！」セルゲイが歯茎《はぐき》をむきだして言った。「オオカミみたいに、オオカミより強く」

「おれはもう少し手のこんだことをやろうと思ってる」アレクセイが続けた。「かみつくのが悪い手だと言ってるわけじゃないぜ」

アレクセイはそれまで戸口によりかかっていたが、今度はドアの上枠《うえわく》にぶらさがり、まるで見えない兵士を蹴《け》りつけるように両足を前にふりだした。「この国でラーコフと兵隊たちをきらってるのはおれたちだけじゃない。やつは徴発人《ちょうはつにん》をサンクトペテルブルクにも送りこんでるんだからな。闘《たたか》うきっかけを待ってる人たちがいる。そのきっかけを作ればいいんだ」

「でも、どうすればいいの？」フェオは舞踏室《ぶとうしつ》の窓の前に腰《こし》かけていた。膝《ひざ》に子オオカミをのせ、足もとには二頭のオオカミが腹ばいになっている。シロは焼けこげたカーテンをかんでいた。「ママのことがきっかけになるかしら？」

「それもある。でも、おれが考えてたのは、きみとそのオオカミたちだ。想像してみろよ、フェオ！　きみが記念碑《きねんひ》かなにかの上に立ち――どこかにそういうものがあるはずだ――、ラーコフをどんな目にあわせてやったのかしゃべるんだ！　顔にスキーを突《つ》きたててやった話を！　それからきみは子どもらの先頭に立って軍隊のように通りを行進し、オオカミたちがその前を走っていく。町の子どもたちも隊列に加わるだろう！」

「みんな、行進のしかたなんて知らないだろ」イリヤが言った。床《ゆか》にすわりこんだイリヤは、立てた膝《ひざ》にあごをのせ、泣きやんではいるものの、まだ時々しゃっくりをしていた。だが、声には力があった。「言っとくけど、時間がかかるぞ」

「練習すればいい！」アレクセイがそう言って、こぶしで宙を殴《なぐ》りつけると、熱い思いがみんなに伝わっていった。「ワシリーサとゾーヤにはかみつき方を教えてやる！　精鋭《せいえい》部隊ができるぞ！　まあ、見てな——明日《あした》の朝一番にやろう」

「でも、わたしは行かなきゃ」フェオが言った。「今日はもう月曜よ」

「小さい子たちは疲《つか》れきってるわ」ヤーナが言った。「明日《あした》にしましょう」

フェオはよっぽど「わたし一人で行く」と言おうかと思ったが、昨夜の森の中でのつらい記憶《きおく》がまだ生々しく残っていた。「わかった。明日《あした》ね。オオカミたちはつれていくわよ。刑務所《けいむしょ》で役にたつかもしれないから」

「野生のオオカミは市内に入れてくれないぞ」アレクセイが言った。

「野生とは言えないわ」

「それどころか、わたしたちでさえ、だれも入れないかもしれないのよ」ヤーナが口をひらいた。「門で人を止めてるから。ラーコフは神経をとがらせてるわ。扇動家《アジテーター》かもしれないと思うと、市内に入れないようにしてるの。ということは、貴族か兵士でないと入れないってことになる」

「壁《かべ》を登ればいいじゃないか！」セルゲイがそう言って、舞踏室《ぶとうしつ》の壁《かべ》を蹴《け》ってみせた。

「セルゲイ、おまえはあの古いオークの木にだって登れないくせに」ヤーナが言った。「それはともかく、壁《かべ》を乗りこえようとしたら、だれでも銃《じゅう》で撃《う》たれちゃうんでしょう、アレクセイ？」

フェオはうつむき、前髪《まえがみ》をたらして考えていたが、ここで顔を上げ、発言した。「いい考えがあるわ」そのアイデアは腹の底で泡《あわ》のようにわき、ちくちくうずくような感覚とともに指先まで伝いおりてきたものだった。「だれか裁縫《さいほう》はできる？」

みな口々に、「なんだって？」「どうして？」とつぶやいていた。

「ラーコフの前で縫《ぬ》い物《もの》をする気か？」アレクセイが言った。「そいつはあんまり上等な作戦とは言えないぞ、フェオ」

「本気で言ってるのよ。うけあうわ、これはわたしが思いついた中で最高の計画だってことを！」

みんな、あきれて目を丸くしていた。

「市内に入る方法があるのよ！　少なくとも何人かは入れる方法が。扇動家《アジテーター》は入れてくれないって言ったわよね？　ぼろを着た人たちは入れないって。でも、みんな、オオカミを飼えるのはお金持ちだけだってことは知ってるわ。だったら、お金持ちのふりをしたらどう？　そのためにオオカミたちを利用すればいいじゃない」

イリヤはフェオの顔をじっと見ていたが、感心している目つきではなかった。「悪いけど、今からぼくが言うせりふを聞いても騒《さわ》ぎたてないでくれよ……。フェオ、気でも狂《くる》ったのか？」

だが、アレクセイは前に歩みでてフェオの背中をたたき、いつものように豪快《ごうかい》に笑った。クロとシロは警戒《けいかい》してうなったが、アレクセイはいっそう大きな声で笑っただけだった。

「みんな聞いたか？」とアレクセイは言った。「これこそほんとうの作戦ってもんだ。ラーコフをたおす作戦だ」

13

裁縫《さいほう》ができる者は――少なくとも、できると申し出た者は――思ったより多かった。翌朝、ヤーナとボグダン、そして幼いワシリーサとゾーヤの姉妹《しまい》は、カーテンをはずし、フェオのナイフと、方位磁石に使っていたピンを借りて仕事にかかった。ヤーナが「このピンは縫《ぬ》い針《ばり》に使えるわ。縫《ぬ》い目《め》が大きくなってもかまわないのなら」と言ったのだ。

「完璧《かんぺき》なものを作る必要はないのよ。ほとんどはマントで隠《かく》れてしまうから」そう言ったとたん、フェオはまた別の子どもに引っぱられ、相手をさせられた。その日は一日中、どこへ行っても、次々に手が伸《の》びてきて腕《うで》や足首やマントを引っぱられ、そのたびに、思いがけず手や胸の奥《おく》がじわりと温かくなった。

セルゲイが、何人かつれて納屋《なや》へ武器をさがしにいってもいいか、と許可を求めてきた。

「いいけど、人にむけちゃだめよ」フェオは答えた。「いい？　稽古《けいこ》でもそういうことはしないでね」

イリーナが壁《かべ》をコツコツとたたき、フェオの注意を引いた。「ドレスより大事なものがあるわ。靴《くつ》よ。その長靴《ながぐつ》をはいていくわけにはいかないでしょ？　貴族の娘《むすめ》ってことにするのなら……」

「だいじょうぶ！　だれも見やしないわよ！」

「でも、見られたらどうするの？」

みんながフェオの長靴《ながぐつ》を見た。つま先が焼けこげ、血とオオカミの尿《にょう》がまじった妙《みょう》なにおいがする。金ぴかの応接間で、オオカミにキャビアを投げあたえる人がはく靴《くつ》ではなかった。

「それを見られたらおしまいよ」

「だれかわたしと靴《くつ》をとりかえてくれる人はいない？」だが、だれの靴《くつ》も似たような、あるいは、もっとひどい有様だった。

「靴《くつ》を作れないかしら？」ヤーナが言った。

「材料がないでしょ？　一《いち》か八《ばち》か、これで行ってみるわ」フェオが答えた。

「待ってくれ！」イリヤだった。急に興奮して目を輝《かがや》かせている。「いいことを思いついたぞ！　バレエシューズがいい！」

「でも、だれの？」と、フェオ。

「帝室《ていしつ》バレエ学校さ！」イリヤは左右の足で交互《こうご》にジャンプしはじめた。「市内に入る門の手前、三キロくらいのところにある！」

「どうしてそれを？」

イリヤは脚《あし》を前後に大きくひらいてジャンプしながら、部屋の中を走りまわった。「毎晩、窓からのぞいてたんだ！　そうやって踊《おど》り方《かた》をおぼえたのさ！　生徒たちは時々靴《くつ》を捨てる。本物のバレリーナなら、一足はきつぶすのに一週間もかからない。それをよく拾ってたものさ」イリヤはそう言って側転をしてみせた。「今から行ってくる！　学校の人たちはぼくのことを知ってるからね。まあ、知りあいってわけじゃないけど、あそこで働いてる人たちは建物の外にぼくがいても不思議には思わない。すぐもどってくるよ！」

「そこまでどうやって行くの？」フェオはたずねた。

「ボグダンのかんじきを借りる」

「だれが貸すって言った？」ボグダンはそう言ったが、アレクセイににらまれてうなずいた。「わかったよ」

「わたしも行こうか？」と、フェオ。

「だめよ」ヤーナが言った。「ドレスを試着してもらわないと。でも、だれかついていってあげたほうがいいわね」

「いいよ、だれも来なくて！」イリヤが言いかえした。

「アレクセイに行ってもらえば？」フェオは言った。「年上だし」

イリヤの表情が明るくなった。笑《え》みがこぼれそうになるのをがまんしているのがわかる。イリヤはアレクセイの先に立ち、サンクトペテルブルクの方角を手で示しながら、館の門に続く道を歩いていった。フェオは門を乗りこえて出ていく二人の姿を見送った。

ヤーナがうしろから近づいてきてたずねた。「あなたはだれと一緒《いっしょ》に行くつもり？　あなたくらいの年の貴族の子は、一人では出歩かないわ」

「イリヤには来てもらわないと。あとは、アレクセイね」

「でも、二人の服はどうするの？」

「イリヤは軍服のままでいい。汚《よご》れてるけど、よく見ないとわからないから。アレクセイにはママの緑のマントをはおってもらう。そうすれば、下に着てるものが貴族らしくなくても、だれにも見られずにすむでしょ」

「わかったわ。だれかにきかれたら、アレクセイはお兄さんだって答えるのよ」

「またいとこ、にする。だって、わたしとはどこも似てないんだもの」フェオは、自分がアレクセイに似ていても悪くないのに、と少し残念に思った。アレクセイには、肌《はだ》の下に日の光をとじこめたような明るさがある。でも、とフェオは思った。わたしの手には、引きとられてきたばかりの子オオカミだったハイイロにかまれた傷あとがある。この傷あとはこの世の何物にも代えられない……。


数時間後、セルゲイたちが興奮で鼻息を荒《あら》くし、口々になにか言いながらぞろぞろと館の中に入ってきた。

「すごいんだ。ちょっと見にきてくれよ！」

「どうしたの？」

「見てのお楽しみさ！　アレクセイとイリヤは？」

「まだ帰ってないわ」フェオは答えた。

だが、ちょうど門のあたりでガタガタと音がして、ひょろりとした二つの人影《ひとかげ》が敷地《しきち》の中に飛びおり、走ってくるのが見えた。イリヤは両手にもっているものを頭上にかかげてふっている。

「手に入れたぞ！」イリヤはそう言ってから、ためらいがちに「見つけたのはアレクセイだけど……」と続けた。

「音楽が聞こえてきたら、イリヤはそっちに気をとられてしまったんだ」

イリヤの頰《ほお》が、肌《はだ》についた雪の下で赤くなっていく。「少しだけさ。ダンサーたちを見たかったんだ」

フェオは二人の顔を交互《こうご》に見た。「なにがあったの？」フェオはまず、「セルゲイ、先に行ってて。すぐに行くから」と声をかけてから、イリヤにむかって「なにかまずいことでもあったの？」と迫《せま》った。

「イリヤは踊《おど》ったんだ」アレクセイが答えた。「それも、丸見えのところで！　一階の窓のすぐ外でだぞ！　まねしてたんだよ、ダンサーたちの動きを。それも、中から見える場所で！」

「だれかに見られたの？」

「一人に見られた」イリヤは言った。頬《ほお》も鼻の頭もみるみる赤くなっていく。「一人だけだ」

「イリヤ！　あなた、捕《つか》まってたかもしれないのよ！」

「でも、捕《つか》まってないじゃないか！　男が一人、たぶん、教師の一人だと思うんだが、ぼくのあとを追ってきた。でも、おかげで注意をそらすことができたんだ」イリヤは訴《うった》えるように言った。「そのすきに、アレクセイがごみの中からこいつを見つけてくれた」その靴《くつ》は白くて、フェオには少し大きかったが、靴下《くつした》をはけば使えそうだった。

「少しくたびれてるけど、まだきれいだろ。中にちょっぴり血がついてるかもしれないが、バレエシューズっていうのは、みんなそういうものだから」

セルゲイが建物の角を回ってもどってきたかと思うと、フェオたちに雪玉を投げつけた。「ほら、早く！　フェオも来てよ！　みんな来なくちゃ！」

「いったいどうしたの？」フェオはたずねた。

すると、ゾーヤが答えた。「秘密よ。フェオのための秘密！」

男の子の一人が言いかけた。「あのね、古い――」

だが、セルゲイがその子の口を、ぱっと手でふさいだ。「しーっ！　だから秘密だって言っただろ！」

フェオはいくつもの小さな手でつかまれ、建物の角を回って引っぱられていった。子どもたちは積もった雪をふみわけ、アレクセイはクララを片方の肩《かた》に乗せて歩いていく。セルゲイが、雪がそこだけ小さな足でふみあらされた場所を指さした。

「ほら、あれだよ！」

それは犬ぞりだった。フェオはこんなに美しい犬ぞりを見たことがなかった。銀色の金属製で、子どもたちが、さらにそれを袖《そで》やぼろ布でぴかぴかになるまでみがいていた。その刃《は》には油が塗《ぬ》られ、持ち手にはランプがさがっている。

ランプは赤く塗《ぬ》ってあった。

「これ、全部あなたたちでやったの？」フェオはたずねた。

「そうだよ！」セルゲイが答えた。「あの、ヤーナも少し手伝ったけど」

ヤーナはセルゲイの頭ごしに、片目をつむってみせた。

「フェオがオオカミに乗っていくわけにはいかないだろうと思ったんだ」ボグダンが言った。「セルゲイ、説明しろよ」

セルゲイはうなずいた。「そんな人いないからね。サンクトペテルブルクに行ったことあるけど、だれもオオカミになんか乗ってないもの」

「そうね」フェオはセルゲイの頬《ほお》にキスしてやりたかった。セルゲイの顔はそれは真剣《しんけん》で、人一倍汚《よご》れていた。「それはわたしも考えてたわ」

「大きな町だし。でも、いろんなところへ速く行かなくちゃいけないだろ？　オオカミならそりが引けるんじゃないかと思って」

「いいアイデアだわ！」フェオは言った。「ありがとう」

「抱《だ》きつかないでくれよ！」と、セルゲイ。「イリヤから聞いたんだ、オオカミみたいに力が強いって」

フェオは顔を赤らめたが、無理やり、にっと笑ってみせ、セルゲイに駆《か》けよった。すると子どもたちは悲鳴をあげ、大はしゃぎで建物の角を回って逃《に》げていき、そのあとをヤーナが追っていった。

フェオは犬ぞりをなでた。「すごいわ。ほら、この持ち手……。ぴかぴかじゃない。時間もかかったはずよ。しかも、この雪の中で……」

するとと、舞踏室《ぶとうしつ》の窓からヤーナが身を乗りだして声をかけてきた。

「フェオ！　ドレスの試着をお願い！」

フェオは胃がぎゅっと縮んだ気がした。ドレスができあがれば、あとは出発するだけだ。


だれもヘアブラシをもっていなかったが、子どもたちは指と、セルゲイが納屋《なや》で見つけて意気揚々《いきようよう》ともちかえった歯ブラシで代用した。舞踏室《ぶとうしつ》の中、下着姿でふるえるフェオに、ヤーナが頭からドレスをかぶせた。ゾーヤは裾《すそ》についた糸くずをとった。

「いいわよ！」ゾーヤが声をあげた。「みんな、入ってきて！」

ひとしきり広間からドタバタと音が聞こえたあと、舞踏室《ぶとうしつ》のドアが勢いよくひらき、子どもたちが次々に入ってきた。イリヤとアレクセイがしんがりで、小声でなにか話しあっている。

そして、みな、フェオを見て、いっせいにだまりこんだ。

三つ編みにした髪《かみ》は頭にぐるりと巻いてから、腕《うで》くらいもある太さでうしろにたれ、膝《ひざ》裏《うら》に届きそうだった。髪《かみ》は、ほつれが見えないようにしっかり編んである。顔は蒼白《そうはく》だが、唇《くちびる》をきっと結んでいた。ドレスは肩《かた》からまっすぐにたれるすっきりした形で、裾《すそ》は床《ゆか》に着くくらい長く、銀色の鎖《くさり》でウェストをしぼっていた。鎖《くさり》は、シャンデリア用のものをクララが服の袖《そで》に雪をつけてみがいてあった。

フェオは肩《かた》を思いきりうしろに引いて背筋をまっすぐ伸《の》ばし——ヤーナからは「やりすぎじゃないかと思うくらいがちょうどいいのよ」と言われていた——、あごを高く上げている。

「横も見ちゃだめよ」ヤーナが言った。「一度サンクトペテルブルクに行ったことがあるけれど、お金持ちは前しか見てなかったわ。いーい、あなたは、まわりの人がよけてくれるものだと教えられて育ったのよ」

女の子たちが、納屋《なや》にあった絵の具を雪で薄《うす》めて指で塗《ぬ》ったので、フェオの唇《くちびる》は紫《むらさき》がかった赤い口紅をつけたようだった。白いバレエシューズをはくと、フェオはつま先立ちしたくなり、舞踏室《ぶとうしつ》の中を歩くと、ドレスがモミの木の葉ずれのような音をたてた。

「へえ」イリヤが声をあげた。「思ってたよりずっとりっぱだなあ」

ヤーナは最後に一度だけドレスをぐいと下に引き、うしろに下がって全体を見た。「光るものがいるわね。貴族なら、金製品を身につけてるはずだから」

「そんなものないわ」フェオは言った。「前は金の鎖《くさり》をもってたけど、今はもうないし」

「いい手がある！」イリヤが叫《さけ》んだ。「図書室に聖書が何冊もあったじゃないか！」

「なんだって？」アレクセイが声をかけたが、イリヤはもう部屋を出ていた。「お祈《いの》りしてるひまなんてないぞ！」

しばらくしてもどってきたイリヤは、焼けこげた本をあごに届くほど腕《うで》にかかえてもどってきた。フェオが見たところ、イリヤにお祈《いの》りをする気などなさそうだ。

「金文字だよ！　ほら、な？　爪《つめ》でひっかくとはがれるんだ！」

みんないっせいに聖書の上にかがみこんだ。とくに、幼い子たちはおもしろくてたまらないようだった。

「神様に捕《つか》まっちゃうかもね」セルゲイが言った。「人殺しよりましだけど」

フェオははがした金を少し指先でぬぐいとり、それを目尻《めじり》の外側、まぶた、そして爪《つめ》につけた。

金文字はたくさんあったので、フェオはクロの目の上に少しつけ、シロの耳にもはりつけた。結局、オオカミたちもフェオの扮装《ふんそう》の一部なのだから、こうして飾《かざ》る意味がある。いわば戦化粧《いくさげしょう》だ。

ようやく、子どもたちは立ちあがってうしろに下がった。フェオは舞踏室《ぶとうしつ》の中央に立ち、その横に二頭のオオカミがならんだ。

「こいつは――」アレクセイは、みんなの手仕事の成果をあちこち見ながら言った。「おとぎ話からぬけでてきたみたいだぜ」

その日の夕方、フェオがそりをあやつってピョートル広場に入っていくころには、積もった雪が溶《と》けかけていた。

バレエの観客に小銭《こぜに》をねだるために集まっていた子どもたちは、頭上の空と、そりに乗った少女をしきりに見くらべていた。少女の姿は、冬なのに雪がふっていないことと、ほとんど同じくらい特別だったのだ。

ただし、あくまでほとんどだ。どんな天気だろうと、少女の姿が特別であることに変わ

りはない。血のように赤い洗いたてのマントが背中ではためいていた。両腕《りょううで》は肘《ひじ》から手首まで傷やあざだらけだが、目のまわりには金粉が塗《ぬ》られている。あごを突《つ》きだした顔つきは、朝飯前に竜退治《りゅうたいじ》でもしてきたようだった。さらにその眼光は、退治した竜《りゅう》を食べてしまったのではないかと思わせる。

そりの椅子《いす》には軍服姿の少年がすわり、決意みなぎる表情を浮《う》かべていたが、それは日々、大胆《だいたん》な行動をくりかえしてきた者の表情ではなく、自分の勇ましさに気づいて日も浅い者の顔だった。そりのうしろを大またでついてくる若者は、緑色のビロードのマントと毛皮に身を包み、顔はほとんど隠《かく》れていた。だが、フードの下からのぞいている口は笑っていた。

しかし、ほんとうに特別だったのは——子どもらが目を見張り、ささやきあったほんとうのわけは——、少女の手綱《たづな》にあやつられてそりを引く二頭のオオカミだった。オオカミたちは汗《あせ》と氷で輝《かがや》き、背中の筋肉はたくましくもりあがり、体につけた金粉がちらちら光っていた。

へえ、これが刑務所《けいむしょ》か……。フェオはこれまで刑務所《けいむしょ》など見たことがなかったが、それについて書かれたものは読んだことがあった。驚《おどろ》くほど大きな美しい建物で、四棟《とう》の堂々とした赤レンガ造りの建物が十字に配置され、その中心に監視塔《かんしとう》がある。そしてまた、様々な音が聞こえてくる場所でもあった。囚人《しゅうじん》たちのどなり声に、時おり笑い声やうめき声がまじる。フェオは身ぶるいし、うめき声がママの声じゃありませんように、と祈《いの》った。

市内に入るための門を通るのは、三人とも大人ではないことが幸いし、思ったより簡単だった。もっとも、門柱にもたれかかったアレクセイは大人にも子どもにも見えず、軍神と若木のあいだに生まれてきた者のようだったが……。子どもは疑われないものなのかもしれない、とフェオは思った。その後、クレスティ刑務所《けいむしょ》を見つけるのに三十分ほどかかった。イリヤの方向感覚は、自分でも認めているように、オオカミのように鋭《するど》くはなかったのだ。刑務所《けいむしょ》を囲む塀《へい》の角までたどりつくと、三人はそりを止めて相談した。

「どう思う?」フェオは入口にいる衛兵をじっと観察し、次にイリヤを見た。「えらそうにしたほうがいいか、それとも、かわいらしくしたほうがいいか?」

「衛兵にはえらそうにしたほうがいいと思うな」

「おれもそう思う」アレクセイが言った。「やつらは、かわいらしいかどうかなんて気にしない。門番なんだから。かわいく見せたほうがいいのは、命令で動いてない連中を相手にする時だ。自信満々にふるまえ」

フェオはうなずいた。自分の「自信満々」の顔は、ただの「しかめつら」にしか思えなかったが、とりあえずこれで行くしかない。

オオカミたちはアーチになった石造りの門の前まで進んでいった。構内では軍服姿の男たちが巡回《じゅんかい》している。

フェオは衛兵を見た。靴《くつ》からあごひげまで、順に視線を上げていく。わざと舌足らずな話し方をしてみようかと思ったが、それはやめておいた。

「こんばんは」フェオは言った。

背後でアレクセイが会釈《えしゃく》したのがわかる。

「あの、父から言われたの、中に入って待ってるように、って」

「だれです？」

「父よ」

「それはわかりましたが、お父様のお名前は？」

フェオは、最初に思いうかんだ名を口にした。「ウルフォヴィッチ伯爵《はくしゃく》よ。これはわたしのまたいとこ。そしてこっちは、父の……お気に入りの兵隊さん」

イリヤはフェオをにらみつけた。

「そのお名前は存じあげません」衛兵は答えた。「わかる者を呼んできますので、少々、お時間を――」

「父は皇帝陛下《こうてい》と血がつながってるのよ」フェオはすかさず言った。そして、いかにもびっくりしたように続けた。「あなたが知らなかったと聞いたら、父はさぞ驚《おどろ》くでしょうね。そして……父が驚《おどろ》くと、だれかがつらい思いをすることもよくあるわ」

「いや、その――」衛兵はためらい、肩《かた》ごしにちらりとうしろを見た。

「ここの衛兵はちゃんと教育されてるって聞いてたのに。でも、そうでないなら、父に言わないと――」

「いえ、その必要はありません！」

「じゃあ、中に入れてくれる？」

「もちろんです。どうかこのことはご内密に。ああ、なんてきれいなオオカミなんでしょう」

「ありがとう。みんな、そう言うわ」

「オオカミというのは、こんなにすばらしいペットになるんですねえ」衛兵はこびるような笑《え》みを浮《う》かべながら、クロの金粉をちらした毛なみを見た。

フェオは唇《くちびる》をなめた。オオカミたちはフェオのふるえを感じとり、クロは背中の毛を逆立てた。「ええ、まったく」

「行き方はご存知《ぞんじ》でしょうね。所長の書斎《しょさい》でお待ちいただけますか。中央監視塔《かんしとう》の四階にあります。囚人《しゅうじん》のいる場所には近づかないでください」

フェオは四階というのが気になった。オオカミたちは階段がきらいだし、イリヤは意味ありげな顔でフェオを見ている。だが、ほかに選択肢《せんたくし》はなさそうだった。階段は、真鍮《しんちゅう》の太い手すりがついた大理石製だったので、オオカミたちがのぼっていくと、爪《つめ》がカチカチ音をたてた。こんな音をたてたら、看守や囚人《しゅうじん》をごっそり呼びよせてしまうんじゃないかと心配になる。

しかし、のぼっていく途中《とちゅう》は、だれにも出会わなかった。二階に上がると、階段のすぐ横の壁《かべ》に大理石でできたくぼみがあり、そこにいかめしい顔をした聖人の像と、小さな大理石のベンチがおいてあった。フェオは急いでその中に隠《かく》れた。ここまで入りこむことができた満足感が胸にこみあげてきて、がまんしないと、くすくす笑いだしてしまいそうだった。

「イリヤ。そんな顔して、なにが言いたいの？」

イリヤは顔を赤くしていたが、それはうれしいからではなさそうだった。そして、フェオをにらみつけてこう言った。「さっきぼくの顔を見ただろう？　監視塔《かんしとう》じゃなくて、囚《しゅう》人《じん》のいる建物に行こうと伝えたかったんだ」

「ふーん、それはわからなかったわ。次はもっとはっきりわかるような顔をしてよ」

「そんなことできるわけないじゃないか！　顔に字が書けるわけじゃないんだから！」

「わたしは顔でけっこういろんな気持ちを表わせるわよ。イリヤの顔にも、『ぼくはだれかさんのせいで、やりたくないことをやらされてます』ってはっきり書いてあったけど？」

フェオはそう言って、にやっと笑った。

「さあ、どっちへ行く？」アレクセイの声が二人の言い争いに割って入った。「イリヤ？」

「知らないよ」イリヤは、アレクセイと目を合わせようとしなかった。「わかってるのは、囚人《しゅうじん》のいる細長い建物が四棟《とう》あって、それが十字架《じゅうじか》の形になってるってことだけだ」

「でも、どの棟《とう》にママがいるのかしら？」

「さあ。女性用の建物を示す掲示《けいじ》があるかもしれないと思ってたんだが、残念だけど、そういうものはなさそうだ」

フェオの胸の中から、笑いも希望もすっかり消えてしまった。「中に入ってしまえば、あとは簡単だと思ってたのに。ママの顔を見るくらいは、すぐにできると……」

イリヤは言った。「南棟《みなみとう》が女性用じゃないかと思うんだけど……確かじゃない」

だが、アレクセイはあわてていないようだった。「あてずっぽうで入っていくわけにはいかないぞ。チャンスは一度だけだ。まちがったら警報を鳴らされて、おれたちもみんな牢《ろう》に入れられちまう。それは予定に入ってないからな。よし――」アレクセイはイリヤにむきなおった。「掃除《そうじ》や炊事《すいじ》をしている連中はどこにいる？」

「どうして？」

「下働きの連中は、だれよりも職場のことを知ってるもんだ」

「でも、それをぼくらに教えてはくれないだろう！」

「いや、そうでもない」アレクセイは言った。「こっちが愛想《あいそ》よくして、まわりに人がいなけりゃ、知りたいことをしゃべってくれる。それに、そいつがおしゃべりかどうかは、見ればたいていわかる」

「どこを見るの？」ほんとうなら便利だ、とフェオは思った。

「目と口だ。眉《まゆ》が少し上がっていて、口がこんなふうになってるやつをさがせ」アレクセイは上下の唇《くちびる》をわずかにあけ、ほんの少し前に突《つ》きだした。「もう今にもしゃべりだしそうな顔をしてるやつを」

「じゃあ、行きましょう！」フェオは声をかけた。

「それから、早口のやつだ。しゃべるのが早い人間は気づかないうちに情報をもらしているものだ。おれにはわかる。自分がそうだからな」


フェオたちは、だれにもとがめられなかった。石張りの床《ゆか》を堂々と歩いていくと、オオカミたちの爪《つめ》がハイヒールのようにカツカツと音をたてたが、行きあう人はまばたき一つしない。キラキラ光るオオカミたちばかりが目立つらしく、フェオたちは周囲に溶《と》けこんでいた。男たちが二、三人で、時には自分のオオカミをつれ、忙《いそが》しそうにうしろから追いぬいていくこともある。中にはふりむいて、首をすくめたフェオの頭の上から父親のようにやさしく微笑《ほほえ》みかける者もいた。

厨房《ちゅうぼう》のドアは白く塗《ぬ》られていた。奥《おく》からは洗いものをする音と大きな歌声、そして、せわしなく動く足音が聞こえてくる。アレクセイは先に立って中に入ると、にっこり笑って、オオカミにやる肉をくれないか、と言った。

「ウルフォヴィッチ伯爵《はくしゃく》の命令だ」

フェオは、黒ずくめの服を着て銀食器をみがいている娘《むすめ》に目をとめた。

そして、じわりと近づき、声をかけた。「それ、どれくらい時間かかるの？」

娘《むすめ》は髪《かみ》をまとめて頭のてっぺんで留めていた。その髪《かみ》が手の動きに合わせてぐらぐらゆれている。「二時間くらいです」フェオは娘《むすめ》の顔を観察していたが、答える時に眉《まゆ》が高く上がった。おしゃべりかもしれない。

「スプーンは何本あるの？」

「ここにあるだけで百本以上です。今夜は軍の方をお招きした晩餐会《ばんさんかい》なので。三十人の予定ですが、スプーンは一人四本使いますから」

「なんの――！」フェオは言いかけて、口をつぐんだ。「なんのために？」と言ってしまうところだったが、貴族の娘《むすめ》ならそういうことは知っているはずだ。フェオは「なんの……なんて大変な仕事なの！」と言いなおし、自分のへまに歯がみした。貴族になりすますのは簡単ではない。「晩餐会《ばんさんかい》はなにかのお祝い？」

「扇動家《アジテーター》を何人も逮捕《たいほ》したからです。わたしは、そう聞いてますけど。でも、ほとんどはただの浮浪者《ふろうしゃ》ですよ。木曜日にラーコフ将軍が来るので、そういう人たちを通りから片づけてしまいたかったんです」

「捕《つか》まえた人たちをどうするの？」

「さあ。ラーコフ将軍のことなので、さっぱりわかりません。根っから残酷《ざんこく》な人ですから」そう言って、娘《むすめ》は目を見ひらいた。「あの……まさか、将軍はあなたのご両親のお友だちじゃありませんよね？」

「いいえ」フェオはきっぱりと、心の底から言った。「ラーコフ将軍がどんな人か教えてちょうだい」

「じつは、田舎《いなか》のほうで捕《つか》まって、ここにつれてこられたかわいそうな女の人もいるんですが、将軍は死刑《しけい》にしろと言ってます。自分の片目が見えなくなったのはその女のせいだ、って」娘《むすめ》は声を落とした。「しかも、処刑《しょけい》を直接見たいと言ってるそうですよ」

「でも……その人は、裁判の日にはもうここにいないわよ！」

「え？」

フェオは首を横にふった。「あの……つまり、その女の人が裁判まで無事でいてほしいなあ、って」

娘《むすめ》は、どこか誇《ほこ》らしげな仕草で目に入った髪《かみ》をはらった。「ここはロシアで一番安全な刑務所《けいむしょ》ですから」

「で、その女の人は……一番安全な建物にいるのかしら?」

「女性用の棟《とう》はひとつしかありません。北棟《きたとう》です。今はがらがらですけど、それも変わるでしょうね。ラーコフ将軍のやり方だと……」

「おもしろい話だったわ」フェオはあやうく、ありがとう、と言うところだったが、すんでのところで口をつぐんだ。貴族の娘《むすめ》というものは、きっと人に礼を言ったりしないだろうと考えたのだ。


フェオは、はやる気持ちをありったけの自制心で抑《おさ》えていたが、すぐにでも厨房《ちゅうぼう》を飛びだし、そのまま北棟《きたとう》へ走っていきたかった。ところが厨房《ちゅうぼう》を出ると、アレクセイはフェオの腕《うで》をがっちりつかみ、そのままフェオとイリヤを、使われている様子のない図書室に押《お》しこんだ。

「ママは北側の建物よ!」フェオは声を荒《あら》らげた。「すぐそこにいるんだわ!」そして、アレクセイの手をふりはらい、くるりと向きを変えた。「行きましょう！」

「今はだめだ」アレクセイは言った。「さっきコックから聞いたんだが、独房《どくぼう》二つに看守一人がついてるそうだ。だとしたら、お母さんには近づけない」

「速く走ればいいだけよ！」フェオは答えた。「ほら！　ママはすぐそこにいて、わたしのことを待ってるんだから！　イリヤ、あなたは来るでしょう？」

だが、イリヤの表情は沈《しず》んでいた。「無理だよ。その前に捕《つか》まってしまう。頭数が必要だ。それも大勢の人が」

フェオはイリヤからアレクセイへと視線を移した。「あなたがアレクセイの肩《かた》をもつだろうってことはわかってたわ！」

イリヤの顔は怒《いか》りで赤黒くなった。「アレクセイとはなんの関係もない！　これは事実だ！」

フェオは肩《かた》を落とした。そして床《ゆか》にへたりこみ、となりにいたクロの横腹に頭をもたせかけた。「ママに会いたいだけなのに……」

「でも、フェオ――人はいるじゃないか！」アレクセイが言った。「一度、館にもどろう！　みんなで準備をすればいい。そうすれば、この刑務所《けいむしょ》を襲撃《しゅうげき》できる。看守たちの注意をそらしておいて、きみのお母さんを救いだすんだ」

「いつ?」フェオは目に入った金粉をこすりおとすと、ごくりとつばをのみ、左右のこぶしを固めた。「明日《あした》?」

「木曜だな。ラーコフがここに来ている最中がいい。そうすれば、みんな行進してるか、金ボタンをみがいてるはずだ。その時がチャンスだ」

「どうやって?」

「まず、みんなを訓練しなくちゃならない。そして、革命を始めるんだ」

14

火事のあとが残る図書室で、子どもたちは家からだまってもってきた毛布の下で身をよせあい、すやすやと眠《ねむ》っていた。舞踏室《ぶとうしつ》は大理石の床《ゆか》が冷たくて眠《ねむ》れなかったが、図書室は本で冷気がさえぎられ、夜中、フェオが小さな悲鳴をあげて目をさますたびに、みんなの寝息《ねいき》が気持ちを静めてくれた。

翌朝、革命を起こす集団になる訓練が始まった。アレクセイはみんなを寝床《ねどこ》からたたきおこした。心地《ここち》よい眠気《ねむけ》がまだ残っているし、雪の積もる屋外と同じくらい寒い舞踏室《ぶとうしつ》へ、喜んでついていく者はいない。だが、だれもアレクセイにむかって、いや、とは言わなかった。言ったとしても、それは、つむじ風に文句を言うようなものだったろう。

「よし！」アレクセイはみんなの前を行き来しながらしゃべった。袖《そで》をまくりあげ、頭に鉢巻《はちまき》を巻いて前髪《まえがみ》を上げている。「だれでもなにかを習う前には、まず体を温めなきゃならない。それに脳みそが冷たいとなにも身につかないからな」

「火をおこすわ」フェオが言った。「イリヤの背嚢《はいのう》にマッチが入ってるから」

「その必要はない！」アレクセイは制した。「今からこの部屋の中を三十周走る」

不満そうな声があがった。

「文句を言うやつは、今夜は外でオオカミと寝《ね》てもらうぞ」

フェオは、それはオオカミたちに失礼だ、と抗議《こうぎ》しかけたが、アレクセイはどんな反論もゆるさない、という顔をしていた。

「聞いてくれ」アレクセイは両腕《りょううで》を広げた。「子どもは大人より体が小さいし、力も弱い。これはどうしようもない。だから大人たちよりすばやく、大胆《だいたん》に動かなきゃならない。この理屈《りくつ》はわかるだろう。ああ、フェオ、きみは走らなくていい。走りたいのなら別だが。みんなと一緒《いっしょ》に行動するわけじゃないからな」

それでも、フェオは走った。最初はみんなを追いぬくのがおもしろかった。幼い子たちを一気に追いぬき、よたよた走るイリヤの前に出る。イリヤは肘《ひじ》を大きく動かしすぎてい て、膝《ひざ》より足首を使って走ればもっとずっと速く走れるだろうと思ったが、それはアレク セイがいないところで教えてやろうと思った。フェオはアレクセイもぬいた。アレクセイ は少し驚《おどろ》いたようで、体を前に倒《たお》して負けじとスピードを上げたので、シャツの裾《すそ》が出て しまった。フェオもさらにスピードを上げる。再びフェオにぬきかえされたアレクセイ は、低い声でうなり、今度はヤーナとイリーナに注意をむけた。「きみらの走りは、まる でお嬢様《じょうさま》コンテストみたいだぞ。オオカミに追いかけられてると思って走れ！」

フェオは、オオカミから走って逃《に》げられると思っているのなら、そんなのんき気な話もな いと思ったが、言わずにおいた。

「よーし！」アレクセイが声をかけた。「もういいだろう。みんなその場にすわってく れ。どこかに干しリンゴがあったはずだ。ワシリーサ、くばってくれないか？」そして、 声をひそめてフェオに話しかけた。「だれに教わってあんなふうに走れるようになった？」

「ママよ」フェオは自分の手を見下ろした。「小さいころから雪の上を走ってれば、ぴか ぴかの床《ゆか》や石畳《いしだたみ》の上を走るのは楽なもんだわ。オオカミの走る速さがふつうだと思って 育ったから。それにくらべれば、わたしなんてのろいものよ」

フェオは戦闘《せんとう》訓練に加わるのはやめておいた。もう十分に血は見ている。そして子オオカミを抱《だ》いて窓の前に腰《こし》かけると、指先で牛乳を飲ませてやった。

アレクセイは、床《ゆか》にすわって顔を上げている子どもたちのあいだを、ライオンのように行ったり来たりした。「刑務所《けいむしょ》に着いたら、おれたちにひとつ有利なことがある。看守や衛兵は、人が見てる前で子どもを銃《じゅう》で撃《う》つわけにはいかない。いや、撃《う》てるけど、少なくとも、世間の人たちはいい顔をしないだろう」アレクセイは足の爪《つめ》をかんでいるセルゲイをにらみつけた。「正直、おれにはその理屈《りくつ》がわからないけどな」

「で、今から攻撃《こうげき》の訓練をする。サンクトペテルブルクに入ったら、怖《こわ》くなって頭が回らず、ためらうだろう。でも、なにをすべきか体でおぼえていれば、頭が怖《こわ》いと思っても、体が勝手に動く。訓練は、頭より体のほうが勇敢《ゆうかん》になるためにやるんだ。わかったか？それが、ふだん、軍隊がやってることだ」

「でも、ぼくは絶対怖《こわ》くなんかならないよ！」セルゲイが言った。

「去年、雷《かみなり》が広場のオークの木に落ちた時、ベッドの中でおしっこもらしたのはだれだよ」ボグダンが言った。

「もらしてないもん！」セルゲイは血相を変えてまわりの子どもらを見まわした。「あれは天井《てんじょう》からの雨もりさ」

「おまえのマットレスの上だけにか？」

「みんな、静かに！」アレクセイは壁《かべ》をたたいたが、おしゃべりはやまなかった。「おい、話を聞け！」アレクセイが困っているのは明らかだった。小さな子どもに言うことを聞かせるのは、オオカミを相手にするよりずっと大変だ、とフェオは思った。そして、にやりと笑って、小さく遠ぼえをした。たちまちクロがそれに合わせて遠ぼえを始めると、窓ガラスがびりびりふるえた。

子どもたちはみな何センチか飛びあがり、部屋はしんと静まりかえった。

「ありがとう、フェオ！」アレクセイが言った。「で、なんの話をしてたんだっけ？　ああ、そうだ、刑務所《けいむしょ》の看守たちには、おれたちにはないものがいろいろある。訓練も受けてるし、銃《じゅう》ももっている。でも、おれたちはすばしこくて身が軽い。こっちは雨どいを登れるが、むこうはついてこられないだろう。おれたちの足音は小さい。やつらは自分が子どものころにしていたことを忘れているだろう。かみつき方やつばの吐《は》き方《かた》、爪《つめ》の使い方も忘れてる。しかも、おれたちは紳士《しんし》のように上品に戦うつもりはない。わかったか？」

これを聞いて、フェオは眉《まゆ》を吊《つ》りあげた。

「淑女《しゅくじょ》のように戦うつもりもないぞ」アレクセイは急いでつけくわえた。「いったん刑務《けいむ》所《しょ》の中に入ったら、やっちゃいけないことはない。髪《かみ》の毛《け》を引っぱり、またぐらを蹴《け》りあげ、耳たぶにかみつけ。わかったか？」

「しばりあげてもいいの？」とセルゲイ。

「ああ」アレクセイは答えた。「もちろんだ！」

「ひげを引っこぬいても？」

「いいとも。ただ、ひげはなかなかぬけないと思うけどな。でも、やってみるといい」

「すねを蹴《け》ってもいい？　前からやりたかったんだけど、ママが、折れやすいからやめなさい、って」

窓の前にいたフェオはにやりとした。セルゲイの言いたいことはよくわかる。すねは蹴《け》りたくなるものだ。

「もちろん！」

「じゃあ――」

「いいぞ！　なにをしてもいい。いいか、人間の体でとくに弱いのは、鼻、またぐら、すね、そして目だ」

子どもたちはアレクセイをじっと見上げていた。どの顔も楽しそうに輝《かがや》いている。

「わたしたちの武器は？」イリーナがたずねた。イリーナはアレクセイによく似た顔立ちをしているが、アレクセイほど角ばっていないし、見ているほうがどぎまぎするほど整ってもいない。もしかしたら、イリーナもアレクセイと血がつながっているのかもしれなかった。

「まだわからない」アレクセイは答えた。「どんなものが作れるか考えなきゃならないだろう。でも、今は訓練をやろう」

昼を回って舞踏室《ぶとうしつ》に午後の光が射《さ》しこみ、窓をふちどっていた霜《しも》を溶《と》かすころには、フェオは疲《つか》れきっていた。だが、午前中はとても実り多い時間だった。

まずアレクセイは、「腕《うで》が楽に動くぞ」と言って、みんなのシャツの袖《そで》を切り、それをよりあわせてロープを作った。

それから、ふりだした雪が足あとを消してくれるようになった時を見はからって、子どもたちは外へ出て、奇妙《きみょう》な形に伸《の》びてしまった庭木から枝を切ってきた。

さらに、砂利道《じゃりみち》から拾ってきた燧石《ひうちいし》をとがらせ、それを枝の先にしばりつけて槍《やり》を作ると、うっかりけがをしないよう、切ったシャツの袖《そで》で穂先《ほさき》をしっかりと包んだ。

アレクセイは一番年下の五歳《さい》の子から順に、心根はやさしいが大胆《だいたん》で勇敢《ゆうかん》なヤーナまで、子どもたちを一列にならばせた。そして相手の攻撃《こうげき》を受けながし、突《つ》きを入れてひねる動きを教えた。

「突《つ》きはすばやく！」アレクセイは声をかけた。「そうじゃない、親指も使ってにぎるんだ、セルゲイ。いいぞ、ゾーヤ！」

フェオとイリヤは、アレクセイから「たしか、きみらはナイフをもってたよな」と言われて槍《やり》の稽古《けいこ》を免除《めんじょ》されたので、暖炉《だんろ》のそばに腰《こし》をおろし、別の武器を作っていた。

フェオは見つけてきたイチイの木の枝を火であぶり、しなやかにした。「見て！」フェオは、カーテンからとってきて張った紐《ひも》を弾《はじ》いた。「弓よ。矢の作り方は知ってる？」

「駐屯地《ちゅうとんち》で教わったと思うんだけど」イリヤは答えた。「ちゃんと聞いてなかったんだ。あれは、ぼくが手をついて宙返りができるようになった日だったな」

二十分おきくらいに、アレクセイがフェオとイリヤを標的にして、子どもたちに石を投げる練習をさせたので、二人はそのたびに首をすくめたり、跳《と》びあがったり、手近にあるもので反撃《はんげき》しなければならず、無視しようとしても放っておいてはくれなかった。

アレクセイは子どもたちをせきたてて腕立《うでた》て伏《ふ》せをさせ、幼い子には手を貸し、年長の

者はつま先でつついた。そして自分は息をはずませ、命令をどなりながら、列のあいだを駆《か》けまわった。「だまれ、セルゲイ！　おしゃべりはあとだ。わかったら、うなずけばいい。ただし、おれがそうしろと言った時だけだぞ」

「アレクセイのそばにいると、なんだか、近くで目覚まし時計が鳴ってるみたいだな。それも、止まらない目覚まし時計だ」イリヤは言ったが、感心している口調だった。フェオは、アレクセイは水が三十秒で沸騰《ふっとう》するやかんのようだ、と思った。ぬるま湯の時がない。いつも急ぎ、怒《おこ》り、指図し、笑い、さもなければ眠《ねむ》っている。

「悪い人ってわけじゃないのよ」フェオがクロにむかって言ったのは、日が落ちるころだった。「いい人だわ。でも、うっとうしいのよね」

フェオは、オオカミたちとの静かな毎日に――ささやき声とやわらかな毛なみと雪に――なれていたので、部屋いっぱいの子どもたちにはなかなかなじめなかった。訓練が終わると、幼い子たちははしゃぎながらフェオに近づいてきた。そしてオオカミのまねをしてフェオの膝《ひざ》にかみつき、フェオの靴《くつ》の紐《ひも》を結んだり解いたりしたかと思うと、フェオが抱《だ》いている子オオカミをなで、フェオの髪《かみ》を編ませてくれと言ってくる。だが、アレクセイに一度呼ばれただけで、子どもたちはもどっていくのだった。

「アレクセイがあんなにハンサムでなきゃ、きらいになるのも簡単だろうに」イリヤが言った。

「天気みたいな人ね」フェオは答えた。「天気はきらいになれないわ」

だが、ヤーナとイリーナとイリヤに素手《すで》での戦い方を教えたのはアレクセイではなく、フェオだった。そして、オオカミと一緒《いっしょ》に育つと、いやでも痛みを理解し、その程度を見きわめることができるようになるものだ、と説明した。

「素手《すで》で戦う時に大切なのは、相手を傷つける方法を知ってるだけじゃなくて、自分が傷ついた時にそれに気づくことなの」フェオは言った。「放っておいてもかまわない痛みもあるけど、放っておけない痛みもあるから」子どもたちは布でこぶしを包み、殴《なぐ》り方《かた》を学んだ。「親指を中にしてにぎっちゃだめ。折れちゃうわよ。相手の体にあたる瞬間《しゅんかん》にこぶしをひねるの。指のつけねの関節をしっかり前にむけて」

その晩、納屋《なや》へ行くと言って出ていったワシリーサとゾーヤは、息せき切って帰ってくると、こうまくしたてた。

「温室があるのよ！　イラクサしかないけど、枯《か》れてないわ！」

フェオは両手を引かれるままにその温室へむかった。ガラスは煙《けむり》で汚《よご》れていたが、たしかに、中は一面のイラクサだった。植木鉢《うえきばち》から出て広がり、天井《てんじょう》に届くほど伸《の》び、以前は花が植えてあったはずの場所にも育っている。フェオはよろこび、思わず声をあげた。

「おっと、みんな棘《とげ》に気をつけてね。マントで手を包まないと。ねえ、あなたたち、この植木鉢《うえきばち》をいくつかもってかえれる？　わあ、力もちね！」

ワシリーサもゾーヤも小さくて力がなさそうなのに、一度にいくつかの植木鉢《うえきばち》をかかえあげた。フェオは、二人とも子オオカミと同じ目をしていると思った。はつらつとした賢《かしこ》そうな目だ。「助かるわ！」

残りのイラクサは、フェオが根ごと引きぬいた。そして、マントで手をくるんだまま、イラクサの葉をまとめてくしゃくしゃに丸め、少し雪を加えて玉にしてみせた。

「これが顔にあたれば、二、三分は目が見えなくなる。二、三日ってこともあるかも」

ワシリーサとゾーヤはイラクサの植木鉢《うえきばち》のむこうで、小さな歓声《かんせい》をあげた。

「二人とも、見かけよりずいぶん強いのね」

そう言われて、少女たちは頬《ほお》を赤らめた。

「人はみんな、そういうものだと思うわ」フェオは続けた。「求められれば力が出るのよ。さあ、行きましょう。アレクセイが村から内緒《ないしょ》でもってきたジャガイモを、ベーコンと一緒《いっしょ》に焼いてるから」


　その夜、幼い子らを寝《ね》かしつけている時のことだった。

　フェオはまず、妙《みょう》な気配を感じた。

「しっ、静かに」フェオが声をかけると、クララに毛布をかけていたイリヤは手を止めた。が、聞こえてくるのは、子どもたちの鼻からもれる寝息《ねいき》だけだ。

　と、その時、たしかに音が聞こえてきた。雪がザクザク鳴っている。

　だれか来る。

「見つかっちゃったんだわ」フェオは声をひそめた。

「どうしたの?」クララが寝《ね》ぼけまなこでたずねた。

　フェオはクララの唇《くちびる》に人差し指をあてた。

「なんだろう?」アレクセイはすでに窓の前にある作りつけの長椅子《ながいす》の上に立っていた。そのほうが見張りがしやすいのだろう。「やつらか?」アレクセイはカーテンの端《はし》を破り、こぶしに巻きつけた。

「ほら、聞こえるだろ？」イリヤが言った。

さらに足音がして、私道の先にある鉄の門扉《もんぴ》がゆれる音がした。「だれかいる」フェオも窓の外に目をこらしていた。「でも、なにも見えない。暗すぎるわ」

「ラーコフかな？」とアレクセイ。

「どうかしら」

「フェオ、逃《に》げたほうがいい」イリヤが言った。「今すぐオオカミたちをつれて逃《に》げろ」

「そうだよ！　ぼくらで食いとめておいてあげるから」セルゲイだった。

「だれともけんかしたことないくせに」ボグダンが言った。

「だから今やるんじゃないか。大きくなる前に」セルゲイは言いかえした。

フェオはセルゲイを抱《だ》きしめたくなったが、どうにか思いとどまった。

みんなは松明《たいまつ》代わりに、図書室の暖炉《だんろ》から火のついた枝をとり、大理石の階段を一列に並んでおりていった。先頭はフェオ、最後はクララを片手で抱《だ》いたヤーナだ。

フェオは、玄関《げんかん》広間の奥《おく》にちらばっている、自分が割ったガラスの破片《はへん》の山に目をとめた。「ガラス入りの雪玉が作れるわ。だれかやってくれない？」

当然のように、セルゲイが志願した。

「ボグダン、あなたはねらったところに投げられるのよね。あなたも雪玉作りを手伝ってくれる？」

ボグダンは顔を赤らめ、グスンと鼻を鳴らし、うなずいた。しかも、その三つを流れるように順にやってみせた。「いいよ」

「それから、広間にイラクサがあるでしょう。あれも雪玉の中に入れてちょうだい。できれば、山になるほど作ってほしいの。たくさん必要だから。ヤーナ、二人についてってくれる？　それから、ワシリーサ、ゾーヤ、あなたたちにはわたしのナイフをあずけるわ。もしだれか窓から入ってきたら、その人たちの足首を刺《さ》していいから」

「あたし、怖《こわ》い」ワシリーサがつぶやいた。

「わかるわ、ラープシュカ。わたしだって怖《こわ》い」フェオはしゃがむと、みんなの目をのぞきこみながら早口でしゃべった。「そしてわたしにも、どうすれば勇気がわいてくるかはわからない。でも、ほんの少しの勇気をかきたてられれば、あとは勝手にわいてくるものよ。いい？　だから、そんなにたくさんの勇気はいらないの。ほんのちょっぴり奮いおこすだけでいい。できるかしら？」子どもたちは手をとりあい、真剣《しんけん》なまなざしでうなずいた。「たのもしいわ！」

「すぐにもどってくるからね！」フェオは階段を駆《か》けあがった。暖炉《だんろ》のそばに弓をおいてきたことを思いだしたのだ。フェオは弓をつかみ、手すりをすべりおりて玄関《げんかん》広間にもどると、大理石の床《ゆか》の上を飛ぶように走り、厨房《ちゅうぼう》へ行った。イリヤが腕《うで》まくりしながらあとを追った。厨房《ちゅうぼう》は凍《こご》えるほど寒く、天井《てんじょう》から氷柱《つらら》がさがっていた。

「見て！」フェオは氷柱《つらら》を一本引っぱってとると、それを矢のように弓につがえてみせた。「わかる？」フェオはさらに何本か折りとった。先が丸くなっているものもあれば、針のようにとがっているものもある。フェオは弓をイリヤにわたした。「これをもってて」

「きみはどうする？」

「わたしにはオオカミたちがいるから。アレクセイ！　みんなに集まってもらって」

アレクセイの声が響《ひび》いた。「全員、階段の途中《とちゅう》に集まれ！　松明《たいまつ》をもってこい！」

子どもたちは階段を少しのぼったところに集まった。みな、手に手に雪玉や燃える木の枝をもっている。罪を犯《おか》す覚悟《かくご》を決めた美しい子どもたちの一団を見上げて、フェオは愛《いと》おしさに鼻の奥《おく》がつんとなった。

その時、だれかが玄関《げんかん》のドアをノックした。

フェオはごくりとつばをのんだ。ノックがあるとは予想していなかった。イリヤは氷柱《つらら》の矢をつがえた弓を引きしぼった。

ドアが勢いよくひらいた。

イリヤが放った氷柱《つらら》が壁《かべ》にあたり、砕《くだ》けちった。戸口にいる男は声をたてて笑ったが、その笑いはあまり軍人らしくなかった。長身で引きしまった体つき、髪《かみ》は白髪《しらが》まじりで、あざやかな青いサテン地の上着を着ている。

子どもたちはいっせいに、「オーッ！」と鬨《とき》の声《こえ》をあげた。

イリヤがはっとして、どなった。「やめろ！　武器をおろせ！」

見知らぬ男は指輪をいくつもはめた両手を頭上に上げ、言った。「まさか、こんなことになるとは思っていなかったよ。わたしは男の子をさがしていたんだが、どうやら軍隊を見つけてしまったらしい」

男は階段上にいる子どもたちを見上げた。松明《たいまつ》のブロンズ色の光がちらちらとゆれながら子どもたちの姿を照らしている。かたわらにいるオオカミたちの体は、まだ金色に光っていた。「ここは劇場かなにかかい？」

「いいえ」イリヤが答えた。「あの……なにかのまちがいじゃないでしょうか」

男の表情が変わったが、それはまるで、朝日が射《さ》して風景が一変した時のようだった。
そして、まだ氷柱《つらら》を弓につがえて立っているイリヤを見て笑った。「まちがいなんかであるものか！　きみだよ、わたしがさがしていたのは！」

セルゲイに、男の靴下《くつした》にイラクサを突《つ》っこもうとするな、と言いきかせ、ほかの子どもたちを寝《ね》かせるのに少し時間がかかった。すっかり夜もふけたころ、フェオたちは小さな応接間の床《ゆか》に腰《こし》をおろした。ピンク色の壁《かべ》はあちこち黒くすすけ、天井《てんじょう》には微笑《ほほえ》みかける天使像が描《えが》かれ、ピアノは焼けこげている。フェオは暖炉《だんろ》で沸《わ》かしたお湯で、甘《あま》くしたイラクサ茶をいれ、カップに注《つ》ぎわけたが、男はまるで病気がうつるとでも言わんばかりに、そのカップを腕《うで》をいっぱいに伸《の》ばしてもっていた。フェオとイリヤはあぐらをかいてすわり、待っていた。男は、いつもはやわらかなソファにすわりなれているのだろう、居《い》心地《ごこち》の悪そうな顔をしている。クロは戸口にすわり、万一に備えて鋭《するど》い目でこっちをにらんでいた。

「知っているかもしれないが——きみなら知っているはずだが——、わたしの名はダーリコフだ」

「ダーリコフ?」イリヤは、フェオから男へ視線を移し、そしてまたフェオにもどした。「イーゴリ・ダーリコフ?」

「だれなの、それ?」フェオはたずねた。

「わたしのことだ」ダーリコフが言った。「これでは堂々めぐりで話が進まない。じつは、きみに最後に会った時、わたしはきみを追いかけていた」

「あの、はい、知っています。すみませんでした」

「どうやらきみはあの時、わたしがきみをとって食うつもりであとを追っていると思ったようだが、そうではない。警察に突《つ》きだす気もなかった」

「じゃあ、いったいなぜここへ?」フェオが言った。

「この若者に、わたしのバレエ学校に入ってもらおうと思ってね。むろん、きみたちも、わたしがウォッカやコーヒーを飲みにきたとは思っていないだろう。なにしろ、きみたちはここで、雪と草だけを頼《たよ》りに暮らしているようだからね」

男の口調としゃれた服装に、フェオは急にまた気恥《きは》ずかしくなったが、どうにか小声でたずねた。「イリヤは……そんなに上手なんですか？」

「いいや」ダーリコフは答えた。「そうではない」

たちまち、イリヤは真っ青になって目を伏《ふ》せ、じっと床《ゆか》を見つめた。

「でも、さっき言ったじゃない——」

「今はまだ、ということだ。だが、彼《かれ》のエレヴァシオンは——」

フェオは首を横にふった。「それはどういう意味？」

ダーリコフは片手を頭より高く上げた。「跳躍《ちょうやく》だよ。この若者の跳躍《ちょうやく》には高さがある。わたしのバレエ団のだれより高い。跳《と》ぶために生まれてきたような体だ」

青白かったイリヤの頰《ほお》がみるみる赤らんだ。フェオは肘《ひじ》でイリヤをつつき、うれしくて思わず肩《かた》にかみつきたくなった。

「じゃあ、イリヤは有名になるのね！」

「なるかもしれないし、ならないかもしれない」ダーリコフは、はずみをつけて立ちあがった。「きびしい練習が待っているぞ、イリヤ。それをよくわかった上でなければ、入学させるわけにはいかない。金持ちになる者もいれば、なれない者もいる。ダンサーという職業は尊敬されるとは限らない。結婚《けっこん》もむずかしくなる」

イリヤは唇《くちびる》をいじっていたが、「ぼくはそれでもかまいません」と言った。「自分は結婚《けっこん》しないだろうと前から思っていましたから」

ダーリコフはうなずいた。「足は血だらけになる。体は痛むぞ。しかも毎日だ。体が痛まない数少ない日には、頭が痛くなる！　なぜなら、バレエを学ぶ者は、この国の歴史や作品の背後にある物語を学び、本を読み、その中身について答えられなければならないからだ」ダーリコフは指輪で飾《かざ》った片手をひるがえし、その手をもう一方の手で包みこんだ。「きびしい練習や学習をすれば、常にどこかに痛みをかかえるものだ」

フェオは小さく微笑《ほほえ》んだ。こういう話は聞きなれている。オオカミと暮らす毎日にそっくりだ。イリヤもフェオにむかって微笑《ほほえ》みかえした。

「しかし」とダーリコフは続けた。「この道で生きていくためにはしかたがない。きみは生涯《しょうがい》のうちに、数えきれないほど多くの人たちの前で踊《おど》ることになるだろう。すぐれたダンサーになれば、見た人は決してきみを忘れない。きみは、いわば新たな言葉を自在にあやつるようになるのだ。何千という子どもたちがきみの足が語る言葉を見て、自分も語れるようになりたいと願うだろう。きみは人々の夢を、彼《かれ》らになりかわって発掘《はっくつ》するのだ。わかったかね？　そして、お嬢《じょう》さん、きみもわかってくれただろうか？　バレエに携《たずさ》わった者は、いずれその世界を去る時、多くのことを身につけているものだ。イリヤ、きみは強くなる」

「フェオのように？」イリヤはききかえした。

「おそらくは……。で、そのフェオというのは？」

「わたしです」フェオは小声で答えた。

「きみか、オオカミをつれた少女というのは！　うわさはいろいろ聞いているよ。そうとも、イリヤ、きみは彼女《かのじょ》に負けないくらい強くなる。で、どうかね、答えは？　わたしと一緒《いっしょ》に来ないか？　門の外に馬車を待たせてある。御者《ぎょしゃ》もね」

イリヤはフェオにむかって手を伸《の》ばした。フェオはその手をしっかりにぎった。「ぼくが初めてバレエを観《み》たのは六歳《さい》の時だった。きみがオオカミを初めて預かったのも、たしか六歳《さい》だと言ってたよな。たいした舞台《ぶたい》じゃなかった。チュチュに食べこぼしの染《し》みをつけたダンサーもいた。みんな手袋《てぶくろ》をはめていて、動きがのろい人もいた。でも、ぼくにはすべてがしっくりきたんだ。きみにとって、オオカミや雪がしっくりくるように」

「じゃあ、なぜぐずぐずしてるの？」フェオは、口の両端《りょうはし》が裂《さ》けるんじゃないかと思うほどの笑顔《えがお》を浮《う》かべてみせた。

イリヤはダーリコフにむきなおり、言った。「一緒《いっしょ》には行けません。今はだめです」

「ご両親に知らせなきゃならないからかい？　それはわれわれのほうでやる。生徒たちの手続きをしてくれる秘書がいるんだ。一応、うちも商売だからね」

「いえ、父に知らせる必要はありません。どうとも思わないでしょうから。でも、ぼくには、ここでしなきゃならないことがあるんです」

ダーリコフは、端《はし》がきれいに細くなった眉《まゆ》の片方を吊《つ》りあげた。「生活のすべてをバレエに捧《ささ》げない生徒を相手にするひまはわたしにはない。今、来ないのなら、この話はなかったことにしよう」

「信じてください。行きたくないのではなく、行けないんです」

フェオはイリヤを窓際《まどぎわ》まで引っぱっていき、男に背をむけて小声で話しはじめた。「イリヤ、なに言ってるの？　行かなきゃ。こっちはわたしたちだけでだいじょうぶだから」

「ぼくの助けは必要ないっていうのか？　ぼくらは、その……友だちだと思ってたのに」

「もちろん、残ってほしいわ！」フェオはどう説明すればいいか考えた。だが、自分にとって、イリヤがどれほど特別な存在なのかを――戦《いくさ》に臨《のぞ》む戦士のように踊《おど》り、寒さを怖《こわ》がり、文句ひとつ言わずに遠い道のりをともに歩いてきた少年のことを――うまく言いあらわせる言葉が見つからなかった。「あなたは群れの一員よ。わたしとクロとシロ、そして子オオカミとあなたで作る群れの……。ハイイロがあなたを背中に乗せたのは、仲間と認められた証拠《しょうこ》だわ」

「そうさ」イリヤは言った。「だから、ぼくはここに残る」

「でも、こんないい話はないじゃない。この先の何年間かが保証されるのよ。あなたの一生にかかわることだし」

「いいんだ。どちらかひとつ選べと言われたら、ぼくはきみとオオカミたちを選ぶ」

「わたしが今ここであの人にかみついたら、あなたをもう少しここにいさせてくれるかしら？　それとも、オオカミたちにかみつかせようか？　わたしがやってみせれば、たぶん、かみつくわ。オオカミたちも、あなたを助けたくなると思うの」

すぐうしろで豪快《ごうかい》な笑い声があがった。ダーリコフは足音を忍《しの》ばせて部屋を横切り、二人の背後に近づいていたのだ。「そんな必要はない！」

フェオは顔を赤らめた。「そういう手もあると言っただけです」

「わたしは迷信《めいしん》深い老人でね、オオカミにはかかわらないことにしているんだ。イリヤ、きみがその獣《けもの》たちにとって必要だというのなら、行くがいい。三日の猶予《ゆうよ》をやる。バレエ学校を直接訪ねて、玄関《げんかん》でイーゴリに会いたいと言えば、あとの手続きは職員がすべてやってくれる。髪《かみ》は切ってこい。オオカミはつれずに来てくれるとありがたい。見送りは無用だ。一人で帰れる。ああ、イラクサ入りの雪玉を投げつけてくる子どもたちが待ちかまえていないかぎりはね」

その夜、フェオはほとんど眠《ねむ》れなかった。そして、夜が明けるか明けないかのうちに子どもたちを起こした。

「なにがあったの？」セルゲイが言った。「ぼくらに殺させてくれなかったあの男はどうしたの？」

「イリヤが……追いかえしたわ。さあ起きて。行きましょう」フェオは言った。「ラーコフをさがしに」

15

木曜日、サンクトペテルブルクの石造りの門の外に息せき切って駆《か》けつけた子どもたちは、恐怖《きょうふ》で顔を引きつらせていた。だれの目にも明らかなあわてぶりだが、それは前夜の念入りな練習のたまものだった。

「オオカミだ！　オオカミだ！」子どもたちは叫《さけ》んだ。

「なんだと？」衛兵たちはあたりを見まわした。

「どこにいる？」

「ほら！　追いかけてくるわ！」十七歳《さい》くらいだろうか、片手で幼い少女を腰《こし》に抱《だ》いた気だてのよさそうな娘《むすめ》が衛兵の手首をつかんだ。「林の中よ！　ほら！　お願い、中に入れて！」

衛兵たちが門を押《お》しあけると、男ものの革《かわ》の長靴《ながぐつ》をはき、フードつきの赤いマントをはおった少女を先頭に、十人ほどの子どもが次々に市内に入っていった。前歯が何本かぬけている少年がなにか叫《さけ》んだ。どうやら「やった、入れたぞ！」と口走ったらしく、あわてて片手で口をおおったが、衛兵たちはそれどころではなく、銃《じゅう》をかまえ、オオカミにむけて発砲《はっぽう》するのに忙《いそが》しかった。だが、オオカミたちは、まるで合図か口笛で指示されたかのように、突然《とつぜん》、向きを変え、雪景色の中に姿を消してしまった。

「害獣《がいじゅう》め」衛兵の一人が言った。「将軍がそうおっしゃっている。牙《きば》の大きな害獣《がいじゅう》だ」

なるほど、そう思っているのなら、三十分後、目の前を通っていく金粉をちらした壮麗《そうれい》な二頭の動物が、さっき見た害獣《がいじゅう》だとわからなかったのも無理はない。鎖《くさり》でつながれたオオカミたちは、若い兵士の手で引かれていた。敬礼をして門を通っていく兵士に、衛兵たちは敬礼を返したが、若い兵士の顔が抑《おさ》えきれない満足感で輝《かがや》き、体はあふれそうになる喜びでふるえていることには気づかなかった。

フェオとほかの子どもたちは、ピョートル広場でイリヤを待っていた。日の光が周囲の金色のドームに反射し、広場は澄《す》んだ冬の光に満ちている。二日前、目を見張ってフェオたちを見ていた町の子どもたちは、やはりこの日も広場にいて、まるでずっとその場から動いていないかのようだった。アレクセイは、するするとその子らのあいだに入っていくと、なにごとかささやきかけ、棒きれをくばり、冗談《じょうだん》を言い、肩《かた》をたたいてまわった。いつもよりずっと大きく歯を見せ、顔いっぱいの笑《え》みを浮《う》かべている。雪は溶《と》けかけているとはいえ、袖《そで》を切ったシャツからは傷だらけの腕《うで》が見え、帽子《ぼうし》もかぶっていなかった。

フェオは編んであった髪《かみ》を解き、オオカミのにおいが染《し》みついたいつもの服に身を包んでいたので、もとの自分にもどった気がした。心臓や胃が縮むような緊張《きんちょう》もなく、驚《おどろ》くほど落ちついている。クロが鎖《くさり》を引きちぎり――じつは、色を塗《ぬ》ったただの紐《ひも》だったのだが――フェオの前まで走ってくると、こぶしをなめ、長靴《ながぐつ》のてっぺんをかじった。フェオはクロの毛に金粉で縞模様《しまもよう》をつけ、シロの包帯も金色にしてあった。

突然《とつぜん》、子どもたちのあいだでさわぎがもちあがり、何人かがもみあい、わめきはじめた。

「おい！」大人の手が一本伸《の》びてきて子どもらを分けると、怒《いか》りであごひげをふるわせたグリゴーリイが、みんなを押《お》しのけて前に出てきた。

「まったく！」グリゴーリイはセルゲイを宙にかつぎあげ、どなった。「どれだけの大騒動《おおそうどう》になっているか、わかってるのか！」そしてセルゲイを思いきり胸に抱《だ》きしめた。「この三日間、森の中をさがしてたんだぞ。サーシャが思いついたんだ、ここにいるんじゃないか、ってな。いったい今までどこにいた？」

さらに何人か、村の大人たちが子どもらのあいだに入ってきた。抱《だ》きあげられたワシリーサとゾーヤが、あまりに強く抱《だ》きしめられ、思わず悲鳴をあげた。

「おっと！」アレクセイが言った。「こいつはまずいことになった」

その時、サーシャがみんなを押《お》しわけて前に出てくると、ベンチの上に立ち、「静かに！」と叫《さけ》んだ。「グリゴーリイ！　お願いだから黙《だま》っててちょうだい。みんな、よく聞いて。たしかに、わたしたちは心配でどうにかなりそうだったわ。でも、ここへ来たのは、あなたたちを叱《しか》るためじゃない。力を貸すために来たのよ。フェオを助けるために。面倒《めんどう》ばかり起こしているわたしの弟に手を貸すために。そして、ラーコフをやっつけるために。もうがまんできないわ。わたしたちは闘《たたか》うために来たの！」

子どもたちから雲をゆらすほどの歓声《かんせい》があがった。

「フェオ、なにか言えよ」アレクセイが声をかけた。「みんなきみを見てるぞ。村の人たちには助けてもらいたい。なにか話せ」

「でも、人前で話すなんて……」

「きみには恥《は》ずかしがってる権利なんてない。そんなこと言ってる場合か。おーい！」アレクセイはどなった。「みんな、フェオの話を聞いてくれ！」

フェオは大聖堂の階段のてっぺんに押《お》しあげられた。大人も子どもも、みな、じっと立って待っている。

「なんて言ったらいいかわからないけど……」フェオは話しはじめた。「あの……みんな、ここに来てくれてありがとう。でも――」人々の視線が重くのしかかってきた。情けないことに熱い涙《なみだ》があふれてくる。フェオはアレクセイのほうを見やり、あごをふるわせながら言った。「どう言えばいいの？」

その時、階段の上の人だかりが、しーっ、という声や小さな悲鳴とともに分かれ、まずクロが、続いてシロが、その堂々とした美しい姿を見せて石造りの階段をのぼってきた。二頭はフェオの足もとまで来ると左右に分かれて腰《こし》を落とし、フェオにむかって顔を上げた。フェオは二頭の頭に手をおき、その野生の勇気を胸にとりこむと、目に浮《う》かんでいた涙《なみだ》をはらった。

「アレクセイは、わたしに革命を始めてほしいと言った。だからやってみようと思う。命がけでやってみる。でも、わたしがなにかを始めるわけじゃない。始めたのはミハイル・

ラーコフ将軍よ。ラーコフは夜中にやってきて、わたしの家に火を放った。そして、ママをつれていった。なぜなら、ラーコフはママを恐《おそ》れていたから。ママがラーコフを恐《おそ》れていないことを恐《おそ》れていたから。そして、そのあと――今から四日前の夜――、ラーコフはわたしの親友を銃《じゅう》で撃《う》ち殺《ころ》した」

人々のあいだで抗議《こうぎ》の声があがった。酒場から出てきた数人の男たちが、道の真ん中で立ち止まり、フェオを見ていた。

「その親友は雌《めす》オオカミでした」だれかが笑ったが、フェオは先を続けた。「世界でいちばん勇敢《ゆうかん》で賢《かしこ》いオオカミだった。だから今、わたしは、その分だけ勇敢《ゆうかん》にならなきゃいけない。この世にある勇気の合計がへってしまわないように……。ラーコフがものを燃やすのが好きなことは、みんなも知っているでしょう。でも、そのオオカミは、胸の中に熱い炎《ほのお》を燃やしていた。ラーコフは、人や獣《けもの》の胸の中にある炎《ほのお》を恐《おそ》れている」

通りかかった尼僧《にそう》たちの列が足を止め、風の中、僧服《そうふく》を体にしっかりと巻きつけた。

「ラーコフはわたしたちの食べ物や家を奪《うば》っている。愛する人たちを奪《うば》っている。この町で、この先いったい何人の人が、ラーコフとラーコフの銃《じゅう》のせいで、毎日を今より少しさみしい思いで暮らさなければならないの?」

尼僧《にそう》の一人が喝采《かっさい》を送った。

「そして、ラーコフはわたしたちの未来を奪《うば》っている。未来は自分たちで守らなきゃならない。こわれやすいものだから。未来を守るには、みんなの力が必要よ」

サーシャが、かん高い声でなにか叫《さけ》びながらワルワーラを宙に投げあげると、赤《あか》ん坊《ぼう》はきゃっきゃと歓声《かんせい》をあげた。

「ラーコフはわたしのママを殺したがっている。明日《あした》にでも、ママをわたしから永遠に奪《うば》おうとしている。でも――」フェオは目にかかった髪《かみ》をはらいのけ、背筋を伸《の》ばした。

「わたしはオオカミ少女。ラーコフなんか怖《こわ》くない！」

最後のところはうそだったが、広場中に人々の歓声《かんせい》が轟《とどろ》いた。

「ラーコフは今、わたしのせいで片目が見えません。でも、あの人は今までもずっと目が見えていなかった。ラーコフには現実が見えていない。あの人に味方する人たちより、わたしたちのほうが数が多いということが！　人の心の中にある炎《ほのお》は家を燃やす炎《ほのお》より熱く、人を愛する気持ちは、いつだって恐怖《きょうふ》に勝つということが！　そして、オオカミはみんなの味方だということが見えてない！」

尼僧《にそう》の一人がこぶしをふりあげ、その拍子《ひょうし》に、見物していたコックの帽子《ぼうし》をたたきおとしてしまった。

「革命なんてわたしには必要なかった。わたしはただ、ママを助けたい、以前の暮らしをとりもどしたいと思っていただけ。それに……アレクセイ」――フェオはアレクセイにむかい、にっこり笑ってみせた。「あなたの革命の話にはうんざりすることもあったわ。わかったのは、革命は面倒《めんどう》でうんざりするものだということ。でも……ラーコフはただ、わたしとママだけをねらってやってきたわけじゃない。ヤーナは兄のパーヴェルをつれていかれた。それはヤーナにとって、体の一部を奪《うば》われたのと同じこと。セルゲイにとってもそう。セルゲイはまだ八歳《さい》だっていうのに！」

「九歳《さい》だよ！」セルゲイが叫《さけ》んだ。「もうすぐ九歳《さい》なんだ！　あと一週間で誕生日だから！」グリゴーリイは笑い声をあげ、息子《むすこ》の頭を軽くたたいた。

セルゲイの言葉はフェオの耳に入らなかった。「ラーコフは、欲《ほ》しいものを手に入れてなにが悪いと思っていた。そして、この世でもっとも力があるものは恐怖《きょうふ》だと。恐怖《きょうふ》を与《あた》えれば思いどおりになる、人はみな、自分の身の安全が第一で、大それたことなどするはずがないと思っていた。でも……ラーコフはわたしから親友のハイイロを奪《うば》った」フェオは広場を見わたし、周囲にそびえる金色のドームと、自分を見上げる人々の顔を目におさめた。「今、わたしは大それたことをしようと思う。わたしたちは今、声をあげなきゃならない。もうこれ以上奪《うば》われるのはいやだ、と！　わたし一人じゃ――一人だけじゃできないけど、わたしたち子どもが力を合わせれば、以前の暮らしをとりもどせる。恐怖《きょうふ》をはねのけることができる。勝てるかどうかわからないけど、やってみる権利はある。大人たちは、だまっていろ、用心しろ、と言うけれど、わたしたち子どもにも、自分が暮らしたい世界を求めて闘《たたか》う権利はある。あぶないことはするな、分別《ふんべつ》をもてと言う権利はだれにもない。今日、わたしたちは闘《たたか》います！」

イリヤは、あまりに大きな声で「おおーっ！」と叫《さけ》んだものだから、顔が紫色《むらさきいろ》になり、アレクセイに背中をたたいてもらわなければならなかった。ところが、かえって顔は青黒くなり、アレクセイは笑って、もう一度イリヤをたたいた。

「ラーコフはわたしたちのことを見くびっている」フェオは続けた。「この先も、一人一人ばらばらに、自分の番が来ないことを願いながら、手をこまねいてじっとしていると思っている。ラーコフはわたしたちの勇気を見くびっている。そのラーコフに、わたしたちがオオカミのように勇敢《ゆうかん》だってことを見せてやろう！」

オオカミたちはフェオの言葉に反応し、立ちあがって遠ぼえを始めた。フェオは負けじと叫《さけ》んだ。「ラーコフに告げよ！　今のうちに、命を奪《うば》った人たちのために祈《いの》りを捧《ささ》げておけ、と。そして、そんなことはもう二度とさせないと！　わたしたちの体には土に生きてきた祖先の血が流れ、足には大地をふみしめる力がある。さあ、自分たちの手で未来を変えにいこう！」

大歓声《だいかんせい》が轟《とどろ》いた。広場中に響《ひび》いた声は路地の奥《おく》にも届き、耳をそばだててふりむく町の子らの姿は、まるで風の中に遠ぼえを聞いたオオカミのようだった。

イリヤは声をふりしぼって雄叫《おたけ》びをあげた。そして先頭を切って駆《か》けだし、通りの先でくるりとむきを変え、刑務所《けいむしょ》のほうをむいた。「早く逃《に》げたほうがいいぞ、ラーコフ！」イリヤは叫《さけ》んだ。「今からそっちへ行って、ぼくを軽蔑《けいべつ》するとどうなるか思いしらせてやる！　人のことを腰《こし》ぬけと呼ぶなんてまちがってる。そういうまちがいをすると、あとで自分が痛い目にあうんだ！」イリヤはその場でくるくると回ったが、あまりの速さに、靴《くつ》が火を噴《ふ》くんじゃないかとフェオは思った。そしてイリヤは、みんながついてきているかどうかうしろを確かめもせず、また走りだした。

群衆は広場の石畳《いしだたみ》の上を、オオカミの走る速さで動きはじめた。フェオも駆《か》けだしてクロの背にまたがると、長い髪《かみ》がなびき、道行く人のあんぐりとあけた口をむちのように打った。セルゲイは八歳《さい》に出せるかぎりの低い声でどなると、フェオを追い、はずむように走りだした。

フェオは膝《ひざ》でクロに合図を送り、速度をあげた。子どもたちは大通りへとなだれこみ、フォンタンカ運河沿いの道を進んでいく。フェオがふりかえると、すぐうしろを駆《か》けてくる村の子どもたちは、目に入る雪にもめげず、手をつなぎ、歌い、わめき、興奮しきっていた。彼《かれ》らの歓声《かんせい》はひときわ大きく、しかも、しゃがれていて、その響《ひび》きに誘《さそ》われて路地から出てきた町の子らは、目の前を走りすぎる群衆に目を奪《うば》われた。金色のオオカミ、髪《かみ》をなびかせる少女、楽しげに歌いながら駆《か》けていく子どもたち……。そのあとを、大人も犬もまじった何百人もの集団が通りいっぱいに広がって進んでいく。イリヤは走りながら、ゾーヤとワシリーサにチャイコフスキーの曲を歌ってやった。

路地の奥《おく》で洗濯物《せんたくもの》を干していた子どもらが、それを放りだし、旗の代わりに赤い下着のパンツをふりながら群衆のあとを追って走りだした。フェオが角を曲がってクレスティ刑《けい》務所《むしょ》に続く道に入った時には、うしろに三百人ほどがついてきていた。

刑務所《けいむしょ》の入口には前と同じ衛兵がいて、口をあけて「お嬢《じょう》さん？」と言いかけたが、クロがそのまま全速力で前を突《つ》っ切《き》ったので、なだれこんでくる三百人の肘《ひじ》や膝《ひざ》ではじきと

ばされ、壁《かべ》にぶちあたった。刑務所《けいむしょ》の窓という窓に顔がのぞいた。

アレクセイは手近にあった柱に跳《と》びついてよじのぼり、人々にむかって叫《さけ》んだ。「四方に散れ！　ドアをこわせ！　窓を全部たたき割るんだ！　固まるな！　相手を休ませるな！」混乱の極《きわ》みだった。平穏《へいおん》だった刑務所《けいむしょ》内は、あっという間に無法地帯に変わった。ボグダンは大理石の階段の途中《とちゅう》で踊《おど》り、セルゲイは雨どいをよじのぼって追手から逃《のが》れ、尼僧《にそう》の一団は看守たちに右フックを食《く》らわせている。いちばん幼い子まで、全員が大声で叫《さけ》びつづけたので、まるで百人編成のオーケストラが力いっぱい演奏しているような騒《さわ》ぎになった。

フェオはみんなからそっとはなれ、前夜、イリヤが焦《こ》げた壁紙《かべがみ》に描《か》いて説明してくれた経路をたどっていった。何人もの看守や警備兵が、フェオを押《お》しのけるようにして騒《さわ》ぎが起きているほうへ走っていく。昼に食べていたものをまだ口の中でかんでいる者もいたし、ズボン吊《つ》りのボタンを留めながら廊下《ろうか》を全速力で走っている者もいた。だが、二頭のオオカミをしたがえ、うつむいたまま精一杯《せいいっぱい》の早足で歩いていく連れのいない少女をとがめる者はいなかった。北棟《きたとう》に近づくにつれ、壁《かべ》の塗装《とそう》がはげ、廊下《ろうか》がせまくなっていった。行く手に、壁《かべ》に沿って鉄の扉《とびら》がならんでいるのが見えてくる。フェオは足どりを速め

してていた。

た。クロとシロはすぐうしろをついてくる。二頭は床《ゆか》に着きそうになるくらい鼻先を低くしていた。

フェオは廊下《ろうか》を曲がったところで凍《こお》りついた。あわててオオカミたちの首筋をつかみ、引きとめる。兵士が一人、廊下《ろうか》の真ん中に立ち、フェオの胸に拳銃《けんじゅう》をむけていた。

「止まれ！」

「止まってるわよ、ほら」フェオは両手を頭上に上げた。

「動くな！」

フェオはごくりとつばをのんだ。「そっちには銃《じゅう》が一挺《ちょう》。でもこっちにはオオカミが二頭いるわ。オオカミにかまれると、銃《じゅう》で撃《う》たれるより痛いわよ。ちょっと考えればわかると思うけど、鍵《かぎ》をわたして逃《に》げたほうがいいんじゃない？」

兵士はじっとこっちをうかがっていた。フェオははたと気づいた。この人は見たことがある。そうだ、もう何週間も前に、あのヘラジカを運んできた若い兵士だ。これだけ歯ならびが悪くて汚《きたな》い歯をした顔は忘れようがない。兵士はあんぐりと口をあけてフェオを見ていた。

「おまえはあのオオカミ少女だな」

「その通りよ」フェオは答えると、うしろを指さした。「ここよりあっちのほうが仕事がたくさんあるんじゃない？」――ちょうど、窓をたたきわる音が聞こえてきた――「それに、ここにいると、オオカミに食べられちゃうわよ。たぶんね」――フェオはちらっと視線を落とし、きらりと光るオオカミたちの牙《きば》に目をやった――「たぶんじゃなくて、必ず、ね」

それでもまだ兵士がためらっていると、イリヤが廊下《ろうか》を突進《とっしん》してきた。そして大理石の床《ゆか》で足をすべらせて止まったかと思うと、電光石火、フェオとオオカミたちの横をぬけて前に飛びだし、最後の瞬間《しゅんかん》にロシア中のどのダンサーより高く跳躍《ちょうやく》し、兵士の肩《かた》に飛《と》び蹴《げ》りを食《く》らわせた。二人は床《ゆか》に倒《たお》れ、悲鳴がひとつあがった。フェオはすかさず前に出て鍵《かぎ》束《たば》と手から落ちた拳銃《けんじゅう》を拾いあげたが、その重さに危《あや》うくとり落としそうになった。

「これで銃《じゅう》が一挺《ちょう》、オオカミが二頭になったわ」フェオは緊張《きんちょう》と興奮でふるえていたが、兵士の頭に拳銃《けんじゅう》を突《つ》きつけた。「それに、バレエダンサーが一人、オオカミ少女が一人ね。さあ！」

兵士はあわてて立ちあがり、恐《おそ》ろしそうにオオカミたちを見ると、走って逃《に》げていった。

フェオは独房《どくぼう》の頑丈《がんじょう》そうな鉄の扉《とびら》に次々に鍵《かぎ》をさしこみ、あけていった。最初の房《ぼう》は空っぽだった。二つ目の房《ぼう》をあけると、中に年配の女性がいて、ブツブツとフランス語をしゃべっていた。フェオは扉《とびら》をあけたままにして走った。次の房《ぼう》も空っぽで、レンガ造りの壁《かべ》と木製のベンチ、そしてブリキのバケツがひとつあるだけだった。

「イリヤ！」フェオは鍵束《かぎたば》をいじり、鍵《かぎ》を一本はずした。「これをもっていって、上の階にある房《ぼう》をあけてちょうだい。それと、拳銃《けんじゅう》をもっててくれないかな。わたし、銃《じゅう》は信用してないの」

「わかった」イリヤは廊下《ろうか》の角を曲がり、姿を消した。

「気をつけてね！」フェオは声をかけた。「ラーコフはどこにいるかわからないから！」

フェオは四つ目の扉《とびら》をあけた。そして、五つ目、六つ目の扉《とびら》をあけたとたん、体が固まり、腸《はらわた》がちぎれて床《ゆか》に落ちたような気がした。

ラーコフが木のベンチにすわっていたのだ。軍服の胸に勲章《くんしょう》をずらりとつけた正装だったが、顔ははれあがり、片脚《かたあし》は膝《ひざ》の上まで包帯を巻いてある。肌《はだ》は死にかけた人のように灰色だ。ラーコフはフェオだと気づくと、残った片目を見ひらき、口をへの字に結んだ。

フェオは心臓が止まりそうだった。膝《ひざ》の力がぬけ、床《ゆか》にくずれおちそうになるのをどうにかもちこたえる。

「また、おまえか」ラーコフは言った。

「隠れてたのね」フェオは小声で返した。

「ならず者たちの前に引きずりだされたくないからな」

「あなたにひどい目にあわされた人たちよ」

「やつらは、わしがこの国のために成しとげてきた功績を理解しとらん」

立ちあがるラーコフの顔は、苦虫をかみつぶしたようだった。「わしがいかにこの国を炎

で浄化してきたかがわかっとらんのだ」

上の階で、ガシャーンと大きな音がして、イリヤが次のドアをあけたのがわかった。

フェオは助けを求めようかと思ったが、あちこちから騒ぎの音が聞こえてきて耳がつぶれ

そうだった。叫んでもだれにも聞こえないだろう。

「面倒なやつだ」ラーコフは一歩近づき、フェオを見おろした。フェオはこれほど無慈悲

な目を見たことがなかった。「おまえのような年端もいかない子どもには、悲しくも無惨

な最期だな」ラーコフはそう言って撃鉄を起こした。「だが、人生とは悲しいものだ」

「わたしは決して――」フェオがしゃべりかけたとたん、クロのうなり声が空気をふるわ

せた。さらにそのうしろからシロがそっと近づいてうなりはじめると、凄みのある二重唱

になった。「オオカミたちは、あなたのことをおぼえてたみたいね」フェオは小声で言った。

「オオカミにはわからんのだ――」ラーコフが口をひらくやいなや、クロがフェオの横をすりぬけてラーコフに飛びかかり、その手にかみついた。牙《きば》が深々と刺《さ》さり、拳銃《けんじゅう》が火を噴《ふ》き、クロはぐいとあごをひねった。一瞬《いっしゅん》、フェオの視界がぼやけたのは、飛びかかっていくシロの体で壁《かべ》に押《お》しつけられたからだ。

まわりが見えるようになると、ラーコフは部屋の隅《すみ》に追いつめられ、拳銃《けんじゅう》は数メートルはなれたところに落ちていた。あざ笑いを浮《う》かべたその顔を見ると、唇《くちびる》が大きくまくれあがり、口ひげと眉《まゆ》がつかんばかりだった。

「おまえは自分のしていることがわかっているのか？　オオカミどもを下がらせろ」ラーコフの声は自信に満ちていた。「愚《おろ》かな子だ！　わしに手をかけたらどうなるか、わからんのか。おまえは殺されるんだぞ！」

「でも、たった今、あなたはわたしを殺そうとしたわ。今さらそんなふうに脅《おど》して、なんの意味があるの？」

「おまえは権力というものも、世の中の仕組みもわかっとらん」ラーコフはそう言いながら、迫《せま》るオオカミたちに目を落とした。「まさか本気じゃないだろうな」

「いいえ、そのまさかよ」フェオはめまいがしたが、気をとりなおし、腰《こし》を落としてじわりと前に出ると、拳銃《けんじゅう》を拾いあげ、さっとうしろにもどった。「それに、権力や世の中のこともわかってるつもりだわ。ここ何日かで、ずいぶんいろいろなことを知ったもの。とりあえず肝心《かんじん》なことは」

「おい、このオオカミどもを下がらせないと、おまえは一生、監獄《かんごく》暮らしだぞ！」

「そうかしら？」フェオは答えた。「そうは思わないけど。でも、ご忠告ありがとう」

「早くしろ！」

「どっちにしろ、そのオオカミたちは半分野生にもどってるの」ちょうど、上の階の廊下《ろうか》の奥《おく》から、なにか音が聞こえた気がした。叫《さけ》び声《ごえ》だろうか。「だから、いつもわたしの言うことを聞くとは限らないわ」

イリヤの歓声《かんせい》が聞こえてきた。心底うれしそうで、週末の夜明け、朝日が射《さ》しそめた時を思わせる声だった。フェオはごくりとつばをのんだ。気がつくと汗《あせ》で指がぬれている。

「おまえは罰《ばつ》を受けるぞ！」ラーコフはあとずさりし、壁《かべ》に背中をつけた。「人を殺せば罰《ばっ》せられるんだ」

「殺したのはそっちでしょう。ヤーナのお兄さんのパーヴェルを殺したわ。何百人という人たちが焼け死んでいる。おきざりにされて、寒さで死んでいった人もいる。部下の兵士たちまで、しかも年をとった兵士を遊び半分で……」フェオは言葉を切り、ラーコフの足もとに思いきりつばを吐《は》いた。ラーコフはびくっとし、いかにも不愉快《ふゆかい》そうに身を引いて、壁《かべ》に背を押《お》しつけた。「そしてハイイロを殺したわ」フェオは拳銃《けんじゅう》をラーコフの胸にむけた。

「わしは将軍だ！　皇帝陛下《こうていへいか》の寵愛《ちょうあい》を受けている将校だぞ！　だから特別なんだ！　聖書にも書いてあるだろう、『汝《なんじ》、殺すなかれ』と……」

フェオはラーコフの顔を見た。額に浮《う》きでた血管がどくどくと脈打っている。にらみつけてくる目は険しい。その目には疑いも後悔《こうかい》も浮《う》かんでいなかった。

オオカミたちに目を移すと、首筋の毛をぴんと立て、背筋や肩《かた》に怒《いか》りをみなぎらせていた。

「オオカミは聖書を読まないわ。あとは、この子たちしだいね」フェオはそう言いはなち、腹に力をこめて房《ぼう》から出ると、廊下《ろうか》を歩いていった。途中《とちゅう》で銃《じゅう》を捨てて走りだし、全速力で階段を駆《か》けあがり、大理石の床《ゆか》で足をすべらせながら、笑い声を頼《たよ》りに廊下《ろうか》を進んでいく。角を曲がると、廊下《ろうか》の突《つ》きあたりでイリヤと手をとりあっていたのは、左目のまわりに四本の爪《つめ》でひっかかれた傷あとがある長身の女性だった。そしてその顔だちは、神様がユキヒョウや聖者に授《さず》けるような高貴な顔だちだった。

マリーナが叫《さけ》び、背をかがめて両腕《りょううで》を広げると、フェオはその腕《うで》の中に飛びこんでいった。そして、これまで「ママ！」と呼びかけていた胸の疼《うず》きは消え、「ただいま！」と叫《さけ》びたい気分だった。

フェオが母親のマリーナと、オオカミたちを除いては二人きりで話ができるようになったのは、それから数時間後のことだった。ラーコフの末路は、あっという間にサンクトペテルブルク中の人々に伝わった。そして、その知らせがピョートル広場にもたらされると、大歓声《だいかんせい》があがった。フェオの仲間たちだけでなく、兵士たちまでもが歓声《かんせい》をあげ、軍服の金ボタンをむしりとって紙吹雪《かみふぶき》のように宙に投げあげた。

フェオとマリーナは手をつなぎ、ゆっくりと歩いていった。その横を人々が行進し、してやったりという笑《え》みを浮《う》かべたアレクセイが、手頃《てごろ》な記念碑《きねんひ》の上に立ち、演説をぶっていた。イリヤは路上で少年たちの一団にまじって激しいコサックダンスを踊《おど》っている。

ヤーナはクララを膝《ひざ》にすわらせ、子オオカミを赤《あか》ん坊《ぼう》のように抱《だ》いていた。フェオは子オオカミをすくいあげ、いつかまた村につれていくから、と約束した。行きあう子どもたちはフェオにあやかろうと、次々に手を伸《の》ばし、赤いマントにさわってくる。そして二人が、衛兵のいなくなった門をぬけて市外へ出ていくと、歌声や衛突《しょうとつ》の音はしだいに小さくなっていった。

フェオはマリーナにそりを見せ、クロの目の上にまだついている金粉を指さした。「これは本の金文字からとったのよ」フェオは言った。「とても長もちするのね」

二人は、雪の中、動乱のサンクトペテルブルクに背をむけて立っていた。市内では革命が始まろうとしている。

「さあ、どこへ行く、フェオ?」マリーナが言った。「今はもう、どこへでも行けるわよ。森へ帰る? それとも、モスクワをめざして南へ行こうか?」

「その前に」フェオは答えた。「少し眠《ねむ》りたい。横になれる場所を知ってるわ。それから、なにか食べたいな」フェオは急に、ものすごくお腹《なか》がへっていることに気づいた。

「どこへ行くかは、明日、オオカミたちに決めさせればいいんじゃない?」

昔、今から百年ほど前のロシアに、髪《かみ》も瞳《ひとみ》も黒い、嵐《あらし》のような少女がいた。

少女は母親と二人、今は使われていない城館に暮らしていた。館の外側は黒く焼《や》け焦《こ》げていたが、中はきれいにみがきあげられていた。そしていつも、香辛料《こうしんりょう》や熱いシチューのにおい、そして、動物のぬれた体が乾《かわ》いていく胸休まるにおいがただよっていた。

少女の寝室《しんしつ》は西側の塔《とう》の中にあった。少女はその部屋の窓ガラスに、絵の具箱に入っていた色を全部使って色を塗《ぬ》ったので、日が落ちて明かりをともすと、館のまわりに金や赤の光がこぼれた。

となりの部屋のベッドに人が寝《ね》るのは、学校が休みのあいだだけだった。その部屋の鏡の上には、バレエシューズがかけてあった。

館の舞踏室《ぶとうしつ》では三頭のオオカミが暮らしていた。白いオオカミと黒いオオカミ、そしてもう一頭はその二頭よりずっと体が小さくて、白と黒のまだら模様だった。ただ、そのオオカミの胸、心臓があるあたりの毛は灰色だった。

謝辞

以下にお名前を挙げた方々に心からの感謝を捧《ささ》げます。この本が最良の形で出版できたのは皆《みな》さんのおかげです。

担当編集者のエレン・ホルゲートには、今までおとぎ話の中にしか存在しないと思っていたその機知と見識と忍耐《にんたい》に対して。また、サイモン・アンド・シュスター社のディヴィッド・ゲイルには、その惜《お》しみない気づかいに。そして、わたしの代理人、クレア・ウィルスンにも感謝の意を表《ひょう》します。多くの人が、彼女《かのじょ》は最高の代理人だと聞いている、と言いますが、それでは事実の半分も言いあらわせていません。

フィリップ・プルマン、ジャクリーン・ウィルソン両氏には、その著作でわたしの子ども時代を照らし、貴重な励《はげ》ましの言葉をいただいたことに。

兄には、わたしが書いたすべての本の最初の読者となってくれていることに。そして、母と父には、今までわたしのためにしてくれたすべてのことに感謝します。

そして、わたしの類稀《たぐいまれ》なる友人たちに。とくにマイク・アムハースト、ラヴィニア・ハリントン、ジョニー・ハワード、ケイティ・ジャクスン、サミー・ジェイ、デイジー・ジョンスン、ジェシカ・ラザール、ダニエル・モーガン、ダニエル・ロスチャイルド、そして、ジュリー・スクレイスに感謝します。リズ・チャタージーにはウイスキーの、エイミア・スリニヴァサンにはワインのお礼を。メアリ・ウェルズリーには、その素晴《すば》らしいジョークを盗《ぬす》ませてもらったお礼を申し上げます。ミリアム・ハンブリンは、わたしたちが出会った十歳《さい》のころから、わたしにとって寛大《かんだい》さのお手本でした。

そして、だれより、わたしをオオカミと引きあわせてくれたサイモン・マーフィーに深く感謝します。

キャサリン・ランデル

訳者覚え書

訳語の選択《せんたく》、その他について、読者の皆《みな》さんにお知らせしておくべきことを以下、記しておきます。

●オオカミ預かり人

「オオカミ預かり人」――原書では「ウルフ・ワイルダー（オオカミを野生にもどす人、という意味）」――という職業は架空《かくう》のものです。また、作品の中では、ロシアの貴族たちがオオカミをペットにしていますが、わずかな例をのぞいて、実際にオオカミを飼いならすのはむずかしいようです。ただし、イギリス人である作者のキャサリン・ランデルさんは、自分の生まれ育ったアフリカのジンバブエに実在する、ペットにされたライオンを野生に返す仕事をしている人たちの話や、アメリカで行なわれている野生のオオカミを増やす活動などを参考にし、また、実際にイギリスのウェールズで人になついているオオカミと触《ふ》れあった体験をもとに、この物語を書いたそうです。

●物語の舞台《ぶたい》となった場所・時代背景

ロシア第二の都市、サンクトペテルブルクとその周辺が舞台《ぶたい》となっていますが、この町は時代とともに名前が変わっています。一九一四年まではサンクトペテルブルク、一九一四〜二四年はペトログラード、一九二四〜九一年はレニングラード、その後、現在に至るまで、サンクトペテルブルクと呼ばれています。この物語のクライマックスシーンは、一九一七年に実際にあった、労働者や兵士によるクレスティ刑務所《けいむしょ》の襲撃《しゅうげき》をモデルにしていると思われます。したがって、ペトログラードと呼ばれていた時代にあたるのですが、革命についての政治的背景はこの物語ではほとんど触《ふ》れられていませんので、原書の表記にしたがって、現在の名称《めいしょう》であるサンクトペテルブルクとしました。

●本書で使われているロシア語の意味

チョールト……元来、悪魔《あくま》という意味ですが、日本語の「くそっ」「なんてこった」などにあたる、罵《のの》る時や、あきれた時、驚《おどろ》いた時に発する言葉です。

ラープシュカ……鳥や獣《けもの》の足跡《あしあと》を意味するラープカという言葉から来ていますが、本書では、女性や子ども、そしてオオカミにやさしく呼びかける時の言葉として使われています。

作者

キャサリン・ランデル

Katherine Rundell

1987年生まれ。アフリカ・ジンバブエで幼少期を過ごし、その後ロンドンに移住。2008年よりオックスフォード大学オール・ソウルズ・カレッジの研究員となり、現在は小説のかたわら博士論文を執筆中。自身二作目となる『Rooftoppers』（小峰書店より刊行予定）でウォーターストーンズ児童文学賞をはじめ、多くの賞を受賞。イギリス児童文学界の新星として注目を集めている。その他の作品に『The Girl Savage』（アメリカ版では『Cartwheeling in Thunderstorms』と改題）、『The Explorer』などがある。

訳者

原田 勝

はらだ・まさる

1957年生まれ。東京外国語大学卒。翻訳家。ヤングアダルト小説を中心に英語圏の児童書の翻訳を手がける。訳書に『弟の戦争』『ウェストール短編集 真夜中の電話』（共に徳間書店）、『フランケンシュタイン家の双子』（東京創元社）、『エベレスト・ファイル シェルパたちの山』（小学館）、『ハーレムの闘う本屋——ルイス・ミショーの生涯』（あすなろ書房）、『ペーパーボーイ』（岩波書店）などがある。

Sunnyside Books
オオカミを森へ

2017年9月25日　第1刷発行

作者　キャサリン・ランデル
画家　ジェルレヴ・オンビーコ
訳者　原田 勝
発行者　小峰紀雄
発行所　株式会社 小峰書店
〒162-0066 東京都新宿区市谷台町4-15
電話 03-3357-3521
FAX 03-3357-1027
http://www.komineshoten.co.jp/
印刷所　株式会社 三秀舎
製本所　小髙製本工業株式会社

NDC 933　333P　19cm　ISBN978-4-338-28715-9